# El juego de la verdad

SeDA
un mundo de emociones

Título original: *Truth or Dare*

Traducción: Máximo González Lavarello

1.ª edición: noviembre 2004

© 2003 by Jayne Anne Krentz
© Ediciones B, S.A., 2004.
 para el sello Javier Vergara Editor
 Bailén, 84 - 08009 Barcelona (España)
 *www.edicionesb.com*

Printed in Spain
ISBN: 84-666-1835-X
Depósito legal: B. 39.826-2004

Impreso por PURESA, S.A.
Girona, 206 - 08203 Sabadell

# Jayne Ann Krentz

## El juego de la verdad

**VERGARA**
GRUPO ZETA

Barcelona • Bogotá • Buenos Aires • Caracas • Madrid • México D.F. • Montevideo • Quito • Santiago de Chile

*Para mi hermano, James Castle, con todo mi afecto.*
*Gracias por ayudarme con la terminología especializada.*

# 1

Odiaba los casos que finalizaban como éste iba a acabar. Ethan Truax cerró la carpeta, apoyó las manos sobre la mesilla redonda y observó al hombre sentado enfrente de él, en la otra silla de aquella pequeña habitación de hotel.

—¿Está seguro de que estas cifras son fiables? —le preguntó Ethan.

—Absolutamente —contestó Dexter Morrow, sonriendo de esa forma tan tranquilizadora con que sonríen los asesores de inversiones, pero aun así no bastó para disipar la calculadora expresión de su rostro—. Las saqué anoche del ordenador portátil de Katherine, cuando ya se había ido a la cama.

—Sí, ya me dijo que era usted alguien muy cercano a su jefa.

Morrow soltó una risilla de esas que se oyen en los vestuarios masculinos y los bares.

—Verdaderamente cercano —dijo—. Puedo decirle por experiencia que es casi tan buena en la cama como dirigiendo su empresa.

Ethan trató de mantenerse impertérrito, pero no le resultó fácil. Estaba allí para hacer su trabajo, no para defender el honor de ella.

Por la ventana podía verse cómo el sol iluminaba la terraza y la piscina de azulejos azul claro del hotel. Era uno de esos días despejados y calurosos tan propios de Arizona. Sin embargo, el ambiente en la habitación era más bien frío, y no porque el aire acondicionado estuviera encendido.

Morrow cruzó las piernas. Su caro polo de color crema, adornado por una fina banda negra en el cuello, combinaba a la perfección con los pantalones de marca y sus mocasines de piel italianos. Además, en la muñeca lucía un reloj suizo de oro.

Dexter Morrow lo había logrado. Trabajaba en una lujosa oficina, jugaba al golf entre semana y entretenía a sus clientes en lugares caros, tales como el Desert View Country Club. Era un triunfador más en Whispering Springs.

Sin embargo, Ethan estaba a punto de quitárselo todo.

—De acuerdo —dijo éste en voz baja, preparado para afrontar la recta final del juego—. Trato hecho.

Morrow observó el maletín de aluminio que descansaba en el suelo, junto a la silla de Ethan.

—¿Ha traído el dinero?

—En billetes grandes, tal como acordamos —contestó Ethan, arrastrando el maletín por la alfombra hacia Morrow.

En un mundo donde podía transferirse dinero a cualquier lugar en un abrir y cerrar de ojos a través de ordenadores, el método preferido por aquellos que no deseaban dejar ningún rastro electrónico para los federales ni para nadie seguía siendo un maletín lleno de billetes contantes y sonantes.

Morrow lo levantó para depositarlo en la mesa. Ethan notaba que su interlocutor trataba de aparentar serenidad, pero sin demasiado éxito. Los dedos de Morrow temblaron cuando abrió los cerrojos; el tipo estaba excitado.

Abrió el maletín y observó los fajos de billetes con una ansiedad casi febril que en cualquier otro hombre hubiera sido interpretada como codicia dura y pura.

—¿Quiere contarlo? —le preguntó Ethan con tranquilidad.

—Me llevaría demasiado tiempo, y tengo que volver a mi oficina. No quiero que nadie comience a hacerme preguntas —repuso Morrow, metiendo las manos en el maletín—. Sólo echaré un vistazo.

Ethan se levantó y se alejó convenientemente de la mesa. Es difícil predecir la reacción de un hombre que comprueba ser víctima de una encerrona.

Debajo de los primeros billetes de veinte dólares de cada fajo no había más que papel blanco pulcramente cortado. Por unos segundos fue como si Morrow no entendiese nada, pero no tardó en comprenderlo. El tono bronceado de su rostro se tiñó de un rojo intenso. Alzó la cabeza y miró a Ethan.

—¿Qué diablos está pasando aquí? —le espetó.

En ese momento se abrió la puerta del baño y Katherine Compton irrumpió en la habitación.

—Eso mismo iba a preguntarte yo, Dex —dijo, reprimiendo la rabia que sentía. Sus bellas facciones estaban tensas—. Aunque supongo que sería una pérdida de tiempo, ¿no crees? Estabas tratando de venderle información confidencial al señor Truax.

Algo parecido al pánico se reflejó en el rostro de Morrow.

—Me dijo que se llamaba Williams.

—Pues me llamo Truax —dijo Ethan—. Ethan Truax, de Investigaciones Truax.

Morrow apretó los puños. Parecía que le estaba costando atar cabos.

—¿Es detective privado?

—Sí —respondió Ethan, un tanto sorprendido por la expresión de desconcierto de Morrow.

No era la primera vez que aquel tipo se metía en un chanchullo semejante. Debería estar acostumbrado a que las cosas salieran mal de vez en cuando. Además, tampoco era que estuviese en una postura realmente peligrosa; y él lo sabía. En esa clase de situaciones, los empleados rara vez eran denunciados, ya que las empresas no querían tener publicidad negativa.

—Contraté a Ethan la semana pasada, cuando comencé a sospechar de ti, Dex —le explicó Katherine.

Morrow extendió las manos en un gesto de súplica.

—Cariño, no lo entiendes...

—Por desgracia, sí. Lo entiendo todo. Está claro que conseguiste engañarme, pero ya se ha acabado.

Morrow miró a Ethan; ahora estaba furioso.

—Estás cometiendo un error —dijo, dirigiéndose de nuevo a Katherine—. No es lo que parece.

—Seguro —dijo ella.

—Escúchame. Sabía que había un topo en la empresa y que era alguien cercano a ti. Sólo quería desenmascarar al cabrón que te estaba jodiendo.

—Tú eras el cabrón que me estaba jodiendo.

—No es verdad —se obstinó—. Te quiero; sólo intentaba protegerte. Cuando Truax me dio a entender que le interesaban esas cifras, pensé que finalmente había descubierto a la persona que estaba detrás de todo. Estoy aquí porque trataba de sonsacarle información. Sólo estaba fingiendo.

—No te preocupes —repuso Katherine con una sonrisa—. No voy a denunciarte. Un juicio perjudicaría a la empresa. La gente confía en Inversiones Compton para hacer negocios a largo plazo. Pero bueno, esto ya lo sabías, ¿no, Dex? Después de todo, has trabajado para mí casi un año.

—Katherine, estás cometiendo un grave error.

—Ya puedes largarte —dijo ella—. Un guardia de seguridad te espera en tu despacho. Se quedará contigo mientras recoges tus cosas, luego te pedirá las llaves y te acompañará a la salida. Ya sabes, el procedimiento estándar en situaciones como ésta. Nadie sabrá por qué te has marchado, pero lo imaginará. Estoy segura de que todo el mundo está al tanto de nuestra relación. Cuando suceden estas cosas, siempre es el ejecutivo de menor rango el que abandona la empresa, ¿verdad?

—Katherine, no puedes hacernos esto.

—No lo estoy haciendo a nosotros, te lo estoy haciendo a ti. Y hablando de llaves, quiero que me devuelvas la de mi casa que te di hace unos meses. Ya no la necesitas —añadió, extendiendo la palma de la mano.

—De verdad, estás cometiendo un terrible error —insistió Morrow con voz ronca.

—No; estoy enmendando el que cometí cuando me enrollé contigo. Dame la llave, venga —repitió ella, endureciendo la voz—. Ahora.

Finalmente, Morrow cedió. Ethan se sorprendió de la rapidez con que sacó el llavero de oro del bolsillo, extrajo la llave y se la entregó.

—De todas formas, haré cambiar la cerradura, sólo para estar segura —comentó Katherine, echando la llave en el bolso—. Esta mañana, luego de que te fueras, metí en una bolsa tus cosas; las camisas, la afeitadora y demás. La he dejado en tu apartamento.

Viéndose perdido, Morrow fulminó a Ethan con la mirada.

—Todo esto es por tu culpa, hijo de puta —le espetó—. Lo lamentarás, te lo aseguro.

Ethan se sacó el pequeño grabador digital que llevaba en el bolsillo. Morrow y Katherine lo miraron. Ethan, sin decir nada, apagó el cacharro.

Morrow apretó la mandíbula al comprender que su amenaza había quedado grabada. Entonces cogió su maletín con brusquedad, se dirigió hacia la puerta y salió de la habitación.

Hubo un momento de silencio, en el que la habitación pareció soltar un largo suspiro.

—¿Cree que lo decía en serio, Truax? —preguntó Katherine, sin apartar la vista de la puerta.

—No se preocupe —contestó mientras iba hasta la mesa para meter los falsos fajos de billetes en el maletín—. Los tipos como Morrow no suelen correr el riesgo de recurrir a la violencia. Cuando los descubren, desaparecen como por ensalmo. Mañana a esta hora ya se habrá largado de la ciudad. Pasado mañana, como muy tarde. En un par de semanas ya estará instalado en otro lugar, maquinando su próxima jugada.

Katherine hizo una mueca.

—No le estoy haciendo ningún favor a la humanidad al dejar que se vaya así, sin haberlo denunciado, ¿verdad?

—No es cosa suya el hacerle ningún favor a la humanidad —repuso Ethan con firmeza—. Usted tiene una responsabilidad para con su empresa y sus clientes. Sin duda ha sido una decisión muy dura para usted.

—No —dijo ella—, en absoluto. Lo primero es la empresa. Estamos en medio de unas negociaciones muy delicadas. Entre todas las sucursales de Inversiones Compton que hay en Whispering Springs y en la zona de Phoenix, tengo más de cincuenta empleados y cientos de clientes que se hubiesen visto directamente afectados por este asunto. Me debo a ellos.

«Palabras propias de la empresaria que eres», pensó Ethan.

Katherine sacudió la cabeza; todo había acabado, pero parecía preocupada.

—Nunca pensé que un hombre me tomaría el pelo de esta manera, ¿sabe? Siempre he estado muy segura de mí misma, de mi instinto, de que sabría cuándo alguien pretendiese engañarme.

—Bueno, pero descubrió a Morrow —dijo Ethan, cerrando el maletín—. Por eso me llamó, ¿recuerda?

A ella le sorprendió esa observación. Al cabo de un momento asintió.

—Sí, es cierto —admitió, y se dirigió hacia la puerta con decisión—. Gracias, señor Truax. Ya no recordaba que fui yo quien advirtió que en Dexter Morrow había algo demasiado bueno para ser verdad.

Ethan cerró la puerta y siguió a su clienta por el pasillo.

—Todavía puede confiar en su instinto —comentó.

—Había contemplado la idea de casarme con él, ¿sabe? —Ethan asintió—. Hubiera sido mi segundo matrimonio. —Él volvió a asentir. Se detuvo junto al ascensor y pulsó el botón de llamada—. Mi primer marido se casó conmigo porque quería apoderarse de la empresa de mi padre —prosiguió ella—. Pero cuando vio que yo tenía la intención de dirigir Compton sola, pidió el divorcio.

Ethan rogó que el ascensor llegara pronto, aunque comprendía que ella necesitara hablar con alguien ahora que todo había acabado. Solía escuchar a sus clientes pacientemente, ya que lo consideraba una parte más de su trabajo. Sin embargo, ya tenía suficiente por aquel día. Una profunda inquietud se estaba apoderando de él.

La inyección de adrenalina que normalmente le suponía la resolución de un caso no había hecho acto de presencia en aquel hotel, tal vez debido a que últimamente no había dormido bien.

Y sabía el motivo de su insomnio: era noviembre, un mal mes. Si tenía que regirse por los dos últimos años, no conseguiría dormir bien hasta diciembre.

El ascensor no tardó en llegar. Katherine entró la primera.

—¿Ha estado casado alguna vez? —le preguntó.

—Pues sí.

Ella enarcó una ceja.

—¿Está divorciado?

—Tres veces.

Katherine frunció el entrecejo. A Ethan no le sorprendió. En aquella época de sofisticación, haberse divorciado un par de veces era bastante normal; siempre había alguna justificación. Sin embargo, tres divorcios hacían pensar que la persona en cuestión tenía un carácter complicado.

—¿Está casado ahora mismo? —quiso saber Katherine.

Ethan pensó en Zoe, que lo estaba esperando en casa. Visualizó la vívida imagen de ella sentada frente a él, aquella mañana, mientras tomaban el desayuno, vestida con un traje de color amatista. Recordó cómo los rayos de sol que entraban por la ventana habían provocado destellos en su cabello caoba, y cómo ella le había dirigido su enigmática mirada. Era su mujer; su esposa.

Aquella imagen era un talismán que Ethan llevaba consigo para contrarrestar las oscuras fuerzas que noviembre arremolinaba en torno a él. Sin embargo, algo le decía que, tarde o temprano, aquellas fuerzas triunfarían y apartarían a Zoe de él.

—Algo así —contestó Ethan, pulsando el botón de planta baja.

# 2

Había sido un buen día; no se había encontrado con ninguna pared chillona.

Para la gran mayoría de diseñadores de interiores, una «pared chillona» significaba una elección desafortunada del color o una ventana tratada con mal gusto. Sin embargo, para una diseñadora que también tenía poderes psíquicos y que podía percibir el aura invisible dejada en habitaciones que habían sido escenario de actos violentos o de pasiones extremas, el término «pared chillona» podía interpretarse de forma literal.

Inicialmente no había tenido intención de trabajar como diseñadora de interiores, pensó Zoe mientras servía dos copas de vino. Sus primeros planes apuntaban a hacer carrera como restauradora de arte, pero la muerte de su primer marido lo había cambiado todo.

Ella era la primera en reconocer que, tras la muerte de Preston, se había desquiciado durante algún tiempo. ¿Qué podía decir? Había sido presa de la desesperación. La policía había concluido que Preston había sido asesinado por un ladrón. Sin embargo, en cuanto entró en la casa donde había ocurrido el crimen, Zoe supo que no era así. Las paredes le gritaban que se había perpetrado un asesinato premeditado y sangriento.

En su afán por que se hiciera justicia, había cometido la equivocación, casi fatal, de contarle a todo aquel que se cruzaba en su camino que Preston había sido asesinado por alguien cercano a él. Y buscando convencer a los familiares de su marido de que uno de ellos era el culpable, les había dicho que podía percibir la terrible furia del asesino en las paredes de la casa.

Craso error.

Sus encendidas afirmaciones habían dado a la familia de su esposo la excusa perfecta para ingresarla contra su voluntad en una clínica psiquiátrica de lo más privado y exclusivo. Ella sabía que no estaba loca, pero la experiencia en aquel lugar casi había convertido el falso diagnóstico en una realidad. Zoe todavía tenía pesadillas en las que caminaba por los pasillos de Candle Lake.

Puso las dos copas de vino en una bandeja, junto con un plato de queso y galletas saladas, y lo llevó a la sala de su pequeño apartamento.

Ethan estaba en el sofá, ligeramente inclinado, con las piernas separadas y los codos apoyados en los muslos. Llevaba una camiseta negra y pantalones caqui, y sostenía el mando a distancia en una mano mientras iba recorriendo con aire ausente los programas de noticias de la tarde.

Zoe recordó la primera impresión que se había llevado de él, aquel memorable día de octubre, seis semanas atrás, al entrar en el despacho de Ethan, situado en un primer piso de la calle Cobalt. Lo primero que le había venido a la cabeza, en tanto que diseñadora de interiores, era que aquel hombre tenía mucho en común con sus muebles: usados y algo gastados en los bordes, pero de incontestable calidad, basada en una fabricación sólida y anticuada.

Era el tipo de hombre que acaba todo lo que empieza; la clase de persona que no deja un trabajo a medias. La única manera de pararlo era matarlo, y Zoe pensaba que eso no resultaría fácil.

Hasta ahí todo bien, había pensado ella, pero también estaban sus ojos. Eran de color ámbar, enigmáticos e inteligentes, como los de un depredador situado en la cúspide de la cadena alimenticia.

Su precipitada boda en Las Vegas había sido, en principio, una estrategia a corto plazo para proteger a Zoe de su acaudalada familia política, que tenía un fuerte motivo económico para querer verla muerta. La decisión de darle una oportunidad verdadera a su matrimonio había llegado más tarde, una vez desaparecido el peligro de que ella fuera asesinada.

Habían acordado tomárselo con calma; después de todo, sabían muy bien que tanto el uno como el otro habían arriesgado mucho al casarse. Cualquier terapeuta sensato hubiera estado en contra de aquella unión, y no sólo porque se hubiese llevado a cabo con tanta prisa.

Zoe lo entendía perfectamente. Las probabilidades de que aquella relación entre una mujer recién salida de un psiquiátrico y un hombre divorciado tres veces resultase estable y exitosa eran mínimas.

Por su parte, Ethan tenía una opinión muy negativa de los videntes, pues tras la muerte de su hermano, un charlatán que aseguraba tener visiones, había convencido a la viuda, Bonnie, de que su marido seguía vivo. El daño emocional causado por aquel farsante había sido devastador, y eso había enfurecido a Ethan. Bonnie le había confiado a Zoe que le costaba creer que aquel falso vidente hubiera sobrevivido a la furia de su cuñado.

Y, para colmo, Ethan también había tenido una experiencia muy mala con una diseñadora de interiores.

Sin embargo, pensó Zoe, a pesar de todas las razones por las que aquella boda parecía condenada desde un principio, ella y Ethan habían decidido probar suerte, tal vez porque ambos tenían mucha experiencia en lo que a arriesgarse se refería.

Hasta el primer día de noviembre ella había estado convencida de que iban a superar el reto, incluso había comprado una nueva y llamativa vajilla de un rojo intenso.

Durante las dos primeras semanas de aquel extraño matrimonio, habían ido adoptando un comportamiento que podría haberse descrito como «doméstico», de no ser porque resultaba difícil aplicar esa palabra con referencia a Ethan. Él era muchas cosas, entre otras listo, sexy y voluntarioso, pero desde luego no evocaba el tipo de imágenes mansas, cálidas y acogedoras que implica el término «doméstico».

Aunque Zoe había mantenido su apartamento en la urbanización Casa de Oro, ella y Ethan habían pasado todas las noches juntos, normalmente en Nightwinds, el monstruoso caserón rosa de él. Todas las bases que se le suponen a una relación sólida y estable parecían empezar a asentarse. Ambos estaban aprendiendo a convivir. Habían descubierto, por ejemplo, que los dos se levantaban temprano, que no dejaban ropa tirada en el suelo y que se duchaban a diario. ¿Qué más se podía pedir al principio de un matrimonio?

Sin embargo, con la llegada de noviembre las cosas habían cambiado. Zoe tenía la sensación de que Ethan se estaba arrepintiendo, de que ponía distancia entre ellos. Parecía inquieto y malhumorado. Ella sabía que él no dormía bien. Los silencios entre ambos ya no eran cómodos ni amigables, y cada vez había más. Además, Ethan evitaba los intentos de Zoe por abordar el tema.

Era como si, en vez de estar casados, tuvieran un romance, pensó; un romance que se iba a pique.

Tal vez había sido un error empezar a remodelar Nightwinds tan pronto. La decisión de volver a pintarlo había supuesto trasladarse del caserón de Ethan, con sus varios cuartos de baño y grandes habitaciones, al pequeño apartamento de Zoe, que contaba con un solo baño y en el que no había sitio para que ninguno de los dos pudiera estar a solas cuando así lo desease.

Zoe se dijo que instalar a su marido en aquel espacio reducido y abarrotado era como tener a un tigre en una jaula. Cabía esperar que surgiesen problemas.

—¿Cómo ha reaccionado Katherine Compton? —preguntó, dejando la bandeja sobre la mesita de la sala.

—No le ha gustado confirmar sus sospechas, pero se lo ha tomado bastante bien —contestó Ethan, apagando el televisor y colocando el mando a distancia junto a la bandeja—. Lo más duro —añadió, cogiendo una copa— ha sido darse cuenta de que permitió que Dexter Morrow la engañara. Se sentía como una idiota.

Zoe se acurrucó en un extremo del sofá y apoyó un brazo en el respaldo.

—No me extraña —comentó—. ¿Qué le has dicho?

Él se encogió de hombros.

—Le he recordado que fue ella quien me llamó para investigar a Morrow. Puede ser muchas cosas, pero Katherine Compton no es ninguna idiota. Debe de haberle costado enfrentarse al problema, pero al final lo ha resuelto como la ejecutiva agresiva que es. Se recuperará.

—¿Y qué hay de ti?

Ethan iba a tomar un sorbo de vino, pero se detuvo con la copa a unos centímetros de la boca.

—¿Qué hay de mí?

—Este caso ha ido bastante bien. Según tú, no era más que rutina.

—Y lo era —respondió Ethan, y bebió un poco de vino—. Morrow era codicioso. Cuando olisqueó el dinero que le ofrecía, dejó de tomar precauciones.

—Si todo fue tan sencillo, ¿por qué estás preocupado? —Por un instante, Zoe creyó que Ethan no iba a responderle.

—No tengo ni idea —dijo él finalmente.

Ella esbozó una sonrisa.

—¿Sabes lo que creo? —dijo.

—No, pero seguro que vas a decírmelo.

—Por supuesto. Es mi deber como esposa, y ya sabes cuánta importancia doy a la comunicación en el matrimonio.

—Ya, ya.

—Creo que en el fondo eres un romántico —prosiguió ella con ternura.

Ethan hizo una mueca.

—Bobadas —repuso.

—Tenías problemas con este caso porque sabías que tu clienta iba a sufrir.

—Me paso el tiempo dándoles malas noticias a mis clientes —argumentó Ethan—. Katherine no ha sido el primero ni será el último.

—Lo sé, pero eso no quiere decir que te guste esa parte de tu trabajo ni que te resulte fácil.

Ethan bebió otro vaso de vino y se arrellanó en el extremo opuesto del sofá.

—¿Sugieres que tal vez estoy haciendo mal mi trabajo?

Zoe casi dejó caer la galleta que acababa de coger del plato; pensó que Ethan estaba bromeando, pero lo miró a los ojos y se dio cuenta de que no era así.

—No. Creo que estás haciendo el tipo de trabajo para el cual naciste, Ethan.

—¿Sí?

—Pues claro, es tu vocación, tu profesión.

Él esbozó una sonrisa.

—Ésta debe de ser la primera vez en la historia que alguien califica la investigación privada como profesión.

—Pues en tu caso es la pura verdad. Cuéntame lo que pasó hoy en esa habitación de hotel.

Ethan tomó una galleta con queso, bebió más vino y comenzó a hablar. Zoe le escuchó describir cómo había atraído a Dexter Morrow a la habitación y cómo Katherine Compton había insistido en esconderse en el cuarto de baño, a pesar de que él le había aconsejado que no lo hiciera.

—Mi mayor preocupación era que Morrow fuese al lavabo antes de decir algo que lo implicara —explicó—. Sin embargo, comprendí que ella tuviese la necesidad de estar presente, así que no tuve opción. Por suerte, todo fue sobre ruedas. Como te he dicho, Morrow estaba ansioso; no quería perder el tiempo. Pero te aseguro que no le ofrecí nada de beber —bromeó.

—Bien pensado.

—Gracias. Estoy bastante orgulloso de esa parte de mi estrategia —reconoció Ethan.

Continuó hablando un poco más y acabó siguiendo a su mujer a la cocina, para terminar su relato. Se apoyó contra el marco de la puerta, bebiendo de su copa de vino y mirando cómo ella acababa de preparar las verduras al curry para la cena.

«Como un verdadero marido», pensó Zoe, sintiéndose mejor.

No obstante, un detalle de la historia seguía inquietándola.

—¿Estás seguro de que Morrow no te causará problemas? —preguntó, colando el arroz para colocarlo en uno de los nuevos boles rojos—. Quizá te culpe por haberle arruinado sus planes.

21

—Los tipos como él suelen desaparecer en cuanto los descubren, y es la verdad. Cortará por lo sano y se irá de la ciudad.

Ethan se sentó a la mesa y examinó los platillos de aderezos para el arroz con aparente entusiasmo. Zoe se sintió un poco mejor. La cuñada de Ethan, Bonnie, aseguraba que la mejor forma de conquistar el corazón de un hombre es a través del estómago, y tal vez estaba en lo cierto.

Zoe puso el bol de arroz y las verduras al curry sobre la mesa.

—¿Crees que Morrow sentía algo por Katherine Compton?

—Sintiera lo que sintiese, no era lo bastante fuerte como para evitar que la traicionara por doscientos mil pavos.

—Ya —dijo Zoe, y sacó la ensalada de la nevera, la puso sobre la mesa y se sentó frente a Ethan—. Qué triste que ella sí estuviera enamorada de él.

—Tampoco es que estuviera ciegamente enamorada —aclaró Ethan, cogiendo la botella de vino para rellenar las copas—. Cuando se dio cuenta de lo que estaba pasando, hizo lo que tenía que hacer.

—Supongo que por algo dirige tan bien su empresa.

—Supongo —coincidió él, cubriendo de verduras el arroz que se había servido en el plato y cogiendo cacahuetes, pasas y mango agridulce de los platillos—. Además, ocurre que ella es mi primera clienta importante desde que estoy en Whispering Springs, por lo cual le estoy muy agradecido.

—Perdona, pero yo fui tu primera clienta importante. Me extraña que puedas olvidar una cosa así.

—Tú fuiste mi primera clienta íntima; hay una gran diferencia.

—¿Estás seguro?

—Lo estoy. Y créeme, no he olvidado ni un detalle de tu caso.

—Ha de ser difícil olvidar un caso cuando acabas casándote con tu clienta —observó Zoe con ironía.

—También es verdad.

Zoe no sabía adónde quería llegar con aquella estrategia. Ya era la segunda vez en una hora que colaba en su conversación con Ethan una referencia al estado marital de ambos. La primera, en la otra habitación, cuando había dejado claro que consideraba su deber de esposa darle su opinión, y ahora había deslizado aquel comentario tan poco sutil sobre que él se había casado con su primera clienta.

—Qué extraño —dijo él, pensativo.

Zoe arrugó la frente.

—¿Te refieres a la cena?

—No, la cena está muy buena. Quiero decir que me resulta extraño hablar de un caso cerrado de la forma en que lo estoy haciendo esta noche.

—No tienes que hablar de ello si no quieres —repuso Zoe, tensa, casi a la defensiva.

—No, está bien; lo que pasa es que no estoy acostumbrado, eso es todo.

Ella se sintió ligeramente aliviada.

—Ethan, es lo que hace la gente casada.

—¿En serio? —contestó él, sonriendo con sorna—. Nunca hablé de mi trabajo con mis anteriores esposas.

—¿Por qué no?

—Tal vez porque no estaban interesadas. Seamos sinceros; el trabajo de un detective privado suena bastante aburrido cuando tratas de contárselo a los demás. El noventa por ciento de mi trabajo lo hago a través del teléfono y el ordenador.

—Pero a ti no te aburre, ¿no?

—No; es lo que me gusta hacer.

—Pues si a ti no te aburre —concluyó ella, comprensiva—, a mí tampoco.

—¿Estás segura?

—Totalmente.

—Vale. Pues así me ha ido el día —dijo Ethan, cogiendo un poco de curry con el tenedor—. ¿Cómo te ha ido a ti?

—No ha sido ni la mitad de interesante. Me he pasado la mañana trabajando en la biblioteca de La Casa Soñada por los Diseñadores. Creo que por fin todo comienza a encajar.

La invitación a participar en el proyecto anual de La Casa Soñada por los Diseñadores había supuesto todo un empujón para Zoe y su empresa unipersonal, Interiores Mejorados. Un comité había escogido como casa modelo una residencia de alto nivel recién construida en Whispering Springs y seleccionado a un grupo de diseñadores locales que terminarían el proyecto. Zoe había sido una de las agraciadas.

A cada diseñador se le había asignado una habitación de la casa y había pedido que la convirtiese en un espacio de ensueño; a ella le había tocado la biblioteca.

Aquel proyecto le robaba más tiempo del que ella esperaba, pero Zoe creía que el esfuerzo merecía la pena. Además de recaudar fondos para las obras de caridad de Whispering Springs, La Casa Soñada por los Diseñadores prestaba una atención inmejorable a los diseñadores seleccionados. Cuando la casa estuviera acabada, la prensa cubriría el acontecimiento y se organizarían visitas guiadas. Además, las habitaciones y sus creadores serían fotografiados para una importante revista de nuevas tendencias del sudoeste del país.

—¿Sigues teniendo problemas con Lindsey Voyle? —preguntó Ethan.

Lindsey Voyle, una diseñadora que hacía poco había abierto un negocio en la ciudad, era, en opinión de Zoe, la única persona que sobraba en el proyecto de la casa. Sus estilos eran radicalmente diferentes, pero eso no era el verdadero problema. Éste era que, desde el momento en que las habían presentado, Lindsey Voyle mostraba una inexplicable y poco disimulada hostilidad hacia Zoe.

Zoe frunció la nariz, consciente de que su marido consideraba graciosa aquella enemistad.

—Hoy me he topado con ella en la casa —dijo Zoe, cogiendo el plato de mango agridulce—. Tuvo la desfachatez de darme consejos sobre mi utilización del *feng shui*. Me dijo que, como he usado colores demasiado intensos, he conseguido que fluyese por la casa una corriente de energía negativa.

—¿Energía negativa? Qué miedo.

Zoe recordó que a Ethan le resultaba de lo más cómico la idea de conseguir mediante el diseño corrientes energéticas positivas en una habitación o en un espacio de trabajo.

—Lindsey dice que un maestro de *feng shui* en Los Ángeles le enseñó los principios básicos del tema —explicó Zoe.

—Y tú ¿qué le dijiste?

—No lo que me hubiera gustado, tan sólo que mi estilo no era totalmente *feng shui*. Le expliqué que yo tomo elementos de varias filosofías del diseño, algunos nuevos, otros más antiguos, y que los uso para crear corrientes de energía positiva —dijo Zoe, sirviéndose más mango—. Le dejé bien claro que confío en mi propio sentido del espacio como fuente de inspiración para mis ideas, y que no sigo las reglas de un estilo en particular.

Ethan enarcó las cejas.

—¿Le contaste que puedes percibir lo que ha ocurrido en una habitación?

—Pues claro que no. Ella me considera una profesional de medio pelo sin sentido del color ni del estilo. No quiero que además vaya diciendo por ahí que soy un bicho raro.

Ethan asintió.

—Probablemente no sería bueno para tu negocio.

—Sólo hay un paso entre ser conocida como una diseñadora a la última que utiliza el *feng shui* y ganarse una reputación de charlatana que cree en fantasmas.

—Entiendo.

—Pero cuanto menos hablemos de Lindsey Voyle, mejor. La buena noticia es que me ha llamado Tabitha Pine —dijo Zoe.

—Hablando de bichos raros —comentó Ethan, masticando un bocado de ensalada.

Zoe frunció el entrecejo.

—No hay nada raro en enseñar técnicas de meditación. Mucha gente las considera muy útiles para reducir el estrés. Hay pruebas científicas que demuestran que la meditación baja la tensión arterial y el nivel de ansiedad.

—Pues yo me quedo con mi propio sistema para mitigar el estrés —opinó Ethan.

—¿Cuál es?

—El sexo.

—Pienses lo que pienses sobre la meditación como terapia para disminuir el estrés, no cabe duda de que enseñar las técnicas puede ser muy rentable. Tabitha Pine ha comprado hace poco una finca enorme y preciosa en las afueras de la ciudad. Quiere reformar completamente el interior para maximizar las corrientes de energía positiva.

—Y ésa es tu especialidad; enhorabuena. Ya me lo puedo imaginar: Zoe Truax, la diseñadora de los gurús. Pine parece una clienta ideal.

—No tanto —replicó ella, suspirando—. Todavía no me ha contratado. Antes de decidirse quiere ver mi propuesta y la de otra persona.

—Eso me da mala espina —opinó Ethan.

—Adivina quién es esa otra persona.

—¿Lindsey Voyle?

—Bingo.

—Vaya, vaya. La cosa puede ponerse fea. Ya os veo retándoos a un duelo al mediodía, en el centro de la ciudad. ¿Cuáles serán las armas? ¿Cintas métricas?

—Me alegro de que te parezca divertido.

Ethan soltó una risilla.

—Cariño, yo apuesto por ti —dijo—. Cuando se trata de hacer que fluya la energía positiva, tú eres la mejor.

—No te hagas el listo, Truax. Sólo porque no creas en el diseño de interiores inteligente, no quiere decir que la gente que lo hace sea tarada.

Ethan puso cara de ofendido.

—Nunca llamaría tarados a los tipos que te pagan por distribuir la energía psíquica de sus casas —dijo.

—Entonces ¿cómo los llamarías?

—Clientes —contestó Ethan suavemente.

Ella asintió.

—Respuesta correcta.

—Aprendo rápido —dijo él, poniéndose serio—. Pero ¿estás segura de que quieres aceptar ese trabajo para Tabitha Pine? Teniendo en cuenta lo que hace, ha de tener una opinión muy clara sobre las corrientes de energía. ¿No te resultará un poco frustrante trabajar con ella?

—Me gustan los clientes que tienen claro sus gustos. A veces, su opinión me hace ver las cosas desde otra perspectiva. Siempre supone un reto diseñar para gente de ideas claras, además de que sirve para aprender cosas nuevas.

—Pues yo tengo muchas cosas que decir acerca de tus planes para Nightwinds, pero mis ideas no te suponen un reto. Siempre estamos discutiendo al respecto.

Zoe pensó en la última de esas discusiones. La vieja mansión era una versión de una típica casa de estilo mediterráneo, pero a lo Hollywood, exagerada y de un tono rosa chillón. Ethan la había heredado de su tío, ya que ninguna agencia inmobiliaria de Whispering Springs había podido venderla.

—Eso no es verdad —dijo Zoe, poniendo su sonrisa más amable y profesional, aquella que reservaba para clientes difíciles que necesitaban de alguien que los aconsejara—. Como cliente, tú siempre supones un reto.

—¿Pero?

—Pero si lo dejara todo a tu gusto no tendríamos más que paredes blancas y sillones reclinables en todas las habitaciones de Nightwinds.

—Estás exagerando —dijo Ethan, y le brillaron los ojos—. No necesito sillones en los cuartos de baño.

—¿Estás seguro?

Ethan dudó, frunciendo el entrecejo ligeramente mientras buscaba una respuesta.

—Bueno —contestó—, ahora que lo dices...

—Ni se te ocurra, Truax —le advirtió Zoe.

Él se encogió de hombros.

—De todas formas, seguro que no cabrían.

—Seguramente.

Zoe observó cómo su marido cogía más ensalada; ya no parecía tan tenso. Sin embargo, algo todavía iba mal. Fuera lo que fuese, ella estaba segura de que se trataba de algo más profundo y perturbador que el amargo final del caso de Dexter Morrow.

Al pasar junto a la puerta del cuarto de baño, Zoe oyó el murmullo de la afeitadora eléctrica de Ethan. Minutos antes había oído el ruido de la ducha. Se detuvo en medio del pasillo y entonces tuvo una idea.

Se ajustó el cinturón de la bata y abrió la puerta del baño. La envolvió un aire cálido y húmedo. Ethan estaba frente al espejo, con una toalla alrededor de la cintura. Zoe sintió el impulso de acariciarle su musculosa espalda.

Él la miró a través del vapor que cubría el espejo. Ella contuvo la respiración al ver que aquella sombra enigmática había vuelto a sus ojos felinos.

—Ya no tienes por qué afeitarte antes de acostarte —le dijo Zoe, tratando de sonar amable—. Ahora estamos casados, ¿recuerdas?

Perfecto; aquélla era la tercera o cuarta vez que hacía referencia al matrimonio aquella noche. Lo cierto era que ya había perdido la cuenta.

Ethan dejó la afeitadora con brusquedad sobre la encimera.

—Lo recuerdo.

Zoe podría haber jurado que la temperatura del pequeño lavabo subió varios grados. De repente, era como si estuviera en el trópico. Una especie de sensual excitación se apoderó de ella.

Pensó que, teniendo en cuenta el extraño temperamento de su marido, abrir la puerta del baño quizá no había sido una buena idea.

Sin embargo, ya era demasiado tarde para volver atrás. Ethan se dio la vuelta y se aproximó a ella con su habitual energía sutil y controlada. Le cogió la cabeza con ambas manos, hundiendo los dedos en el cabello de Zoe, y la besó con ardor, lo que hizo que ella temblase.

El beso de Ethan reclamaba algo más. Transformó su sensual excitación en punzantes y vigorosos impulsos eléctricos. Se le encendieron todos los nervios del cuerpo y temió estar brillando como una bombilla. Ethan alargó el beso, saboreándola, buscando la respuesta que quería, o mejor dicho, que necesitaba. Desplazó sus manos hasta la cintura de Zoe, le desató la bata y se la apartó de los hombros, haciéndola caer al suelo, para luego seguir con el camisón.

Cuando estuvo desnuda, Ethan la estrechó con tanta fuerza que

Zoe casi no podía moverse. Estaba tremendamente excitada. Suspiró de placer y ansiedad y se aferró él, hincándole los dedos en los hombros húmedos y musculosos y aplastando los pechos contra su rizado vello pectoral.

La toalla que Ethan tenía atada a la cintura desapareció. Zoe notó la erección de su marido, dura y potente, presionándole el vientre desnudo. Sin embargo, a pesar de aquel torrente de pasión, no pudo evitar sentirse extrañamente incómoda.

En todo aquello había algo que no cuadraba.

Aunque el humor de Ethan había mejorado durante la cena, aquella inquietante manera de ser suya había reaparecido. Ya fuera de forma consciente o inconsciente, Ethan canalizaba esa oscura energía a través de un voraz y salvaje apetito sexual.

Ésta no era la primera vez en esos últimos días que él le hacía el amor arrebatado por aquel peligroso estado de ánimo. Pero Ethan ya lo había dicho en la cena: el sexo le parecía la mejor forma de aliviar el estrés.

No obstante, «peligroso» no era tal vez el adjetivo más adecuado para calificar lo que Zoe percibía que estaba consumiendo a Ethan. No era que ella temiese que él le hiciera daño; Ethan sería incapaz de ello. Sin embargo, sabía que su marido se valía del sexo como un antídoto temporal para contrarrestar eso que estaba envenenando su espíritu.

Lo que más la preocupaba era que unos buenos orgasmos no iban a calmar para siempre lo que fuera que inquietase a Ethan.

Éste la abrazó por la cintura y la levantó del suelo. Zoe supuso que iba a llevarla al dormitorio, pero, en lugar de eso, Ethan se dio la vuelta y la apoyó contra la encimera.

Zoe soltó un tembloroso suspiro al notar el frío mármol en sus nalgas desnudas. Sin embargo, antes de que pudiera protestar, él ya se había colocado entre sus piernas. El deseo de éste la envolvió como el viento caliente del desierto.

—Se suponía que la ducha y el afeitado eran para calmarme —le dijo Ethan, y comenzó a acariciarle el clítoris con suavidad—. No tendrías que haberme interrumpido.

—No pasa nada —respondió Zoe, que ya estaba mojada, rodeando el sexo de Ethan con una mano—. No tienes por qué estar siempre calmado; a veces es bueno estar excitado.

—Tal vez sea bueno para mí, pero no para ti. Yo quiero que tú estés bien.

—Ethan, no pasa nada —lo tranquilizó atrayéndolo hacia sí y frotando el voluminoso glande contra su húmeda raja para excitarlo más—. No tienes por qué estar siempre controlándote, cariño. Conmigo no...

Ethan gruñó y se le tensaron todos los músculos.

—Zoe... —graznó.

Se asió a sus caderas y la penetró profundamente. Zoe le rodeó la cintura con las piernas y apretó con fuerza, mientras él se dirigía ansiosamente hacia el clímax y la efímera paz que éste pudiera proporcionarle.

# 3

Arcadia Ames se despertó rezumando adrenalina. Abrió los ojos y escuchó con atención, temblando; el corazón le latía con fuerza. Trató de calmarse, pero era imposible. Necesitaba tomar aire.

Nada se movía en la oscuridad de la habitación. La luna iluminaba lo bastante para mostrarle que no había nadie junto a la cama, ni ninguna silueta amenazante en la puerta. Tampoco se oían pasos en el salón ni en la cocina.

Todas las pruebas percibidas por sus ojos y oídos le decían que nadie había burlado el sofisticado sistema de seguridad que Harry había instalado. Estaba completamente sola.

Sin embargo, la sensación de estar siendo observada era tan fuerte que no podía ignorarla. Se sentía horriblemente frustrada y aterrorizada.

¿Qué le estaba pasando? Había tenido aquella misma sensación varias veces los dos últimos días, y esa noche era todavía peor. Tal vez aquellos dos meses que había pasado Candle Lake la habían afectado más de lo que ella creía.

Había ingresado voluntariamente en aquel manicomio como parte de su plan para esconderse de su marido. Grant quería verla muerta, y ella había supuesto que a él nunca se le ocurriría buscarla en un lugar así.

A pesar de todo, había resultado una elección desastrosa. La clínica estaba dirigida por un administrador corrupto que había permitido que algunos fornidos enfermeros se desmandasen por la noche. En general, la actividad nocturna era relativamente inofensiva. Había enfermeros que se dedicaban a vender medicamentos birlados de las reservas del hospital; otros, la mayoría, a dormir. Sin embargo, los más brutos se habían divertido violando a las pacientes, desvalidas y narcotizadas.

Lo único positivo de su estadía en Candle Lake había sido su amistad con Zoe. Ambas habían planeado juntas su fuga del lugar. Habían tenido que llevarla a cabo antes de lo previsto, ya que una noche dos de los enfermeros más viciosos habían ido a por Arcadia. Todavía le daba escalofríos recordar aquella violación frustrada. Si aquella noche Zoe no hubiera oído cómo los hombres se la llevaban a la enfermería...

Pero no; no valía la pena pensar más en ello. No había motivos para seguir temiendo a nadie de aquel sitio. Hacía un mes que Ethan había borrado prácticamente del mapa la clínica.

Al único que debía temer era a Grant.

Se suponía que el muy cabrón había muerto, pero ella lo conocía demasiado bien como para creer en aquel oportuno accidente de esquí en Suiza. Nunca habían encontrado el cadáver, supuestamente enterrado bajo toneladas de nieve. Sin embargo, la intuición le decía a Arcadia que su marido había fingido su propia muerte y que vivía en algún lugar con un nombre falso.

Igual que ella.

Extendió un brazo lentamente y cogió la pistola que guardaba bajo la cama siempre que Harry estaba fuera. Empuñar el arma le proporcionaba cierta sensación de seguridad. Después de lo de Candle Lake, Zoe y ella habían agudizado su sentido de la seguridad. Zoe se había apuntado a clases de autodefensa.

Arcadia, consciente de que tal vez algún día Grant podría decidir volver del mundo de los muertos, había optado por comprarse un arma y aprender a utilizarla.

Pistola en mano, sacó las piernas de la cama, se puso de pie, fue hasta la puerta y oteó el pasillo. La luz que siempre dejaba encendida en el salón iluminaba tenuemente la alfombra blanca y los muebles, de color claro. No había ninguna sombra que no le fuera familiar.

Echó a andar con cuidado, con el camisón de seda gris tocándole los tobillos. Cuando llegó al panel de los interruptores, los encendió todos de golpe, iluminando cada habitación de la casa, además de los armarios.

Uno a uno, revisó cada cerradura y cada alarma, tanto de las ventanas como de la puerta principal. Una vez comprobó que no había peligro, volvió a apagar las luces y se acercó a una ventana. Había escogido expresamente un apartamento situado en un primer piso, no sólo porque pensase que sería más difícil acceder a él por la ventana, sino porque, además, le proporcionaba una mejor vista de la piscina y el jardín que había en el centro del complejo de viviendas.

Contempló el cielo nocturno del desierto. Al igual que Sedona y otras poblaciones de Arizona, Whispering Springs no tenía demasiadas farolas. El motivo oficial era que una iluminación excesiva de las zonas residenciales y comerciales interfería en el disfrute de los gloriosos cielos nocturnos por parte de ciudadanos y turistas. Sin embargo, Arcadia tenía la corazonada de que las autoridades locales sólo pretendían ahorrar en electricidad. A la buena gente de Arizona no le gustaba demasiado pagar impuestos.

La asociación de propietarios a la cual pertenecía Arcadia había instalado farolas de baja intensidad a lo largo de los senderos y la valla que rodeaba la piscina. El débil brillo de aquellas lámparas no tenía mucho alcance. Miró hacia abajo y vio un montón de sombras.

Aguzó la mirada un buen rato pero, con la excepción de un gato, nada se movió.

De repente, el teléfono la sobresaltó. Irritada, cruzó la habitación y dudó antes de levantar el auricular. Maldición, no podía permitir que la dominaran los nervios.

—¿Sí?

—¿Estás bien? —le preguntó Harry Stagg sin más.

Arcadia sintió un inmenso alivio al oír aquella voz, y soltó el aliento que ni siquiera se había dado cuenta de que estaba conteniendo.

Al otro lado del auricular podía oírse vagamente un estruendoso rock duro. Arcadia casi esbozó una sonrisa. A Harry no le gustaba especialmente el rock; como ella, prefería el jazz.

—Estoy bien —contestó ella, dejándose caer en una de las dos sillas de cuero blanco que había enfrente de la mesita del salón.

—Pues no lo parece —replicó Harry—. Pareces nerviosa. ¿Te he despertado? Pensaba que todavía estarías despierta.

Tanto Harry como ella solían acostarse tarde; era una de las tantas cosas que tenían en común. Arcadia no tenía ganas de contarle que no había dormido bien desde su marcha y que, esa noche, había tratado de arreglarlo yéndose a la cama antes de lo habitual.

—No. Estaba despierta —dijo ella, dejando la pistola sobre la mesa y yendo de nuevo hasta la ventana—. ¿Qué tal el trabajo?

Harry Stagg era diferente a todos los hombres que Arcadia había conocido. Justo lo contrario a los hombres de negocios elegantes, ricos y poderosos que poblaban el mundo en que ella se había movido una vez. Justo lo contrario a Grant.

Lo había conocido hacía un mes, cuando Ethan lo trajo de California para protegerla mientras él y Zoe se ocupaban de la amenaza que suponían los parientes políticos de ésta.

Físicamente, Harry tenía un parecido asombroso con un esqueleto viviente. Cuando sonreía parecía una caricatura de algún personaje terrorífico. Sin embargo, al cabo de pocas semanas de haberlo conocido, ella había llegado a la conclusión de que eran almas gemelas.

En la tarjeta de visita de Harry ponía que era consejero de seguridad. A juicio de Arcadia, ese término era un cajón de sastre, pero en este caso no era más que un eufemismo de guardaespaldas. Hacía una semana que estaba protegiendo a la hija adolescente de un hombre de negocios tejano. La jovencita estaba a punto de acabar el instituto, y la habían mandado a la costa Oeste para visitar varias universidades de California. El objetivo era recoger información que la ayudara a decidirse por una. Sin embargo, a juicio de Harry, los principales intereses de la chica habían sido, hasta el momento, ir de compras y divertirse.

—Pura rutina —dijo Harry—. Hoy la niña se ha comprado tres pares de zapatos más, un par de bolsos y una camiseta que le deja al descubierto el pendiente que lleva en el ombligo. También se ha comprado unos tejanos tan apretados que le marcan todo.

—No deberías fijarte en esas cosas, Harry. Eres un profesional, ¿recuerdas?

—Me pagan por mirar todo al detalle. Por si te interesa, después de verla con la camiseta en cuestión, estoy seguro de que se ha operado las tetas.

—¿A su edad?

—Para las chicas ricas de su edad, ponerse silicona es tan corriente como una ortodoncia.

—¿Habéis visitado algún campus?

—Hemos pasado un cuarto de hora en Pomona y una media hora en la Universidad del Sur de California.

—Buenas instituciones. ¿Le alcanzan las notas como para ir a ellas?

—No lo sé, pero con la pasta que tiene el padre podrá ir a la universidad que le dé la gana.

El rock duro que se escuchaba de fondo no cesaba.

—¿Dónde estás? —preguntó Arcadia.

—En una especie de local juvenil. Tendré suerte si no me quedo sordo después de esto.

—¿Cuánto va a durar?

—¿El trabajo o el concierto?

Arcadia esbozó una sonrisa.

—El trabajo.

—Bueno, la verdad es que esta mañana casi me da un ataque cuando la niña me dijo que pretende quedarse por aquí hasta fin de mes. Por suerte, su padre ha llamado para decirle que tiene que volver a Texas en diez días.

—¿Tienes que acompañarla de vuelta a casa?

—No. Su padre enviará a uno de sus hombres para recogerla y

llevarla a Dallas. La única razón por la que me contrató fue porque quería a alguien que conociera el ambiente del sur de California.

—¿Así que volverás a casa en diez días?

Hubo una pausa. Por un instante, Arcadia pensó que se había cortado la comunicación, pero todavía oía la música de fondo.

—¿Harry?

—Sí, hola —dijo él, con un tono inusualmente neutro.

—Pensé que se había cortado. ¿Pasa algo? ¿Tienes que colgar?

—No. Lo que pasa es que acabo de darme cuenta de que no pienso que Whispering Springs sea mi casa.

—Ya. —Arcadia no supo qué decir. Lo cierto era que ella misma, aunque hacía más de un año que vivía allí, sólo recientemente había comenzado a pensar en Whispering Springs como en su hogar. No estaba segura de a partir de cuándo, tal vez después de haber conocido a Harry. Sin embargo, significara lo significase aquel lugar para ella, estaba claro que para él no era su hogar. En todo caso, Harry seguía manteniendo su dirección de San Diego, y eso era algo que Arcadia no debía olvidar.

—Sí —dijo él de pronto.

Arcadia pensó que había perdido el hilo de la conversación.

—Sí ¿qué?

—Que sí, que volveré a casa en diez días, tan pronto deje a la chiquilla en el avión —dijo Harry con calma.

La seguridad de su voz funcionaba en Arcadia como una especie de antidepresivo mágico.

—Genial —dijo.

Una sensación de alivio y felicidad sustituyó la adrenalina que la había despertado hacía un rato. Y cuando al cabo de unos segundos colgó el teléfono, se sintió más tranquila, más relajada.

Ya no tenía miedo de la oscuridad.

# 4

Ethan trató de no hacer ruido, pero Arcadia estaba despierta y notó cómo se levantaba de la cama.

Le dio unos segundos de margen, sólo para asegurarse de que no iba al baño. Siempre podías tener un motivo para ir allí en mitad de la noche, se dijo. No diría nada hasta que Ethan comenzara a vestirse.

Su marido fue hasta el armario y comenzó a rebuscar. Zoe vio que cogía un pantalón.

—Podrías haberte ganado la vida desvalijando casas, ¿sabes? —dijo ella entonces, incorporándose—. No se te da nada mal salir a escondidas de la habitación de una dama.

Ethan se quedó quieto un instante y luego comenzó a ponerse los pantalones.

—Lo siento; no quería despertarte —se disculpó.

—Ya me he dado cuenta.

—Zoe...

—¿Vas a decirme qué pasa, Ethan?

—No podía dormir —contestó él, poniéndose una camiseta negra—. Supuse que no querrías que me pasara dando vueltas por la sala hasta el amanecer, así que pensé que sería mejor salir a dar un paseo.

—Salir a dar un paseo.

—Sí.

—¿En mitad de la noche?

—No me vendrá mal un poco de aire fresco.

—Venga ya —soltó Zoe, apartando la sábana y poniéndose en pie—. Estabas huyendo de mí, ¿no es cierto?

—¿De qué demonios estás hablando?

—Ibas a escaparte en mitad de la noche. —Zoe se percató de que le temblaban las manos; detestaba que le pasase eso. Se cruzó de brazos, tratando de contener el dolor y la rabia—. No me lo puedo creer. No esperaba esto de ti, Ethan Truax.

—Que quede algo bien claro —dijo él, abrochándose los pantalones con rapidez—. No estaba huyendo; sólo iba a dar un paseo. Hay una gran diferencia.

—No me lo creo. Hace dos semanas que te comportas de forma extraña, y me parece que es porque te arrepientes de haberte casado conmigo —repuso Zoe con lágrimas en los ojos—. Has cambiado de opinión y no tienes el valor de decírmelo, ¿verdad?

—Eso no es cierto.

—No querías casarte, ¿es eso? Preferías seguir como estábamos. Quieres ser libre para poder irte cuando te aburras de lo nuestro. Reconócelo.

—Maldita sea, deja de hacer suposiciones —replicó Ethan yendo hacia ella y cogiéndola de los brazos—. No tengo intención de romper con nuestro matrimonio.

—¿No?

—No.

Zoe alzó la barbilla.

—Entonces ¿por qué actúas como si quisieras escabullirte?

—No quiero escabullirme —negó Ethan—. Pero sería mejor si me mudase a Nightwinds unos días.

—Lo sabía.

—No, tú no sabes nada; te crees que sí, pero no. Esto no tiene nada que ver con lo nuestro.

—Mentira. Sea lo que sea lo que está pasando, no le está haciendo bien a nuestra relación.

—Zoe, en este momento no soy una buena compañía.

Ella lo cogió por los hombros.

—No estamos saliendo; estamos casados, ¿recuerdas? Eso quiere decir que no tienes que preocuparte por si eres o no una buena compañía.

—¿En serio? —dijo Ethan con ironía—. Pues la experiencia me dice que no es así, y tengo mucha.

—No pasarás por eso otra vez. Lo presiento.

—Conque lo presientes, ¿eh? Me pregunto qué fue lo que hice mal.

—Tú aguanta mis presentimientos —dijo Zoe, dándole una sacudida que no lo movió ni un milímetro—, qué yo te aguantaré a ti cuando estés de mal humor. ¿Entendido?

—Zoe...

—Dime qué te pasa. Sé que algo va mal, Truax.

Ethan retrocedió.

—En esta época del año me deprimo un poco, eso es todo.

—¿Por qué? ¿Por el tiempo? —Aquello no parecía probable. Sí, era noviembre, pero estaban en Arizona. Para los turistas, el tiempo seguía siendo magnífico—. ¿No te gusta que los días sean más cortos? ¿Acaso te molesta que haya menos luz?

—No. No tiene nada que ver con el tiempo ni con las horas de luz —dijo Ethan, la luna iluminándole el rostro—. Esto es algo que me pasa cada noviembre desde hace un par de años. Éste fue el mes en que secuestraron y mataron a Drew.

—El aniversario de la muerte de tu hermano —dijo Zoe, atando cabos y sintiendo un gran alivio, al mismo tiempo que se compadecía por Ethan. Se acercó a él y lo abrazó—. Por supuesto; tendría que haberme dado cuenta. En agosto pasado yo también estuve unos días deprimida. No sabía por qué, hasta que me acordé de que ése era el mes en que había muerto Preston.

La muerte de su marido había desencadenado una serie de terribles acontecimientos, entre ellos la pesadilla que había supuesto su ingreso forzado en Candle Lake. Agosto siempre le traería malos recuerdos, de igual manera que noviembre haría lo propio con Ethan.

Ethan la estrechó con fuerza.

—Bonnie y los chicos pasan por lo mismo todos los años.

Zoe pensó en las comidas que había compartido con su cuñada y sus sobrinos en las últimas semanas, en las que había notado cierta tensión en el ambiente.

—Bonnie parecía algo callada a principio de mes —dijo—. También es cierto que Theo y Jeff han estado más agresivos de lo normal.

—Bonnie y Theo se lo han tomado mejor este año, pero Jeff sigue teniendo problemas al respecto —comentó Ethan, frotándose la nuca—. Supongo que yo tampoco lo he superado del todo.

—¿Cuánto suele durar esta etapa?

—Hasta final de mes. —Ethan dudó una fracción de segundo, y añadió—: Justo al día siguiente de la fecha del accidente náutico de Simon Wendover. Murió dos años después de Drew, casi el mismo día.

—Ya.

Zoe sabía que Simon Wendover había sido el responsable de la muerte de Drew Truax. Ethan lo había investigado y había reunido pruebas contra él. Sin embargo, el peso de la ley no había caído contra aquel hombre, ya que lo habían declarado inocente.

A pesar de todo, no había podido disfrutar de su libertad durante mucho tiempo. Un mes después del juicio, Wendover había muerto en un accidente náutico.

Zoe se quedó con Ethan a la luz de la luna, abrazándolo hasta que notó que se relajaba. Entonces lo cogió de la mano.

—Ven —le dijo, llevándolo fuera del dormitorio—. Vamos a la cocina a prepararte un vaso de leche caliente.

—Eso es lo que yo te doy cuando tienes una de tus pesadillas.

—Funciona, ¿no?

—Me parece que me vendría mejor un trago de algo más fuerte.

—Como quieras —dijo Zoe, sonriendo.

Ethan la siguió hasta la cocina. Ella sacó la botella de brandy del armario y sirvió un poco en un vaso. Se sentaron a la mesa mientras Ethan lo bebía.

Luego volvieron a la habitación y Ethan se quitó la ropa por segunda vez aquella noche.

Zoe bostezó y volvió a meterse entre las sábanas.

—Si no consigues dormir, vete al salón y lee o haz algo, pero prométeme que no saldrás a la calle a caminar solo..

—De acuerdo.

Se metió en la cama y se pegó a la espalda de Zoe, que notó cómo él se relajaba.

Al cabo de un momento, Ethan se durmió.

Pero Zoe no. Se quedó despierta un buen rato, pensando. Estaba bastante segura de que Ethan le había dicho la verdad, hasta cierto punto. No le había mentido; ella sabía cómo sonaba una mentira. De hecho, había tenido que contar bastantes durante los meses que habían seguido a su fuga de Candle Lake, cuando se había visto obligada a asumir una nueva identidad.

No, Ethan no le había mentido. Sin embargo, no le había contado toda la verdad. Se preguntó qué había omitido y por qué no se lo había contado.

# 5

Shelley Russell sacó las fotos del sobre y las puso sobre la mesa.

—¿Son suficientes? —preguntó.

El hombre las cogió y las contempló. Ella estaba orgullosa de aquellas fotos. Había tenido que estar tres días en Whispering Springs para conseguirlas, pero estaba segura de que John Branch y el desconocido para el que éste trabajaba estarían satisfechos.

Branch seguía observando las fotografías. Ella tenía ochenta y dos años y él treinta y pocos, pero eso no quería decir que Shelley no pudiese fantasear un poco. Además, Branch era una fantasía andante si a una le gustaban los tipos de estilo militar, rudos y pulcros.

Ella siempre había sentido debilidad por los hombres uniformados. Qué diablos, si hasta se había casado con dos; el primero había muerto, y del otro se había divorciado.

Aparte de guapo, Branch tenía la mandíbula muy marcada, la mirada fría y unos pómulos propios de un vikingo. Podría haber hecho de modelo para el cartel de reclutamiento de alguna unidad de élite del ejército. A Shelley no le hubiera sorprendido que hubiera estado en las Fuerzas Especiales.

Estaba claro que Branch iba al gimnasio. Tenía bultos en todos los lugares estratégicos del cuerpo. Aquélla era la segunda vez que se veían, pero él iba vestido de forma muy parecida a la primera. Unos vaqueros tan ceñidos que era extraño que no reventasen las costuras, y una sudadera gris de manga corta tan ajustada al pecho que marcaba todos y cada uno de sus bien definidos músculos.

Sin embargo, aunque ella hubiera tenido cuarenta o cincuenta años menos, no creía que se hubiera permitido más que fantasear con John Branch. Después de toda una vida dedicada a la investigación privada, Shelley sabía que no era aconsejable mantener un romance con un cliente. Sin embargo, no era la ética profesional lo que la hubiera detenido. A lo largo de su carrera, en ocasiones había acabado acostándose con algunos clientes y no había pasado nada.

Pero John Branch era diferente. Había algo ligeramente extraño en su forma de ser. Tenía algo más que aspecto militar; poseía una cualidad robótica que resultaba ciertamente inquietante.

—Son unas fotos estupendas, señora Russell —dijo Branch al cabo, pronunciando cada palabra con precisión militar—. Ha hecho un buen trabajo.

—Me alegro de que esté satisfecho. —Shelley se inclinó hacia delante, haciendo chirriar la silla en que estaba sentada; el mismo chirrido de los últimos veinte años. Al final iba a tener que ponerle aceite—. ¿Está seguro de que ésta es la mujer que busca?

—Se ha teñido el cabello y viste de forma diferente, pero hay cosas que no pueden cambiarse. Encaja bien en la descripción física que le di.

—Estuve muy cerca de ella en varias ocasiones. Y sí, tiene la misma estatura, la misma complexión y los mismos ojos. Puede que esté un poco más delgada, pero...

—Se las mostraré a mi jefe; él hará la identificación definitiva —anunció Branch, volviendo a disponer las fotografías en el escritorio ordenadamente en fila—. ¿Ha podido identificar a las personas más cercanas a ella?

—Sí —respondió Shelley, y le enseñó las notas que había escrito en el ordenador portátil—. Están todas en esa foto de grupo tomada delante de una pizzería. Las dos mujeres de la derecha son

Bonnie Truax y Zoe Truax, antes llamada Sara Cleland. Usó el nombre de Zoe Luce casi todo el año, hasta que se casó con un hombre llamado Ethan Truax.

—¿Por qué una nueva identidad? —preguntó Branch, frunciendo el entrecejo y levantando la vista.

—Por lo visto quiere mantener oculto el hecho de que pasó un tiempo en una clínica psiquiátrica.

—¿Y los chicos?

—Son los hijos de Bonnie. Su padre murió asesinado en Los Ángeles hace tres años.

Branch miró fijamente a los dos hombres de la foto.

—¿Y ese tipo calvo vestido de ropa tejana, el que parece un motero?

—Se llama Singleton Cobb. —Le hizo gracia la forma en que Branch observaba la foto—. Las apariencias engañan. Lleva una librería especializada en ediciones viejas y raras.

Branch sacudió la cabeza un par de veces, en un intento robótico por asimilar datos que parecían no concordar.

—No parece un librero.

—No —coincidió ella.

—¿Ha averiguado algo más de él?

—No he tenido tiempo para hacer una investigación a fondo de ninguna de estas personas —le recordó Shelley—. Usted me dijo que su jefe necesitaba identificar cuanto antes a esa persona.

—¿Cree que Cobb pueda tener alguna relación con el sujeto en cuestión? —preguntó Branch, dándole un golpecito a la foto.

Shelley se encogió de hombros.

—Por lo que sé, sólo son amigos. ¿Quiere que investigue un poco más?

—Por ahora no. Le preguntaré a mi jefe si quiere saber algo más. —Centró su atención en el otro hombre de la foto—. ¿Qué hay de él?

—Ethan Truax, el marido de Zoe. Es investigador privado y tiene un pequeño despacho en Whispering Springs.

—¿Un detective? —Branch se puso tenso—. A mi jefe le gustaría saber por qué el sujeto que está buscando tiene un amigo investigador privado.

—Hasta donde sé, no hay ningún motivo en particular. Al igual que Cobb, Truax no parece más que un conocido. Es obvio que no tiene una relación con el... eh... sujeto.

Branch se quedó mirando a Ethan unos segundos más y luego señaló otra foto.

—¿Esta tienda es propiedad del sujeto?

—Sí, es la galería Euphoria. Está ubicada en Fountain Square, un paseo comercial de alto nivel en Whispering Springs. Venden regalos caros, joyería artesanal, cerámica, cuadros... ese tipo de cosas.

—El sujeto ha hecho un cambio radical —musitó Branch—. Antes era gestora de finanzas.

—Señor Branch, ¿está totalmente seguro de que ésta es la mujer que busca su agencia? Estoy de acuerdo en que encaja con la descripción física que me dio, pero no hay nada más que concuerde. La he investigado un poco, y Arcadia Ames parece una persona completamente distinta.

—Seguro que se ha comprado una nueva identidad; tal vez un par de ellas. Hoy en día no resulta tan difícil.

—Lo sé —admitió Shelley—. Pero, de ser así, la nueva identidad sería demasiado completa. He estado en este negocio mucho tiempo y nunca había visto algo semejante. He investigado su pasado en la universidad, en el instituto y en la primaria. Hasta puedo decirle dónde fue a vacunarse de pequeña. Esta clase de detalles no son propios de una identidad falsa.

—Amasó una fortuna blanqueando dinero para terroristas y narcotraficantes —dijo Branch en voz baja—. Puede permitirse lo mejor.

—Sólo quiero estar segura de que ésta es la persona que está buscando su jefe, eso es todo. Supongo que no querrán cometer ningún error.

—No se preocupe, señora Russell. Mi jefe no hará nada sin estar totalmente seguro.

—¿Qué van a hacer con ella?

—No estoy autorizado a dar ese tipo de información.

—Comprendo. Lo que pasa es que soy un poco curiosa. No pasa todos los días que los federales vengan a pedirte ayuda. —Hizo una pausa y añadió—: Tampoco es que me moleste si no quiere decírmelo.

Branch frunció el entrecejo, haciendo que sus cejas rubias se convirtiesen en una sola. Shelley sabía que el hombre estaba pensando hasta dónde podía revelarle. A los federales no les gustaba nada tener que responder preguntas a los civiles; preferían hacerlas ellos.

—Whispering Springs es una población relativamente pequeña —dijo Branch por fin—. Mi jefe no creyó conveniente enviar un equipo de profesionales para identificar al sujeto. Supuso que la mujer podría reconocerlos, así que prefirió que un investigador de perfil bajo se ocupara del asunto a la antigua usanza.

Shelley fingió no sentirse afectada por aquella descortesía hacia su persona. ¡Ella era una profesional, qué demonios! Ya se dedicaba a la investigación mucho antes de que Branch hubiera nacido. Sin embargo, éste tenía razón en una cosa. Ella trataba de mantener un perfil tan bajo como le era posible.

—En Whispering Springs tienen una buena agencia privada, Sistemas de Seguridad Radnor —dijo—. ¿Por qué no hablaron con ellos?

—Por motivos similares —respondió Branch, y se puso de pie y cogió las fotos—. Siendo una comunidad tan pequeña, no hubiera sido una buena idea recurrir a una agencia local. Todo el mundo se conoce y alguien hubiera acabado hablando, y el sujeto habría desaparecido.

—Su jefe parece una persona muy precavida.

—Lo es.

Shelley estuvo a punto de preguntar algo más sobre el jefe de Branch, consciente de que podía sacar un poco más de información, pero la interrumpió la suave e insistente alarma de su reloj de pulsera.

Branch frunció el entrecejo.

—¿Qué es eso?

—Mi reloj; lo siento —se disculpó ella, apagando la alarma—. Tengo que tomarme las pastillas. Cuando tenga mis años, deseará haber comprado acciones de alguna compañía farmacéutica.

Branch asintió con una mueca y volvió a meter las fotos en el sobre. Había algo raro en la manera con que lo hizo, como si estuviera doblando un paracaídas o limpiando un fusil, asegurándose de que todo estuviese en perfecto orden para la batalla. Era como si su vida dependiera de cuán perfectamente emparejase las esquinas de las fotografías.

Obviamente, el orden y la precisión eran dos conceptos vitales para John Branch.

—El gobierno le agradece su colaboración, señora Russell —dijo Branch, colocándose bajo el brazo el sobre con las fotos y el informe que Shelley le había entregado—. ¿Cuánto le debo?

—Nada. El adelanto que me dio cubre de sobra mis honorarios y el coste de las fotos —contestó ella. En realidad, no le estaba cobrando las copias que había encargado para su archivo personal. Era su contribución a sufragar la deuda nacional.

Branch inclinó la cabeza una vez más, se dio la vuelta y salió del despacho.

Cuando se hubo cerrado la puerta, Shelley fue hasta la ventana y vio cómo Branch subía a una furgoneta blanca.

El hombre consiguió convertir el simple hecho de salir del aparcamiento y unirse al tránsito de Phoenix en una precisa maniobra militar.

Shelley se quedó de pie unos minutos, hasta que la alarma del reloj volvió a sonar.

Suspiró, fue hasta el cuarto de baño, que además utilizaba para guardar lo que no cabía en los ficheros, abrió el armario de encima del lavamanos y sacó la cajita con las pastillas de toda la semana. Estaba dividida en varios compartimientos, uno para cada día, a su vez divididos en cuatro más pequeños en los que podía leerse, respectivamente, «mañana», «mediodía», «tarde» y «noche». Cada uno estaba lleno de pastillas. Shelley tenía recetas para todo, desde la artritis y la incontinencia hasta la tensión arterial.

Tantas pastillas, pensó, y ninguna de ellas le proporcionaba lo que más echaba en falta últimamente: dormir bien por la noche.

Cuando acabó de tragárselas, volvió a su escritorio y cogió el cuaderno que había usado para anotar las observaciones iniciales acerca de Branch y su misterioso jefe.

Entonces centró su atención en la palabra que había escrito y subrayado cuando Branch le había mostrado su credencial: «Federales.»

# 6

—No me preocupan esas amigas suyas —dijo Grant Loring, que hablaba desde un teléfono público—. Por lo que me ha dicho, ninguna de las dos supone un problema.

—Sí, señor; estoy de acuerdo con usted —coincidió John Branch al otro lado de la línea.

Grant tenía que hacer un esfuerzo para oír a su subordinado. El tremendo ruido de fondo del enorme centro comercial era un incordio.

Era ridículo tener que dirigir aquel asunto de aquella manera agotadora e ineficiente, pensó. A lo largo de los últimos días, se había pasado un tiempo precioso cogiendo taxis para ir y venir de centros comerciales y enormes complejos turísticos de Scottsdale, con el único fin de utilizar teléfonos anónimos.

El tema de las comunicaciones era sólo una parte del problema. Grant había tenido que decirle a Branch que dejase las fotos y el informe ocultos en un servicio de hombres porque no quería arriesgarse a recibir aquellos datos por medio de un correo electrónico. Además, tenía que usar exclusivamente dinero en efectivo, lo cual también era un coñazo. Sin embargo, lo más engorroso era que se había visto obligado a confiar en personal de tercera categoría, como la anciana investigadora privada, para conseguir la información que necesitaba.

Pero él sabía muy bien que, en una época donde podían localizarse llamadas a miles de kilómetros y donde las transacciones de una tarjeta de crédito podían rastrearse sin problema informáticamente, el hecho de usar los medios menos tecnológicos era la única salida para no llamar la atención de ciertos enemigos implacables. Hacía dos años había estado a punto de ser asesinado por culpa de llevar a cabo su trabajo en internet.

Lorint esperó a que pasase un grupo de adolescentes exaltados y siguió con la conferencia.

—Como le he dicho, no tenemos que preocuparnos por las dos mujeres. Según el informe de Russell, una de ellas es una chalada que incluso estuvo ingresada en un psiquiátrico, y la otra es una madre soltera que trabaja a tiempo parcial en una biblioteca.

—Sí, señor —dijo Branch.

—Si a Arcadia Ames le diese por desaparecer, lo único que harían esas dos sería denunciarlo —comentó Lorint, más para sí que para Branch—. Nadie hace caso a esas denuncias; la mayoría se archivan y se olvidan para siempre.

—Truax, el detective, sí puede representar un problema. Si Ames llegara a desaparecer, él sabría buscarla.

—El informe de Russell dice que la tal Zoe, la chalada, está casada con él.

—Sí, señor.

—Pues es muy extraño. ¿Qué clase de detective sería tan tonto de casarse con una lunática?

—Lo siento, señor —contestó Branch con tono lúgubre—. No tengo respuesta para eso.

Grant Lorint pensó que Branch era útil sólo hasta cierto punto, pues tenía sus limitaciones. Lo cierto es que era un tipo de lo más extraño; de hecho, Grant había comenzado a referirse a él, en privado, como «John el Raro».

—Truax es un desconocido, y no me gustan los desconocidos —dijo.

—Russell se ha ofrecido a investigarlo un poco más a fondo. Puedo llamarla y decirle que se ponga manos a la obra —propuso Branch.

Por un instante, Grant pensó en esa posibilidad.

—No; no quiero involucrarla más en esto. Ya sabe más de la cuenta. Si Truax se llama así de verdad, no será difícil averiguar algo más de él; yo mismo me encargaré de ello.

—Sí, señor.

—¿Dónde está usted ahora?

—En mi apartamento —respondió Branch—. Esta tarde tenía pensado hacer un poco de ejercicio. ¿Quiere que permanezca cerca del teléfono?

El tipo estaba obsesionado con el ejercicio, pensó Grant. Fuera lo que fuese, era de lo más raro.

—No es necesario —dijo—. Esto me llevará un buen rato. Lo llamaré a las cinco y media. Para entonces ya debería saber si Truax será o no un problema.

—Sí, señor.

Grant Lorint colgó y se dirigió a la salida más próxima. Genial, otro retraso era justo lo que no necesitaba. Sin embargo, debía tomar todas las precauciones posibles. No podía permitirse ningún error, y Truax había suscitado algunas incógnitas que necesitaba despejar antes de llevar a cabo el plan.

Cuando hubo salido del centro comercial, Grant subió a un taxi. Branch lo consideraba el jefe de una agencia gubernamental tan secreta que oficialmente no existía. Por lo menos, una cosa era verdad, pensó: la agencia no existía. La había inventado él y se había valido del viejo carné gubernamental falso de los viejos tiempos para venderle la historia a John el Raro.

Le habían avisado que, aunque Branch estaba dispuesto a matar, tenía una suerte de código propio. Se consideraba un luchador por la patria, y sólo cometería un asesinato en nombre de la verdad, la justicia y los valores americanos.

Grant supuso que indagar un poco sobre el pasado de Truax no iba a llevarle demasiado tiempo. Todo lo que necesitaba era un ordenador anónimo, y sabía dónde encontrarlo: en la biblioteca pública de Scottsdale.

Conseguir respuestas no le costó mucho, y lo cierto fue que no le gustó ninguna de ellas. Así que rediseñó el plan.

A las cinco y media de la tarde estaba en otro centro comercial, esperando delante de una cabina telefónica.

Branch estaba donde se suponía que iba a estar. Grant se lo imaginó sentado en su sórdido y pequeño apartamento de alquiler semanal. Después de todo, iba a tener que confiar más en él; el hombre cumplía bien las órdenes. De hecho, para Branch obedecerlas parecía ser casi una religión y Grant tenía la incómoda sensación de que era una de las cosas que lo mantenían más o menos cuerdo.

—Bien, Truax es un problema —dijo Grant—; y de los gordos. De hecho, lo que he descubierto esta tarde da un vuelco completo a la operación.

—¿De qué se trata, señor?

—Mis contactos en Los Ángeles me han dicho que Ethan Truax estuvo involucrado en el blanqueo de dinero de esa ciudad. Nunca pudieron probarlo, pero están seguros de que hacía recados para su hermano, Drew Truax, que llevaba a cabo operaciones muy importantes. Ethan se encargaba del trabajo sucio. Se reunía con los traficantes de droga y los terroristas y lo arreglaba todo para comuflar el dinero en diversos bancos.

—¿Qué ocurrió?

—Se cree que hubo una lucha de poder interna —dijo Grant, siguiendo el guión que se había preparado mentalmente—. Al final, Drew Truax acabó asesinado por orden de un hombre llamado Simon Wendover. Tras la muerte de Truax, todo comenzó a tambalearse. Según parece, Ethan Truax decidió cortar por lo sano y huir, pero antes se libró de Wendover.

—¿Se lo cargó?

—Oficialmente, Simon Wendover murió en un accidente de barco. No hubo testigos, así que no pudieron acusar a Truax de nada.

—¿Y qué hace en Whispering Springs?

—Supongo que podemos decir que ha vuelto al negocio familiar.

—¿Blanqueo de dinero?

—Exacto. En otro lugar, pero todavía con sus relaciones intactas. —Grant hizo una pausa y echó el anzuelo—: Teniendo en cuenta las fotos, es de suponer que se ha buscado otro socio.

—¿Arcadia Ames?

—Sí. La cosa es más complicada de lo que parecía en un primer momento. Truax supone un verdadero problema. Sin embargo, he dado con la forma de matar dos pájaros de un tiro.

Grant explicó a grandes rasgos el nuevo plan, de una forma lo bastante sencilla de asimilar para las limitaciones mentales de John el Raro.

—¿Cree usted que puede llevar a cabo la nueva... eh... misión? —le preguntó al final. A John el Raro parecía fascinarle la palabra «misión»; era como si para él tuviese un carácter divino.

—Sí, señor. No tengo ningún problema con la misión, señor.

—Tiene que parecer un accidente —recalcó Grant—. ¿Queda claro?

—Sí, señor.

Grant colgó y fue a tomarse un café, aunque lo que realmente necesitaba era un martini. Hablar con Branch lo ponía tenso y de mal humor.

Había tenido que devolver un antiguo favor para hacerse con los servicios de aquel matón y, por tanto, no había estado en situación de elegir. Se había visto forzado a aceptar lo que le ofrecían, ya que no podía dejar pasar de largo aquella oportunidad.

La muy zorra había caído sin saberlo en la única trampa que él había podido tenderle; se trataba de una cuenta bancaria que ella había abierto bajo otra identidad. Él había vigilado casi dos años aquella cuenta, atento a cualquier signo de actividad. Tras más de un año sin que nada se moviese, Grant empezó a preguntarse si realmente ella no habría muerto aquella noche en el lago.

Sin embargo, el 2 de noviembre alguien extrajo ocho mil dólares de la cuenta, y Grant había tenido que asumir su peor pesadilla: ella estaba viva y tenía aquello consigo.

Y había hecho lo que mejor sabía: rastrear el dinero. Hasta Whispering Springs, Arizona.

# 7

Al día siguiente le hizo probar los nuevos cereales.

Ethan no se dio cuenta hasta después de tomarse, como cada mañana, la pastilla de calcio y la cápsula de vitaminas con minerales y antioxidantes que Zoe le había puesto junto al vaso de zumo de naranja recién exprimido.

Ethan levantó la cuchara y observó los cereales.

—¿Qué es esto? —preguntó intrigado.

—Muesli. Pensé que ya era hora de cambiar —contestó ella, sirviéndose una taza de té—. Tiene tres tipos de cereales y varios tipos de frutas y frutos secos. Los he mezclado con yogur ecológico y un poco de leche.

—¿Yogur ecológico? No sé qué será, pero normalmente me gusta que la comida esté bien muerta antes de tomarla. Me parece más seguro, ¿sabes?

—Eres detective; vives para el peligro, ¿no?

—Ya, claro; casi me había olvidado —dijo él, llevándose la cuchara a la boca.

Zoe contuvo el aliento.

Ethan masticó, tragó y cogió otra cucharada de muesli, sin hacer más comentarios.

Abrió la edición matutina del *Whispering Springs Herald* y echó un vistazo a los titulares.

Zoe se sintió más relajada. Su marido había encajado el cambio de cereales de la misma forma que la inclusión en su desayuno de las cápsulas de vitaminas: con calma. Al parecer, ésa era la manera con que Ethan se tomaba la mayoría de las cosas.

El inicio de un nuevo matrimonio tal vez no era el momento idóneo para introducir cambios saludables en la rutina de un hombre, pero es que ella no podía evitarlo. Hacía tiempo que venía interesándose cada vez más por la comida orgánica y por los complementos vitamínicos, y su obsesión era cada vez peor.

Hacía tres días le había comprado a Ethan un llavero especial en una tienda de objetos de alta tecnología en Fountain Square; llevaba incorporado una linterna y un silbato de emergencia. Al día siguiente había vuelto a la misma tienda a comprar una radio que podía funcionar durante un año con unas pilas especiales en caso de que un tornado arrasara Whispering Springs y se cortara la electricidad.

Después del desayuno, Ethan le dio un beso de despedida, antes de marcharse al despacho con el nuevo artilugio en la mano.

Zoe se recordó que a los hombres como Ethan probablemente no les gustaba tener a una mujer pendiente de ellos todo el tiempo. Sin embargo, últimamente ella parecía incapaz de resistirse a ninguna publicidad que contuviera las palabras «seguridad», «emergencia», «saludable» o «vitaminado».


La puerta del administrador de la finca se abrió justo cuando Zoe, que iba camino del aparcamiento, pasaba por allí. Robyn Duncan asomó la cabeza.

—Buenos días, señora Truax. La he oído bajar las escaleras. ¿Tiene un minuto? —le preguntó la mujer con desenfado.

Todo en ella era desenfado. Zoe trató de no ponerse nerviosa. La nueva administradora de los apartamentos Casa de Oro parecía un duendecillo estreñido.

Debía de estar a punto de cumplir los treinta; era pequeña y de rasgos afilados. Llevaba el cabello castaño claro con reflejos dorados y cortado muy corto, de una manera que resaltaba sus ojos brillantes y sus orejas de elfo.

Zoe y el resto de residentes de Casa de Oro estaban descubriendo rápidamente que aquel supuesto desenfado no era más que una manera de camuflar la forma extremadamente rígida de dirigir el complejo de viviendas. Robyn Duncan se tomaba las reglas al pie de la letra, tanto, que algunos residentes, capitaneados por el señor Hooper, del 1.º B, habían comenzado a llamarla a sus espaldas «sargento Duncan».

—Tengo una cita, Robyn —dijo Zoe, forzando una sonrisa—. ¿No podemos hablar más tarde?

—Me temo que no —respondió ella con expresión contrita—. Es importante —añadió, echando un rápido vistazo alrededor para, por lo visto, asegurarse de que nadie los escuchaba—. ¿Le importaría pasar a mi despacho un momento?

Maldición; sólo le faltaba eso. Ya tenía suficiente por aquella semana.

—Preferiría que no —contestó Zoe, mirando su reloj de pulsera—. No se tratará de las nuevas asignaciones de las plazas de aparcamiento, ¿verdad?

—Me temo que sí —respondió Robyn—. El problema, señora Truax, es que no puedo asignarle una plaza de aparcamiento al señor Truax porque no figura en el contrato de alquiler.

—¿Perdón?

—El contrato está a su nombre, señora Truax. Para ser más preciso, a su nombre de soltera, Zoe Luce. Me temo que en él queda bien claro que solamente una persona puede ocupar el apartamento a tiempo completo. Por supuesto, está permitido que otra persona pase la noche en él de forma esporádica, pero al parecer el señor Truax se ha instalado en la vivienda de forma definitiva.

—Se ha mudado aquí porque nos hemos casado —repuso Zoe, impertérrita—. Aunque no lo crea, la gente suele compartir la misma vivienda cuando se casa.

—Me hago cargo —dijo Robyn, incómoda.

—De todos modos, esta situación es temporal. Ethan y yo tenemos otra casa, pero la estamos acondicionando. Nos mudaremos allí cuando esté acabada.

—Ya veo. —Robyn se quedó visiblemente desconcertada por la noticia, pero no tardó en resarcirse—. No sabía que tenía intención de rescindir el contrato de alquiler. ¿Cuándo tiene previsto avisarnos?

—Depende. —«De cuánto tarde el pintor en poner manos a la obra», añadió Zoe para sus adentros. Hacía dos semanas que andaba tras él pero, hasta el momento, la única señal de que algo fuese a pasar era que los muebles de Nightwinds estaban cubiertos con sábanas.

—Necesitamos que nos avise, como mínimo, con un mes de antelación.

—Lo sé.

—Ya; bueno, lo que pasa es que su nuevo estado civil no altera las condiciones del contrato.

—¿Qué quiere que haga? —preguntó Zoe, cansada—. ¿Firmar un nuevo contrato?

—Bueno, es una opción.

—Muy bien. Prepare el papeleo y Ethan y yo firmaremos esta tarde —dijo Zoe, dándose la vuelta para irse.

—¿Es consciente de que eso supondrá una subida del alquiler?

Aquello fue la gota que colmó el vaso. Zoe volvió a darse la vuelta, hecha una furia.

—No puede subirme el alquiler porque sí.

—No es una decisión arbitraria, señora Truax —dijo Robyn, sonriendo—. ¿Puedo llamarla Zoe?

—Llámeme señora Truax —contestó Zoe entre dientes.

—Muy bien —dijo Robyn, que pareció herida en sus sentimientos—. Lo pone en el contrato, señora Truax. Si se toma la molestia de leer la cláusula nueve A, observará que el tener a otro inquilino en el apartamento supone una subida de ciento cincuenta dólares al mes.

—Ni lo sueñe. Ethan y yo acamparíamos en Fountain Square antes de pagarle ciento cincuenta dólares más. Este sitio ni siquiera vale lo que pago ahora.

—No es a mí a quien le paga —dijo Robyn muy seria—. Yo sólo recaudo el alquiler; el dinero es para los propietarios de Casa de Oro.

Zoe tuvo que hacer acopio de toda su fuerza de voluntad para no cogerla por sus orejitas puntiagudas y tirarla al cubo de basura que había fuera.

—No soy idiota —dijo—. Sé muy bien que este lugar pertenece a una pareja apellidada Shipley. Sin embargo, por lo que sé, en todo el tiempo que llevo aquí nunca se han dignado a hacer una visita. No han invertido ni un centavo en mejorar esto. Los Shipley no se merecen que yo les pague ciento cincuenta dólares más, dígaselo.

—Los Shipley poseen varias propiedades en la zona de Phoenix, y están demasiado ocupados como para supervisar cada una de ellas personalmente; pero sepa que he mantenido varias conversaciones con ellos al respecto de las necesidades de Casa de Oro, y le aseguro que han escuchado de buena gana mis proyectos para mejorar este complejo de apartamentos.

—Insisto en que contacte con ellos, estén donde estén.

—Viven en Scottsdale —dijo Robyn, siempre tan servicial.

—Perfecto. Pues llámelos a Scottsdale y déjeles bien claro que Ethan y yo somos marido y mujer, no simples compañeros de piso. Recuérdeles también que he sido una inquilina ejemplar durante todo el tiempo que llevo aquí.

Robyn carraspeó.

—Bueno, no exactamente —dijo.

—¿Qué? ¿Cómo se atreve a insinuar que no lo he sido?

—El otro día estuve revisando los archivos y comprobé que el mes pasado hubo un incidente en su apartamento, que hizo que la policía acudiera a Casa de Oro.

—No fue culpa mía. Fui la víctima inocente de un secuestro —aclaró Zoe.

Robyn chasqueó la lengua, comprensiva.

—Sí, me enteré de ello por el *Whispering Springs Herald*. Debe de haber sido una experiencia terrible para usted.

—No le quepa duda.

—A pesar de todo, cuando hablé con el señor y la señora Shipley, me dijeron que había algo que les daba mala espina.

Zoe tuvo un mal presentimiento.

—¿Mala espina? —repitió con cautela.

—Los Shipley están preocupados por la profesión del señor Truax.

—¿Preocupados?

—Temen que la naturaleza de su profesión pueda provocar otros incidentes; no sé si me entiende.

—Pues no, la verdad es que no le entiendo —dijo Zoe, tratando de mantener la calma—. El negocio de mi marido no tuvo nada que ver con aquel incidente, como usted lo llama. Fue un asunto de índole personal. Explíqueselo al señor y la señora Shipley.

Robyn tensó el rostro.

—¿Me está diciendo que hay algo acerca de usted que puede atraer más actividad criminal a esta propiedad?

—No, no estoy diciendo eso. Aquel asunto ya está resuelto; no habrá más problemas. Usted asegúrese de que a los Shipley les quede bien claro este punto. Y hágales saber también que me niego a pagar más alquiler sólo por haberme casado.

—Así lo haré.

—No me cabe duda.

—Señora Truax, entienda que no tiene por qué discutir conmigo. Sólo estoy haciendo mi trabajo.

—Ya, claro. —Zoe sacó las llaves del bolso—. Sólo puedo decir que el anterior administrador era bastante más flexible.

—Su excesiva flexibilidad es la razón por la cual es el anterior administrador —repuso Robyn, bajando la voz—. Los Shipley creen que tenía un problema con la bebida.

Lo cual explicaba algunas cosas, pensó Zoe, como por ejemplo que Casa de Oro estuviese tan abandonado. Tal vez había que romper una lanza a favor de gente como Robyn. Sin embargo, no estaba de humor para admitir eso delante de «orejas de elfo». Así que se limitó a alejarse hacia el coche.

Zoe todavía seguía de mal humor cuando, una hora después, apareció en su despacho Tabitha Pine, haciendo sonar las diminutas campanillas cosidas en los bajos de un etéreo vestido que parecía confeccionado a partir de varios pañuelos de seda sumamente caros.

—Zoe, querida, espero que no te importe que aparezca por aquí sin haber concertado una cita —dijo sonriente, serena y segura de ser bienvenida—. Te hubiera llamado, pero tenía que venir a la ciudad a hacer algunas compras y pensé que tal vez podía pillarte. Sólo será un momento.

—No te preocupes —dijo Zoe, adoptando de inmediato el tono de voz que reservaba a los clientes—. Estoy libre hasta las once. Siéntate, por favor.

—Gracias —dijo Tabitha, instalándose en una de las dos sillas que había frente al escritorio de Zoe. El vestido se agitó unos segundos, hasta que se asentó obedientemente sobre el cuerpo—. Iré al grano. Anoche, mientras efectuaba uno de mis viajes astrales, tuve una visión. Me dije que tenía que ponerme en contacto contigo y con Lindsey Voyle lo antes posible y contároslo.

—Entiendo.

Zoe sabía que no estaba en posición de dudar de las visiones de Tabitha. Sin embargo, era difícil tomarse en serio a una mujer de más de sesenta años que se vestía como una hippie desde hacía cuarenta.

Lo que más llamaba la atención en Tabitha era su larga cabellera plateada, que le caía por los hombros y la espalda en largos y ondulantes bucles. Zoe había escuchado que cierta regla de la moda rezaba que, cuanto mayor era una mujer, más corto debía tener el pelo. Obviamente, Tabitha no estaba de acuerdo.

—He estado pensando en la mejor manera de transmitiros a

Lindsey y a ti mis requerimientos en cuanto a mi estilo personal y el fluir de mi energía. Quiero que las dos tengáis toda la información necesaria para llevar a cabo vuestras propuestas.

—Ya. —Zoe trató de encontrar algo más que decir, pero no se le ocurrió nada ingenioso. De repente se sentía algo inquieta.

—En esa visión os veía a ti y a Lindsey asistiendo a uno de mis seminarios de meditación —dijo Tabitha—. Tan pronto esa imagen me vino a la cabeza, me di cuenta de que es la única manera de que las dos podáis haceros una verdadera idea de lo que entiende mi espíritu por diseño de interiores.

—Vaya —soltó Zoe, tratando de no desmayarse. Tenía la corazonada de que los seminarios de Tabitha no eran baratos.

—¿Tienes algún inconveniente, querida?

Zoe consiguió esbozar una sonrisa.

—No, para nada. Me parece una idea genial.

—Perfecto. Espero verte en alguna de mis sesiones esta semana —dijo Tabitha. Se puso en pie y dejó un papel sobre el escritorio—. Aquí tienes información sobre los horarios y las tarifas —añadió, dirigiéndose hacia la puerta—. Paz, querida.

—Paz.

Zoe miró el papel. Había supuesto bien; los seminarios no eran baratos. Estuvo un momento tamborileando los dedos sobre el escritorio; luego descolgó el teléfono y marcó el número de Ethan.

—Investigaciones Truax.

—Acaba de marcharse Tabitha Pine —anunció Zoe sin más—. Me ha hecho entender que no tengo nada que hacer en su proyecto a menos que asista a uno de sus seminarios de meditación. Son caros, pero tengo la sospecha de que Lindsey Voyle se apuntará al curso completo en cuanto se entere de que es el modo de conseguir el trabajo.

—Es el precio a pagar por hacer negocios —dijo Ethan en tono filosófico—. Lo siento, Zoe, pero no estoy de humor. Me acaba de llamar Bonnie; quiere que Investigaciones Truax haga una cosa por la Sociedad Histórica de Whispering Springs.

—¿Qué clase de cosa?

—Todavía no lo sé. Tengo una cita con la alcaldesa dentro de un rato; supongo que allí me enteraré.

—No es por cambiar de tema, pero esta mañana he tenido otro enfrentamiento con «orejas de elfo». Me ha amenazado con subirnos el alquiler porque ahora somos dos viviendo en el apartamento.

—Seguro que puedes con ella.

—Para ti es fácil decirlo.

# 8

Estaba en medio del pequeño despacho, tratando de controlar su mente.

«Otra vez no; no tan pronto. No puedo perder el control; aquí no. El guardia puede darse cuenta de que la puerta está abierta y querrá comprobar que no haya intrusos. No pueden pillarme.»

Sin embargo, el aura de la inminente llegada de la noche se cernió sobre él como una tormenta. Al cabo de un segundo, todo era oscuridad. Se cayó al suelo, con la cabeza llena de interferencias.

Cuando recobró la normalidad, estaba exhausto; siempre sucedía lo mismo.

Miró el reloj que había sobre el escritorio y se dio cuenta de que sólo habían pasado dos minutos. Todavía había tiempo.

Se puso de pie y fue hasta el archivador. Algo crujió bajo su pie.

Alarmado por el ruido producido en medio del silencio de la habitación, alumbró el suelo con la linterna y vio que no era más que un bolígrafo roto, decorado con una pequeña imagen de Elvis; un bolígrafo cutre y barato, nada que fuera a echarse de menos.

Aliviado, lo levantó del suelo y se metió los pedazos en el bolsillo.

«Tengo que concentrarme. Estoy aquí por una razón.»

# 9

Ethan juntó las manos sobre el escritorio y le dedicó a la alcaldesa lo que esperaba fuese una sonrisa comprensiva pero firme.

—Es cierto que resolver casos de crímenes históricos es uno de mis hobbies, señora Santana, pero me temo que sólo puedo practicarlo cuando tengo tiempo libre, y en este momento estoy muy ocupado.

Paloma Santana enarcó ligeramente una de sus elegantes cejas.

—Bonnie ya me lo dijo, pero me dio a entender que, en este caso, usted haría una excepción.

—¿Ah, sí? —dijo Ethan, mirando a su cuñada, que estaba sentada junto a él, seguro de saber lo que ella estaba pensando; solían entenderse bastante bien.

Bonnie le había caído bien desde el momento en que su hermano se la había presentado como su prometida. Parecía perfecta para Drew, y era evidente que lo amaba con todo su corazón.

Tras la muerte de aquél, Ethan y ella habían forjado una amistad aún más fuerte. Unidos por la determinación mutua de cuidar de los jovencísimos hijos de Drew, habían creado una alianza inquebrantable que se asemejaba a la relación entre dos hermanos. Como se daba en tales relaciones, había veces que Ethan se enfadaba con su «hermana».

Bonnie se inclinó hacia delante, componiendo sus bellos rasgos en una expresión zalamera.

—Ethan, resolver este antiguo asesinato supondría una enorme contribución a las celebraciones previstas para la inauguración de la Casa Kirwan. Hace ya dos años que la Sociedad Histórica está trabajando en este proyecto; va a atraer a muchos turistas a la ciudad.

Ethan era consciente de que para Bonnie era muy importante que él aceptase aquel proyecto. Tal vez no era una mala idea; después de todo, ambos estaban tratando de echar raíces en Whispering Springs.

Volvió a mirar a Paloma. Debía de andar por los cuarenta. Era una mujer elegante y muy atractiva, de ojos castaño oscuro. La blusa de seda color crema y los pantalones beige que llevaba puestos no tenían aspecto de ser precisamente baratos.

Bonnie le había dado a Ethan algunos detalles por teléfono, entusiasmada, cuando lo había llamado para pedirle que se reunieran con la alcaldesa. El *Whispering Springs Herald* consideraba que Paloma Santana era el alcalde más eficaz que había tenido la ciudad en años. La historia de su familia estaba ligada desde hacía mucho tiempo a la zona de Whispering Springs. Paloma estaba casada con el afortunado fundador del Club de Campo Desert View, y ambos se movían en los círculos sociales más elevados.

En pocas palabras, Paloma Santana era un excelente contacto a la hora de hacer negocios.

—Háblame del caso Kirwan —pidió Ethan.

Paloma se reclinó en su silla y cruzó las piernas.

—Walter Kirwan fue un escritor brillante, excéntrico y muy respetado. Vivió y escribió su obra en Whispering Springs hace alrededor de sesenta años. ¿Le suena el título *Un verano largo y frío*?

Ethan rebuscó entre los pocos recuerdos que guardaba de su corta y muy limitada experiencia en la facultad, y dio con algo relevante.

—Me suena de las clases de literatura del primer curso en la universidad. ¿Se refiere a ese Walter Kirwan?

—Sí. Como le ha contado Bonnie, la Sociedad Histórica acaba de restaurar su casa. En su tiempo, la muerte de Kirwan fue muy comentada en los círculos literarios y desde entonces su figura se ha convertido en una leyenda para sus seguidores.

—¿Dice usted que lo asesinaron?

—Eso es parte del misterio. Nadie está muy seguro de lo que ocurrió. A juzgar por los periódicos de la época, Kirwan y su ama de llaves, una mujer llamada María Torres, estaban juntos la noche de la muerte de aquél. María contó a las autoridades que esa noche no había sucedido nada fuera de lo normal. Después de cenar, según ella, Kirwan se retiró a su despacho a trabajar en un manuscrito. María se fue a la cama y, a la mañana siguiente, encontró el cadáver en la silla del despacho.

—¿Cuál fue la causa de la muerte?

—Ataque de corazón, pero pronto comenzaron a circular rumores de que el ama de llaves lo había envenenado, rumores que siguen vigentes hoy en día. La mayoría de historiadores y estudiosos de Kirwan cree que ella fue la asesina.

La curiosidad, tan propia de Ethan, empezó a carcomerlo. A regañadientes, cogió su libreta y un bolígrafo.

—¿Por qué era sospechosa el ama de llaves? —preguntó.

—Kirwan había hecho testamento —dijo Paloma, y se le tensó levemente su delicada mandíbula—. En él, le dejaba la casa a María.

—Así que, supuestamente, ella lo mató para hacerse con la casa, ¿no?

—Sí. Ella era una mujer pobre, nacida en el seno de una familia trabajadora que a duras penas podía subsistir. No hay duda de que la casa hubiera sido como un regalo de Dios para la familia Torres.

Algo en la voz de la alcaldesa hizo que Ethan levantara la vista de la libreta.

—Déjeme adivinar: María no se quedó con la casa, ¿verdad?

—Exacto —contestó Paloma—. La familia de Kirwan en Boston no tenía intención de permitir que el ama de llaves heredase la propiedad. Enviaron a sus abogados a Arizona y no les costó invalidar el testamento.

Ethan reflexionó un instante.

—¿Cómo se cree que María mató a Kirwan? —preguntó.

—Se dice que lo envenenó con alguna sustancia que hizo parecer que él había sufrido un infarto.

—Ya. —Ethan dejó de tomar notas y dijo—: Tengo que decirle que, a menos que quiera tomarse la molestia de exhumar el cadáver y hacer los análisis pertinentes, dudo que sea posible descubrir la verdad. Incluso si desenterramos el cuerpo, después de tanto tiempo habrá muy pocas probabilidades de averiguar qué clase de veneno se utilizó.

—Me temo que no será posible exhumar el cadáver —dijo Paloma—. La familia de Kirwan se llevó el cuerpo a Boston, y sus descendientes no tienen ningún motivo para querer cooperar con nosotros.

—Seré honesto. Así las cosas, no creo que pueda hacer nada para descubrir la verdad.

—Pero hay algo más aparte de si Kirwan fue o no asesinado —señaló Bonnie—. La noche que murió desapareció uno de sus manuscritos y, por aquel entonces, todo el mundo creyó que ambas cosas estaban relacionadas.

Ethan apoyó los codos en los apoyabrazos y juntó los dedos.

—Y la noche de su muerte Kirwan estaba trabajando precisamente en ese manuscrito. ¿Verdad?

—Exacto —dijo Paloma, muy seria—. La misma gente que sostiene que María Torres envenenó a Walter Kirwan también dice que ella fue la que robó el manuscrito.

—¿Qué motivos tendría para hacerlo?

—Por entonces, Walter Kirwan ya gozaba de bastante fama. Hacía cinco años que no publicaba ningún libro, y su último manuscrito hubiera tenido un gran valor. María Torres debía de estar al tanto.

—¿Hay alguna teoría sobre qué fue del manuscrito? —preguntó Ethan.

—Se supone que cayó en manos de algún coleccionista, pero nunca se ha podido demostrar —respondió Paloma.

Ethan volvió a juntar los dedos.

—¿Alguien le preguntó alguna vez a María sobre el asesinato y el manuscrito?

—Por supuesto —contestó la alcaldesa, encogiéndose de hombros—. Murió hace dos años, a los ochenta y nueve años; hasta entonces, los coleccionistas y los estudiosos seguían poniéndose en contacto con ella para preguntarle sobre el último manuscrito de Walter Kirwan.

—Y ella ¿qué les decía?

—Lo mismo que le había contado a su familia y a todo aquel que le había preguntado. Que Kirwan estaba muy poco satisfecho con ese manuscrito, igual que con un proyecto anterior. Decía que, aquella noche, Kirwan estaba triste y de mal humor. María afirmaba que lo último que él le había dicho antes de encerrarse en su despacho era que tenía la intención de quemar el manuscrito en la chimenea, igual que había hecho con otro.

Ethan frunció el ceño.

—¿Le dijo que iba a quemarlo?

—Así es.

—Bueno, eso explicaría por qué el manuscrito nunca apareció —señaló Ethan.

—No del todo —replicó Paloma—. Era pleno verano, una noche muy cálida. María le contó más tarde a su familia que, a la mañana siguiente, el hogar estaba limpio. Por tanto, no había pruebas de que Kirwan hubiese encendido el fuego.

—Ya.

Bonnie asintió, conocedora de aquel extremo.

—Hay otro par de detalles sobre el caso que tal vez puedan resultarte interesantes. He estado investigando en la hemeroteca los antiguos ejemplares del *Whispering Springs Herald*, y he descubierto que, según María, a la mañana siguiente el despacho de Kirwan seguía cerrado por dentro, por lo que ella tuvo que usar la llave para abrir la puerta.

—¿Y el otro detalle?

—La noche de su muerte, Kirwan recibió la visita de George Exford. Según María, ambos estuvieron discutiendo acaloradamente sobre si el manuscrito estaba listo o no para ser publicado. Exford se fue muy enfadado porque Kirwan se negó a dárselo.

—¿Quién era ese Exford?

—El agente literario de Kirwan. Tenía mucho interés en que el manuscrito le fuera entregado al editor, ya que había mucho dinero de por medio.

—Ya —repitió Ethan.

Paloma miró a Bonnie.

—No se preocupe —dijo ésta—. Siempre dice lo mismo cuando está interesado en un caso antiguo.

Ethan hizo caso omiso de ella y miró a la alcaldesa.

—Tengo la sensación de que hay algo personal en todo esto, señora Santana. ¿Qué le hace pensar que María Torres decía la verdad?

—Era mi abuela —dijo ella con frialdad—. Por el bien de mi familia, me gustaría que su nombre se limpiara.

# 10

Estaban sentadas en la terraza de uno de los varios cafés de Fountain Square. Arcadia había pedido un café y Zoe un té. Era media tarde y hacía una temperatura de lo más agradable. La mañana había sido un poco fría, pero Zoe, como de costumbre, se había puesto protector solar. Llevaba en Whispering Springs lo suficiente como para saber que había que ser respetuosa con el sol del desierto.

A Zoe siempre le habían intrigado y atraído los contrastes y los colores intensos, pero nunca había esperado encontrar tantos en aquel lugar tan aparentemente crudo y descarnado. El desierto de Sonora era una auténtica amalgama de tonos opuestos y siempre cambiantes, un paisaje que, a primera vista, parecía imposible que pudiera acoger alguna forma de vida y que, sin embargo, era asombrosamente rico en cuanto a flora y fauna.

Y la luz era increíble. Encandilaba la vista y creaba sombras seductoras. Los gloriosos tonos amarillos, violetas y dorados del amanecer daban paso al brillo inmisericorde del sol de mediodía, para luego difuminarse en las suaves sombras del crepúsculo. La transición del calor de la tarde al aire fresco y sedoso del anochecer todavía seguía fascinando a su ojo de fotógrafa.

Zoe bebió un sorbo de té, dejó la taza en la mesa y miró a Arcadia.

—¿Puedes decirme qué te pasa? —preguntó.

—No me pasa nada.

—Arcadia, soy yo, Zoe, la que escapó de Xanadú contigo. —Xanadú era la palabra con que denominaban a Candle Lake. De alguna manera, ese nombre parecía describir la extraña realidad de aquel lugar.

—Todo va bien, Zoe; en serio.

—Espera un momento —dijo Zoe, levantando una mano—. Soy tu mejor amiga, exceptuando tal vez a Harry, y ahora da la casualidad de que él no está aquí. Y sé que te pasa algo.

Arcadia esbozó una mueca.

—Tuve problemas de insomnio a principios de semana; me sentía un poco inquieta, pero ya estoy bien.

¿Qué pasaba aquel año con el mes de noviembre?, se preguntó Zoe. Era como si la mayoría de ellos tuviera problemas esos días. Bonnie, los chicos y Ethan estaban lidiando con el aniversario de la muerte de Drew, ella misma estaba preocupada por el futuro de su matrimonio y por los cambios de humor de su marido, y ahora Arcadia, por alguna razón, estaba inquieta.

Arcadia cogió la taza de café con ambas manos. Sus uñas, largas y pintadas a juego con su corto cabello rubio platino, brillaban a la luz del sol. Sólo alguien que la conociera desde hacía tiempo habría detectado la tensión que ocultaba. A Arcadia se le daba muy bien esconder sus emociones.

Zoe suponía que su amiga rondaba los cincuenta, pero poseía la elegancia atemporal de una estrella de cine de los años treinta. Incluso irradiaba el aire de sofisticación distante y hastiada propia de aquella imagen. Aquel día, Arcadia, una mujer alta y esbelta, iba vestida con su habitual ropa de marca en fríos tonos pastel; unos pantalones de seda turquesa y una túnica blanca, también de seda, que lucía con una gracia lánguida, a lo Greta Garbo.

Zoe se había colocado una servilleta en el regazo, pero Arcadia no se había tomado esa molestia. Tomaba su café y su *croissant* sin fijarse en las migas que le iban cayendo encima, y Arcadia no solía dejar que le cayera nada sobre sus caros atuendos.

—¿Quieres decirme de una vez qué te impide dormir? —preguntó Zoe—. Y no me digas que es a causa de que estás disfrutando de interminables noches de sexo, porque Harry todavía sigue fuera.

—Estoy empezando a pensar que tal vez ése sea el problema —dijo Arcadia muy seria.

—¿La falta de sexo?

—No, que Harry esté fuera de la ciudad.

Zoe arrancó uno de los cuernos de su *croissant* y lo untó con mantequilla.

—No te sigo —dijo.

—Me parece que me estoy acostumbrando a tenerlo siempre cerca de mí.

—¿Y qué? A él también parece que le gusta estar a tu lado; no veo que haya ningún problema.

Arcadia apretó la taza con fuerza.

—Creo que me estoy volviendo un poco... dependiente de él.

Zoe comió el trozo de *croissant*.

—Explícate —dijo.

—Comencé a tener dificultades para dormir justo después de que Harry se fuera por este último trabajo. —Entornó sus ojos azules y prosiguió—: Fue como si volviese a tener miedo de la oscuridad; hace tres noches lo pasé realmente mal.

—¿Qué te pasó?

—Había estado todo el día muy nerviosa y tardé mucho en dormirme. De repente, me desperté sobresaltada y estuve un momento desorientada. Pensaba que estaba en Xanadú.

—Pues me parece una reacción totalmente comprensible —opinó Zoe—. Siempre que sueño con ese lugar me levanto empapada de sudores fríos.

Arcadia meneó la cabeza.

—Ése es el problema, que no parecía un sueño. Me desperté de golpe y sentí mucho miedo. Tuve la sensación de que alguien había entrado en casa.

Zoe arrugó la frente.

—Pero no había señales de ello, ¿no?

—Claro que no. Habría llamado a Ethan inmediatamente si hubiera encontrado la mínima señal de que alguien se había saltado el sistema de seguridad de Harry. Me sentí muy rara hasta que...

—¿Sí?

Arcadia esbozó una leve sonrisa.

—Hasta que llamó Harry.

—Y entonces te sentiste mejor —comentó Zoe, aliviada.

—Sí.

—Piensas que esa extraña sensación cuando Harry no está contigo significa que le has permitido acercarse demasiado a ti, ¿verdad?

—Sólo sé que hace un mes, antes de conocerlo, no me pasaba esto. —Arcadia dudó un instante y añadió—: Creo que Harry tuvo el presentimiento de que yo estaba nerviosa. Además, ahora me llama dos veces al día en vez de sólo por la noche.

Zoe sonrió.

—Y ya duermes mejor, ¿no?

—Mucho mejor.

—Por lo tanto, temes estar enganchándote a Harry Stagg.

—Hace mucho que no confío en un hombre —dijo Arcadia—. Y lo cierto es que todavía me da un poco de miedo.

—Es natural —le aseguró Zoe, dándole una palmadita en la mano—. Pero Harry Stagg no es Grant Loring.

—Lo sé.

Arcadia, visiblemente más tranquila, se acabó el café.

# 11

Ethan le dio un bocado a la pizza de olivas y jalapeños e hizo esperar a su atenta audiencia mientras masticaba y tragaba. Miró a Zoe a los ojos; había sido idea suya el invitar a cenar a lo que ella llamaba «la banda».

No estaba exactamente seguro de cuándo se había creado pero, en algún momento de las últimas semanas, él y los demás habían formado una unidad bastante férrea. Todos, menos uno, estaban presentes aquella noche.

Aparte de Zoe y él mismo, el grupo lo formaban Bonnie y sus hijos Jeff y Theo, Arcadia, Singleton Cobb y Harry Stagg, el miembro más inesperado y el único que no estaba presente, ya que seguía en Los Ángeles.

Ethan se acabó el trozo de pizza y observó a su audiencia.

—Se trata del clásico misterio de la habitación cerrada —dijo.

—¿Qué es el clásico misterio de la habitación cerrada, tío Ethan? —preguntó Theo, golpeando el travesaño de su silla con las zapatillas.

Jeff resopló de forma condescendiente. Tenía ocho años, dos más que Theo, y nunca dejaba pasar la oportunidad de asumir el papel del hermano mayor que lo sabe todo.

—Quiere decir la habitación donde encontraron el cuerpo de Kirwan, tonto —dijo.

—No me llames tonto, listillo —replicó Theo.

—Que sea la última vez que os oigo utilizar ese tipo de lenguaje, ¿queda claro? —les reprendió Bonnie, fulminándolos con la mirada.

—Tonto no es una palabrota —arguyó Jeff—. Quiere decir que Theo no es muy listo.

—Y listillo sólo quiere decir que alguien se cree muy listo pero en realidad es un burro —dijo Theo a la defensiva, adoptando una expresión de inocencia angelical—. Burro no es una palabrota.

—¿Acaso tengo cara de enciclopedia? —repuso Bonnie, enarcando las cejas—. No estoy hablando de definiciones de palabrotas; os estoy dando una orden.

—¿Qué es una enciclopedia? —preguntó Jeff, masticando un trozo de pizza.

—Un diccionario muy grande —contestó Singleton.

—¿Un diccionario? —repitió Jeff, intrigado—. ¿Y tiene todas las palabrotas? El diccionario de mi escuela no tiene ninguna.

—¿Lo has mirado? —intervino Ethan.

—Pues claro.

Bonnie puso los ojos en blanco.

—Un espíritu inquieto —murmuró Arcadia.

—Una enciclopedia contiene muchas más palabras que un diccionario —dijo Singleton—. Si queréis, en la tienda tengo una que... —Se detuvo al ver que Bonnie lo miraba de forma significativa—. Bueno, a decir verdad es muy grande y muy pesada, y tiene muchos volúmenes, así que no creo que queráis leerla.

A Jeff y Theo se les iluminó la mirada. Ethan estaba seguro de que iban a decirle a Singleton que eran capaces de leerla toda si merecía la pena, pero Bonnie los interrumpió.

—Nos estabas hablando del caso Kirwan, Ethan —dijo—. ¿Qué has descubierto hasta el momento?

—No demasiado. Pero es muy intrigante, a pesar de que el único libro que he leído de Kirwan es *Un verano largo y frío*.

—¿De qué va? —preguntó Theo.

Jeff suspiró de manera exagerada.

—Pues de un verano largo y frío, tonto —dijo.

Bonnie frunció el entrecejo.

—Jeff, lo digo en serio; si no te comportas, nos vamos.

Jeff fue a replicar, pero Ethan lo miró fijamente y el chiquillo volvió a coger su trozo de pizza.

Bonnie miró a Ethan. Él vio su ansiedad y comprendió sus preocupaciones. Hacía más de dos semanas que Jeff estaba insoportable, y cada vez era peor. Al contrario que Theo, que aparentemente aquel año había pasado el aniversario de la muerte de su padre sin demasiada angustia, Jeff no lo estaba llevando nada bien.

«Yo tampoco, chaval», pensó Ethan. Sin embargo, en ciertas ocasiones había que hacer un esfuerzo y actuar como si nada hubiese ocurrido.

—¿Cómo vas a encarar la investigación? —preguntó Zoe.

—De la forma brillante que es habitual en mí. Estudiaré los hechos y dejaré que me venga la inspiración.

Singleton se acabó su pizza y dijo:

—A ver si me queda claro. Lo que se pretende es demostrar que María Torres es inocente, ¿no?

—Eso es lo que le gustaría a Paloma Santana —comentó Bonnie—. Va a haber mucha prensa el día que la Casa Kirwan se abra al público, y nada le gustaría más a la alcaldesa que anunciar que el misterio del manuscrito perdido ha sido resuelto. Ella cree que su hallazgo haría mucho por limpiar el nombre de su abuela.

—¿Porque probaría que María Torres no lo robó? —preguntó Arcadia.

—Exacto —contestó Ethan, y miró a Singleton—. Tú eres el experto en libros raros; ¿tienes tiempo para ayudarme?

—Por supuesto —contestó aquél, sonriendo—. Parece interesante. Pero ¿qué pasa si no das con las respuestas que quiere Paloma Santana? ¿Qué pasa si encuentras pruebas convincentes de que María mató a Kirwan y robó el manuscrito?

Ethan se encogió de hombros.

—Si Paloma Santana insiste en que quiere las respuestas, se las daré en privado y ella verá qué hacer con ellas. No hay motivo para hacerlas públicas. Todos los involucrados en el caso han fallecido, incluida María Torres. Teniendo en cuenta el tiempo que ha pasado, probar que ella mató a Kirwan no serviría de nada.

—Pero, tío Ethan —dijo Jeff—, ¿tú quieres averiguar la verdad para salir en la tele y los periódicos? Mamá dice que sería muy buena publicidad para tu negocio.

—Sí —añadió Theo—. Además, tú y mamá siempre decís que hay que decir la verdad.

—Le diré la verdad a la alcaldesa porque es mi clienta; pero ninguna ley establece que hay que decir la verdad en las noticias de las seis.

—De hecho —dijo Arcadia, impostando una voz de tía lista que alecciona a sus sobrinos—, los diarios, la radio y la televisión son los últimos lugares donde debéis esperar encontrar la verdad.

Singleton soltó una risita.

—Estás mostrando tu lado cínico, Arcadia —dijo.

—Es una de mis mejores características —aseguró ella.

—¿Qué quiere decir cínico? —preguntó Theo.

Singleton se embarcó en una explicación detallada pero utilizando las palabras adecuadas. Bonnie hizo algunas aclaraciones y advirtió a los chicos sobre los riesgos de ser demasiado cínico. Arcadia, por su parte, defendió la sabiduría que demostraba el cinismo, mientras que Theo y Jeff hicieron algunas preguntas más.

En medio de aquella animada conversación, Zoe le dedicó a Ethan una sonrisa de tácita complicidad íntima, haciéndole sentir algo especial en lo más profundo de su ser y la necesidad imperiosa de estar cerca de ella.

Ethan vio en la mirada de su esposa que ella lo comprendía; ésta era la única persona que había entendido por qué él dedicaba tanto tiempo libre a investigar casos antiguos y olvidados. Los demás pensaban que sólo era un pasatiempo, pero Zoe sabía que era mucho más que eso, desde el principio había comprendido que era parte de su ansia de justicia. Ethan nunca había expresado en palabras esta necesidad, pero Zoe sí. «Cuando consigues respuestas crees que estás haciendo justicia», le había dicho.

La conexión entre ellos se iba consolidando cada día más, cosa que maravillaba a Ethan pero también le causaba preocupación. Aunque hacía apenas unas semanas que estaban juntos y todavía menos que se habían casado, ella le había calado más hondo que nadie; quizá demasiado. Zoe podía percibir aspectos de su alma que habían escapado a sus tres anteriores esposas y a los miembros de su propia familia. Y si ella lo miraba intensamente con aquellos ojos suyos tan enigmáticos, podría ver cosas de él que tal vez no le gustaran.

No obstante, nunca había sentido nada igual por una mujer. Desde luego no era una unión divina, y bien era cierto que había varios factores que habían influido en que estuvieran juntos, pero cada día estaba más seguro de que si Zoe lo abandonaba él se derrumbaría para no levantarse.

Después de cenar, Ethan y Singleton se llevaron a los niños al salón de videojuegos que había al otro extremo de Fountain Square, y Zoe, Arcadia y Bonnie se sentaron en uno de los bancos verdes de hierro que había en el paseo. La noche era fría, como suele suceder en el desierto, pero aquella zona estaba caldeada por las grandes estufas exteriores de los bares, que irradiaban un brillo anaranjado.

Había un montón de lucecitas blancas colocadas en los árboles y en las fachadas de las tiendas, además de varios símbolos que indicaban la llegada de la Fiesta del Otoño, el acontecimiento anual organizado por Fountain Square para señalar el inicio de la temporada de compras de las vacaciones.

Arcadia observó cómo los chicos y los hombres entraban en el salón de videojuegos.

—¿Se te ha declarado ya Singleton, Bonnie? —preguntó.

—No —respondió ella con la vista puesta en la entrada del salón.

—Vaya —dijo Arcadia—. ¿Te imaginas por qué no?

—¿Qué te hace pensar que pueda estar interesado en algo más que en una simple amistad? —repuso Bonnie, impertérrita.

—¿Bromeas? —dijo Zoe—. ¿No has visto cómo te mira?

—Se está tomando su tiempo —opinó Arcadia—. No quiere presionarte; quiere estar seguro de que recibirá un sí.

Zoe asintió.

—Me parece que es de esos que se lo toman con calma —opinó.

Bonnie resopló.

—¿De qué vais? —preguntó—. ¿Es que de repente me hacéis de celestinas sólo porque os lo pasáis bien en la cama?

—Tal vez —dijo Zoe.

Arcadia se encogió de hombros.

—Sólo era un comentario —dijo.

Bonnie enlazó las manos sobre el regazo.

—Singleton es muy diferente de Drew —afirmó.

Hubo un breve silencio.

—Tal vez eso sea bueno —dijo Zoe al fin—. Así no estarás tentada de compararlos; déjale ser él mismo.

—¿Eso es lo que haces con Ethan? —repuso Bonnie.

—Pues sí —contestó Zoe, observando el agua de las fuentes—. Ethan no tiene nada que ver con Preston. La relación con mi primer marido no era... —se detuvo, buscando la palabra adecuada— nada complicada.

—Y Ethan es complicado —afirmó Bonnie.

—Mucho —admitió Zoe, que cruzó las piernas y se puso a agitar un pie levemente, pensando en su matrimonio—. No me importa que sea complicado; yo tampoco soy una persona sencilla. Lo que pasa es que empiezo a preguntarme si Ethan quiere realmente que yo conozca esa parte suya. No es demasiado comunicativo.

A Arcadia le hizo gracia el comentario.

—Y ¿qué hombre lo es? —dijo.

—Dale un poco de tiempo —aconsejó Bonnie—. No está acostumbrado a que nadie se interese en su parte complicada. Dios sabe que ninguna de sus ex mujeres quiso saber nada de esa parte; sólo querían lo que veían en la superficie.

Arcadia asintió.

—Veían a un hombre que podía hacerse cargo de él mismo y de ellas.

—Exacto —coincidió Bonnie—. Sin embargo, ninguna de ellas quería preocuparse por él, por lo menos no lo suficiente.

—Algo me dice que ésa es la manera en que le gustaba a Ethan —murmuró Zoe.

Bonnie pensó en ello.

—Tal vez tengas razón; supongo que hacía que la relación fuera emocionalmente más fácil. Sin embargo, fueran las que fuesen sus capacidades de comunicación en sus anteriores matrimonios, puedo decirte que se vieron seriamente deterioradas por el secuestro y asesinato de Drew.

—Todavía se siente culpable —dijo Zoe—. Él era el hermano mayor; hay una parte de él que siente que fracasó en su deber de proteger a Drew.

Zoe sabía exactamente cómo se sentía Ethan, porque ella misma tenía una sensación de fracaso similar. Ella y Preston habían jurado cuidar el uno del otro, pero al final Zoe no había podido salvarlo.

—No hay duda de que Ethan supone un arduo trabajo para cualquier mujer que esté con él —dijo Bonnie, y sonrió con picardía meneando la cabeza—. Lo quiero como a un hermano y le estaré eternamente agradecido por cómo se ocupó de Jeff, de Theo y de mí cuando murió Drew. Pero, la verdad, nunca he podido imaginarme casada con él.

—Lo que nos lleva de vuelta a Singleton —dijo Arcadia—. Me parece que está colado por ti.

—¿Colado? —repitió Zoe, enarcando una ceja.

—Siempre he querido usar esta palabra —reconoció Arcadia.

Bonnie suspiró.

—Colado o no, no lo conozco lo suficiente para plantearme la posibilidad del matrimonio —dijo.

—¿Pero? —soltó Zoe.

—Pero a los chicos parece gustarles mucho; para ellos es algo así como un segundo tío.

—¿Y?

Bonnie sonrió.

—Y creo que me gustaría conocerlo mejor; mucho mejor.

—Bien —dijo Zoe—. Me alegro.

Bonnie rió.

—Ya está bien de hablar de nosotras dos, Zoe. ¿Qué hay de ti, Arcadia? Supongo que Harry también es un hombre complicado.

Zoe sintió curiosidad por escuchar la respuesta de Arcadia. Poca gente se atrevía a hacerle preguntas personales tan directas; su amiga tenía algo que hacía que los hombres soliesen dudar a la hora de penetrar aquella muralla que ella se había construido a su alrededor.

—Harry no es una persona complicada —dijo Arcadia—. Es lo que es.

Zoe meneó la cabeza; era una respuesta muy propia de Arcadia.

—Alguien distinto a tu difunto marido, quiero creer —comentó Bonnie, tratando de presionar a su amiga.

—Por desgracia, no creo que Grant Loring sea tan difunto —contestó Arcadia—. Tengo la corazonada de que todavía está vivo, y, en ese caso, aún estaríamos casados. Sin embargo, respondiendo a tu pregunta, sí. Harry es muy distinto a mi marido. Para empezar, no ha intentado matarme.

Bonnie se quedó boquiabierta.

—Dios mío —dijo.

Zoe también se sintió desconcertada, pero por otro motivo. Arcadia le había contado la verdad sobre Grant Loring poco después de haber escapado de Candle Lake; pero, hasta donde ella sabía, no se lo había contado a nadie más, con la posible excepción de Harry Stagg.

—Sabía que nunca hablabas de tu vida antes de Candle Lake, y suponía que había algo misterioso al respecto, pero no pensaba que.... —dijo Bonnie tras recuperarse.

—Fingí mi propia muerte —prosiguió Arcadia en voz baja—, con la esperanza de que Grant creyera que su intento de asesinarme se había saldado con éxito. Luego ingresé en Candle Lake bajo otro nombre con la intención de desaparecer durante algún tiempo. Supuse que el último lugar donde me buscaría Grant sería un hospital psiquiátrico. Cuando Zoe y yo escapamos adquirí una nueva identidad, en un intento por enturbiar las aguas un poco más.

—¿Dónde está Loring ahora? —preguntó Bonnie.

—Ni idea. Oficialmente murió sepultado por la nieve en una estación de esquí europea; pero tengo el presentimiento de que está escondido en algún lugar, viviendo con otra identidad, igual que yo.

La brisa fresca de la noche provocó un leve escalofrío a Bonnie.

—Asusta de sólo pensarlo —dijo.

—Pues sí —coincidió Arcadia.

Al otro lado del paseo, Ethan, Singleton y los chicos salieron del salón de videojuegos. Jeff y Theo iban saltando alrededor de los dos hombres, comentando lo que habían hecho dentro, mirándolos como si fueran héroes. Zoe se emocionó y pensó en cuánto necesitaban los niños un modelo masculino.

Por su parte, Ethan y Singleton irradiaban una paciencia propia de monitores de campamentos infantiles. Por la forma en que se movían, uno podía darse cuenta de que, a pesar de las risas y los gestos de camaradería que intercambiaban con los chicos, estaban constantemente en guardia. Eran el tipo de hombres en el que se puede confiar en una situación límite.

—Entiendo perfectamente que digas que Harry Stagg es muy distinto de Grant Loring —susurró Bonnie. Todavía parecía algo confusa.

—Vaya si lo es —dijo Arcadia en voz baja—. Si Harry hubiera intentado matarme, lo habría conseguido.

# 12

Un breve destello de luz en el borde del campo de visión del hombre fue el único aviso aquella vez. El aura indicaba la llegada de otra crisis y la oscuridad temporal que la seguiría.

Le entró pánico.

«No; tengo que controlarme», pensó.

La crisis se desató, convirtiéndolo todo, incluso el miedo, en una tormenta de interferencias insanas.

Al cabo de unos segundos la crisis finalizó, dejándolo débil y tembloroso. El miedo fue la primera emoción que se hizo presente. Últimamente, las crisis tenían lugar cada vez con más frecuencia.

El hombre se puso de pie lentamente y echó un rápido vistazo alrededor.

«He tropezado con un apoyapiés; podría haber sido peor. Podría haberme golpeado la cabeza contra la esquina de la mesa y quedarme inconsciente o haber dejado manchas de sangre que alguien vería por la mañana.»

Eso sí hubiera sido un desastre.

La linterna había caído en la alfombra junto al sillón, alumbrando la biblioteca y una taza roja que había sobre una mesilla baja.

El hombre se agachó a recoger la linterna y se topó con algo pequeño y afilado sobre la alfombra, cerca de la mesa; un trozo de vidrio roto.

Inquieto, alumbró la mesa y vio que el jarrón que había encima de ella hacía un momento se encontraba hecho trizas en el suelo.

«Debo de haberlo tumbado cuando me caí. No pasa nada; sólo es un florero. Creerá que lo ha roto uno de sus empleados.»

Las manecillas del extraño reloj que había en la pared indicaban que sólo habían pasado tres minutos. En principio, el coche del guardia de seguridad no volvería a pasar por delante de La Casa Soñada por los Diseñadores hasta dentro de quince minutos.

Era el momento de hacerse con un recuerdo. No podía irse sin uno.

# 13

A la mañana siguiente, después de aparcar delante de La Casa Soñada por los Diseñadores, Zoe pensó que durante el desayuno Ethan había parecido más animado y de mejor humor, probablemente por haber aceptado el caso Kirwan. Tal vez, resolver un misterio tan antiguo era el tipo de distracción intelectual que necesitaba para sobrellevar la depresión que estaba atravesando aquel mes de noviembre.

En ese momento, un imponente Jaguar plateado dobló la esquina y se detuvo detrás de Zoe, que vio por el retrovisor cómo Lindsey Voyle bajaba del vehículo en todo su elegante y minimalista esplendor.

Lindsey era una mujer ambiciosa y atractiva que rondaba los cuarenta. Tenía el cabello teñido de forma discreta, sin rastro de canas y cortado con clase. A Zoe le resultaba desconcertante la forma en que la miraban sus ojos color avellana; era como si la siguieran, igual que sucedía con los ojos de los retratos pintados por los grandes maestros clásicos. Era como si Lindsey tuviera un radar interior que le decía dónde encontrarla.

Lindsey vestía casi siempre de negro, por lo que hubiera sido fácil suponerla de Nueva York, pero había llegado de Los Ángeles hacía poco. Esa mañana llevaba un jersey de finísimo algodón negro, pantalones negros y sandalias negras, y sujetaba con una mano una bandolera negra de cuero. La única concesión al color consistía en un collar turquesa y plateado, que Zoe reconoció de inmediato; se trataba de una pieza única que Lindsey había comprado en la galería Euphoria, la tienda de Arcadia.

De repente, Zoe pensó en su propio atuendo, que aquel día consistía en un largo vestido sin mangas de un brillante color violeta, acabado en un volado de gasa verde que flotaba alrededor de los tobillos. Viéndose en el espejo aquella mañana le había parecido que le sentaba muy bien, que era alegre y llamativo. Sin embargo, comparado con el elegante y sobrio atuendo de Lindsey, tuvo la desagradable sensación de que su vestido la hacía parecerse a un payaso.

Sus gustos para vestirse reflejaban bastante bien sus estilos personales en lo tocante al diseño, pensó. El dormitorio que estaba haciendo Lindsey en La Casa Soñada por los Diseñadores era un ejercicio de blanco minimalista acentuado por claros tonos madera. Zoe estaba acondicionando la biblioteca con un estilo totalmente opuesto, utilizando una ecléctica mezcla de texturas y colores saturados.

Salió del coche y fue al maletero por el bolso, grande y rojo; era uno de los seis que poseía, cada uno de un color diferente. Contenía una serie de cosas que necesitaba para su trabajo, tales como una cámara de fotos, una cinta métrica, una agenda, un cuaderno de bocetos, una pequeña caja de herramientas y un estuche con lápices y rotuladores de colores. También contenía varias muestras de baldosas y algunas muestras de tela que iba a usar en otro proyecto. Por último, estaba el antiguo paño de metal que Zoe utilizaba como llavero.

El oficio de diseñador de interiores no era apto para débiles, pensó.

—Buenos días, Lindsey —dijo, esbozando lo que esperaba fuese una sonrisa simpática. Se colocó el bolso al hombro, cerró el coche y se dirigió a los escalones de entrada a la casa—. Bonito día, ¿no?

—Pues sí —respondió Lindsey en tono inexpresivo. Hizo una pausa y añadió—: Vino a verme Tabitha Pine.

—A mí también. Por lo visto, cree que necesitamos acudir a alguna de sus sesiones de meditación antes de diseñar nuestras propuestas.

—Creo que tiene razón —opinó Lindsey—. Me he apuntado a un curso completo de veinte sesiones.

Zoe no se lo pudo creer. Había considerado la idea de asistir a una o dos clases, pero el curso completo costaría probablemente unos dos mil dólares.

La puerta de la casa estaba cerrada.

—Parece que hoy somos las primeras —dijo. A cada uno de los diseñadores que colaboraban en el proyecto se les había dado una llave, así que Zoe rebuscó en el bolso rojo.

—Ya abro yo —dijo Lindsey, que ya tenía la suya en la mano.

—Gracias. —La eficiencia de Lindsey le resultaba una de sus características más irritantes.

Cruzó el portal con decisión, al contrario que solía hacer cada vez que entraba en algún sitio. Ya había estado en La Casa Soñada por los Diseñadores en varias ocasiones las últimas semanas, así que no había necesidad de prepararse para lo desconocido.

Cuando era más joven, Zoe daba por sentado que todo el mundo percibía la misma energía psíquica que, a veces, había en un lugar donde alguien había vivido, amado, reído o muerto. Sólo con los años se dio cuenta de que, aunque había gente que en ocasiones sentía un inexplicable *déjà vu* al entrar en casas o habitaciones extrañas, lo de ella era algo bastante distinto. No tardó en descubrir que, para la mayoría de la gente, «distinto» era sinónimo de «anormal». En consecuencia, decidió esconder a los demás su capacidad de percibir la energía psíquica que, de vez en cuando, escondían las paredes de una casa o un edificio en particular.

De hecho, se le daba tan bien camuflar sus dotes que había conseguido que su primer marido nunca supiera que existían. Zoe había amado a Preston con todo su corazón, y él también la había amado de igual forma; pero, en el fondo, siempre había sido consciente de que si le hubiera contado la verdad él habría pensado que su esposa tenía algún problema mental, y nunca hubiera vuelto a mirarla de la misma manera. Zoe no lo hubiera culpado por ello. En ocasiones incluso ella misma había dudado de su cordura, sobre todo durante su estancia en Candle Lake.

El aspecto más inquietante de su relación con Ethan era que, cuando ella le había contado lo de su sexto sentido, él no se había inmutado. Hasta ahí, bien. El problema era que ella estaba casi segura de que él se lo había tomado con tanta calma porque realmente no creía una palabra. En opinión de Ethan, Zoe era intuitiva en extremo, nada más. En tanto que investigador privado que confiaba plenamente en su intuición, él podía vivir perfectamente con esa explicación.

Lindsey iba delante de Zoe por el recibidor, en dirección a la gran escalera que conducía al primer piso.

—El otro día le eché un vistazo a tu biblioteca —dijo por encima del hombro—. Veo que has decidido dejar las estanterías rojas. ¿No crees que es un color demasiado fuerte?

«Respira hondo —se aconsejó Zoe—; diga lo que diga, no te pongas a la defensiva.»

—Quedará muy distinto cuando coloque los libros —arguyó.

—Bueno, es cosa tuya —dijo Lindsey—. Pero me parece que ya has utilizado demasiados colores; todos esos ocres y las baldosas de terracota... Hace que la habitación quede demasiado cálida, y hay que tener en cuenta que aquí hace mucho calor.

Zoe apretó los dientes y consiguió mantener la boca cerrada.

Lindsey no esperaba una respuesta. Cuando llegó al final de la escalera, se marchó hacia el dormitorio principal.

Zoe se prometió que aquello no iba a afectarla y siguió camino de la biblioteca. Lindsey se equivocaba, pensó. El rojo intenso de las estanterías resaltaría los libros y los cuadros que colgarían de las paredes de la biblioteca, pintadas de ocre y con ribetes azules, además de que acentuaría las baldosas de terracota y las alfombras.

También estaba equivocada respecto a que los colores de la biblioteca fuesen demasiado cálidos para el clima del desierto. Al contrario, supondrían un fresco contraste al calor. El éxito de los estilos colonial y mediterráneo era la prueba de que los colores vivos funcionaban bien en espacios luminosos, ya que daban la impresión de crear sombras y ayudaban a diluir el brillo de un sol intenso.

El blanco no era un color apropiado para el desierto, pensó mientras llegaba a la biblioteca, sobre todo cuando se le daba un uso tan brillante y extenso como Lindsey había hecho en el dormitorio principal. Lo último que había que hacer en un lugar tan soleado como aquél era reflejar la luz, ya que el blanco se comportaba fácilmente como espejo.

Por supuesto, había excepciones a la regla. Arcadia podía vivir con paredes blancas porque ella era ella; los colores pálidos encajaban con su personalidad y le daban la energía apropiada para su espacio vital. Sin embargo, Zoe llegó a la conclusión de que el fluir de la energía en la habitación de Lindsey iba a ser de todo menos bueno.

Se detuvo en el umbral de la biblioteca y observó el interior. La había diseñado pensando en una familia. No estaba segura del porqué, pero, desde el primer momento, le había venido a la mente la imagen de una madre y un padre con sus dos hijos pequeños; y lo cierto era que ambos críos tenían el mismo cabello castaño y los mismos ojos ámbar de Ethan.

Había tratado de convencerse de que aquélla no era más que una imagen producida por su imaginación para ayudarla a enfocar mejor el diseño de la biblioteca. Estaba acostumbrada a trabajar según las necesidades de un cliente en particular; en aquella ocasión, sin embargo, no había un propietario real con una personalidad y unos gustos determinados, así que ella se había inventado a esa pequeña familia y trataba de no pensar demasiado en por qué los niños se parecían a Ethan.

Estaba contenta con los resultados obtenidos: una estancia cómoda y acogedora, con algo interesante o intrigante en cada rincón.

Zoe se paseó despacio por la biblioteca, atenta a las corrientes de energía y asegurándose de que todo estaba bien. En ciertos aspectos, era un espacio decorado a la antigua, imbuido por la atmósfera de las bibliotecas del siglo XIX. No había televisor de pantalla plana ni equipo de alta fidelidad; por suerte, otro diseñador se encargaba del cuarto de audiovisuales, situado al final del pasillo.

Zoe había diseñado su habitación como un lugar para la contemplación, el estudio y la introspección. Quería que ese espacio fuera un refugio para cada habitante de la casa, un lugar donde los sueños pudieran adquirir forma.

Se detuvo junto a las sillitas y la mesita que había colocado pensando en aquellos niños imaginarios y ajustó la posición del globo terráqueo que había junto a ellas. Luego fue hasta el escritorio y se colocó detrás de él, asegurándose de que quienquiera que se sentara allí pudiera contemplar la fuente que había en el jardín.

Le gustaba incorporar el agua o la visión de ésta en los espacios que diseñaba, ya que proporcionaba una energía especial. Lo mismo ocurría con las plantas, por lo que también había colocado un gran macetón en el otro extremo de la sala. No sólo purificaban el aire, sino que, además, limpiaban la energía que fluía a través de él.

Observó la fotografía que había sobre el hogar, una vista del cañón de Nightwinds al amanecer, tomada por ella misma hacía un mes. Ethan se había levantado con ella, antes del alba, cuatro días seguidos con el fin de hacerle compañía al borde del cañón, mientras ella gastaba carrete tras carrete, tratando de dar con la foto adecuada.

Se volvió y caminó hacia los dos sillones destinados a la lectura, para ver cómo se percibía la corriente de energía desde ellos, pero a dos pasos del primer sillón sus poderes psíquicos se vieron asaltados por los suspiros de la oscuridad.

Zoe casi soltó un grito. Era como si se hubiera enredado en los pegajosos hilos de una telaraña invisible. Se apartó del sillón sintiendo un escalofrío. Hizo un esfuerzo por desactivar su sexto sentido.

¿Qué diablos estaba pasando?

De repente, desde lo más profundo de su mente, surgió un viejo recuerdo de una noche especialmente mala en Candle Lake. Zoe lo desechó; por el amor de Dios, aquella habitación no era más que la biblioteca de una casa deshabitada, no el pabellón H.

«Vale, intentémoslo de nuevo», se dijo. Tal vez había reaccionado de manera exagerada. Bien era cierto que su imaginación, mezclada con sus poderes psíquicos, a veces podía producir sensaciones inquietantes. Sin embargo, sus poderes nunca le habían fallado. Con cautela, dio un paso adelante.

La telaraña reapareció, haciéndola temblar. Había algo cerca del sillón. Zoe había tenido una sensación parecida una sola vez en su vida, y pensar en ella todavía le helaba la sangre. «No estoy en el pabellón H», se dijo varias veces. Sin embargo, sentía náuseas y un ligero mareo. A pesar de todo, se negó a salir de allí; tenía que saber qué le provocaba aquella sensación escalofriante.

Los hilos de la telaraña invisible la envolvieron. Eran tan finos que apenas si podía percibirlos, pero estaban allí. Qué extraño. Dos días antes había ido a hacer los retoques finales y no había notado nada fuera de lo común.

«¿Qué está pasando aquí? —se preguntó—. Cálmate y piensa. Has estado en suficientes escenas de crímenes como para saber lo que se siente, y esto es totalmente distinto. Las paredes no te gritan de la misma manera que cuando se ha derramado sangre entre ellas.»

La energía que percibía era tenue pero extremadamente turbia. Aquello no era habitual. Su sexto sentido era muy sensible a las huellas de pasiones desatadas, y éstas solían ser de naturaleza desgarrada y visceral. La rabia, el miedo, el pánico, el odio, la lujuria y la obsesión eran energías primarias. El rastro que dejaban solía ser inconfundible.

Sin embargo, aquello era diferente... algo verdaderamente aterrador.

La telaraña parecía irradiar de un punto cercano al apoyapiés. Zoe examinó el lugar de cerca. Todo parecía estar exactamente como ella lo había dejado la anterior vez que había estado allí; no había señales recientes de violencia ni de destrucción.

Pero no... eso no era del todo cierto.

Vio un fragmento de cristal junto al apoyapiés. Se agachó y lo recogió. El color del vidrio le resultó familiar.

Miró la mesita junto al sillón y se dio cuenta de que el florero se había caído al suelo, haciéndose añicos.

Había algo más, pero no consiguió identificarlo.

Se dio la vuelta muy despacio, observando cada centímetro de la biblioteca. Cuando llegó a la mesita que había en el rincón de los niños, se detuvo.

Había colocado encima algunos objetos cotidianos, como un pequeño dinosaurio de juguete que le había dado Jeff y una motocicleta a escala de Theo. Además, había puesto una de las tazas rojas de su nueva vajilla, ya que combinaban con las estanterías.

La taza había desaparecido.

# 14

Esa noche soñó con Xanadú.

*Se levantó de la cama y se puso la ropa de hospital. Le quedaba muy holgada. Al ingresar en Candle Lake le sentaba bien, pero esos últimos meses había perdido bastante peso. Los medicamentos que le administraba la doctora McAlister contra su voluntad, con el fin de que ella cooperase con la terapia, le habían quitado el apetito.*

*Había aprendido a guardarse ciertas pastillas en la boca sin que nadie advirtiese que no se las tragaba, pero no podía engañar a todos los enfermeros. Incluso en los escasos días en que tenía la mente relativamente despejada tampoco tenía hambre. La enorme fuerza de voluntad requerida para contener las alternativas oleadas de rabia, miedo y desesperación que solían asaltarla, la dejaba tan exhausta que el simple hecho de comer le resultaba una tarea casi imposible.*

*Eso tenía que cambiar, pensó. Tenía que empezar a consumir las calorías necesarias para recuperar fuerzas. Nunca lograría escapar si no comía adecuadamente.*

*Fue hasta la ventana, pequeña y con barrotes. Su habitación estaba situada en el tercer piso, lo cual le permitía ver el lago que se alargaba hasta más allá de la valla que rodeaba la clínica.*

*La fría luz de la luna se reflejaba sobre aquellas aguas maléficas. A veces, la única escapatoria que veía posible consistía en nadar hasta la mitad del lago y dejarse hundir en las profundidades.*

*Sin embargo, aquel día había conseguido no tomar las pastillas de McAlister, y esa noche tenía la mente más despejada que de costumbre. No quería pensar en hundirse para siempre en las profundas aguas del lago.*

*Necesitaba un objetivo; tenía que planear su fuga y reunir algo de esperanza, y lo cierto era que allí no había nadie que pudiera ayudarla.*

*Se dio la vuelta y fue hasta la puerta, como siempre, con la esperanza de que alguien hubiese olvidado cerrarla con llave.*

*La puerta se abrió. Algún enfermero se había despistado, y no era la primera vez. El personal de Candle Lake estaba compuesto por gente de lo más incompetente.*

*El doctor Harper, director de aquel privado y carísimo manicomio, no se dedicaba precisamente a curar a sus pacientes. Sus clientes le pagaban fortunas para que mantuviese encerrados a sus familiares locos.*

*Salió de la habitación y avanzó lentamente por el pasillo. Se sentía como un fantasma, separada de la realidad por un fino velo. Todo le resultaba irreal, aunque seguramente aún conservaba restos de las drogas que le administraba McAlister.*

*Como siempre por la noche, las luces de los pasillos estaban más tenues, pero nunca se apagaban del todo. Los pasillos de Xanadú estaban iluminados por un brillo fluorescente de lo más siniestro.*

*Tenía que familiarizarse con el lugar. Quería trazar un mapa mental para que, llegado el momento, pudiera moverse con rapidez y seguridad.*

*Pasó por delante de varias puertas cerradas y, al llegar al extremo del pasillo, se detuvo. Creía recordar que los enfermeros giraban a la izquierda cuando la llevaban al despacho de McAlister, así que giró a la derecha.*

*Se adentraba en territorio desconocido.*

*Recorrió una serie de pasillos, dobló otra esquina y se encontró fren-*

te a una puerta de vaivén que daba acceso a otro pasillo de habitaciones cerradas. Echó un vistazo alrededor y vio un letrero en la pared: «Pabellón H.»

Pasó por la puerta y se dio cuenta de que, aunque aquel pabellón era muy similar al suyo, la sensación psíquica que le despertaba era distinta.

Podía sentir tenues y molestas corrientes de energía, pero era incapaz de reconocerlas; se trataba de unas sensaciones diferentes a las fuertes emociones que saturaban la clínica.

El instinto le decía que si se quedaba enganchada en aquellas pegajosas telarañas, sería para siempre.

Toda esa energía parecía emanar de una única habitación. Con cautela, siguió avanzando, notando cómo las telarañas invisibles se hacían más oscuras y densas.

De repente se detuvo, incapaz de seguir acercándose a la habitación.

Estaba aterrorizada; había ido demasiado lejos.

La telaraña la había envuelto, pegándose a todos sus sentidos: la vista, el tacto, el oído, el gusto e incluso el olor. Sin embargo, se aferraba con más intensidad a su sexto sentido, aquel que la convertía en una persona distinta a las demás.

La oscuridad se cernió sobre ella, y se dio cuenta de que estaba a punto de desmayarse.

Tenía que salir de allí.

Consiguió dar un paso atrás, pero estaba tan aturdida que le resultaba difícil mantener el equilibrio, así que se apoyó contra la pared.

Estaba atrapada entre los hilos invisibles de la telaraña, y no conseguía soltarse.

Sin embargo, el pánico le proporcionó la fuerza que necesitaba. Consiguió dar otro paso atrás, librándose de algunos hilos, luego otro, y finalmente consiguió zafarse.

Se dio la vuelta y volvió presurosa a la relativa seguridad de su habitación.

Había pasado por muchas cosas en Candle Lake, pero fuera lo que *fuese lo que se escondía detrás de aquella puerta en el pabellón H, la asustaba más que cualquier otra cosa que hubiera vivido antes.*

*Un último resquicio de oscuridad le rozó en la nuca. Pudo sentir los leves temblores de los hilos de la telaraña, que indicaban que la araña se acercaba...*

Se despertó con un alarido.

—Zoe —dijo Ethan, cogiéndole las muñecas y poniéndole encima una pierna para inmovilizarla—. Despierta; estás bien.

La reconfortante realidad del dormitorio, junto al calor y la fuerza del cuerpo de Ethan, fue reemplazando gradualmente la pesadilla. Zoe se sintió aliviada.

—Lo siento —dijo con una voz extrañamente ronca—. No quería despertarte.

—Ya estaba despierto.

Zoe lo miró, sintiendo cómo la ansiedad reemplazaba definitivamente al miedo.

—¿Otra vez insomnio?

—Sólo estaba pensando —respondió él.

Sí, claro. Estaba mintiendo, y Zoe lo sabía. No podía dormir.

—¿Estás bien? —preguntó Ethan.

—Sí —contestó ella, respirando profundamente—. Hacía tiempo que no tenía una de estas pesadillas. Empezaba a creer que me había librado de ellas, pero ya ves que no.

Ethan se incorporó y la abrazó con fuerza. Le acarició el brazo y el hombro con la misma ternura con que hubiera acariciado a un niño asustado.

—Míralo por el lado bueno —dijo—. Probablemente es una buena señal que el tiempo transcurrido entre las pesadillas sea cada vez mayor.

—Tal vez —respondió Zoe, e hizo un esfuerzo para relajarse entre los brazos de su marido. Sin embargo, el corazón todavía le latía deprisa, y la pegajosa telaraña de su sueño aún no la había soltado del todo—. No te preocupes, se me pasará en un momento.

—Ya lo sé; siempre ocurre lo mismo —dijo Ethan, y siguió acariciándole el brazo sin dejar de estrecharla contra sí—. ¿Ha sido una de las malas?

—Sí.

—¿Quieres contármela?

Zoe sintió pánico. ¿Contarle la pesadilla? ¿Tratar de explicarle qué la había asustado tanto? No, no era una buena idea. En absoluto.

Ya le había contado muchas de las cosas horribles con que se había encontrado en Candle Lake, por ejemplo, que el director de la institución, el corrupto doctor Ian Harper, había conspirado con su familia política para drogarla e ingresarla contra su voluntad. También sobre Venetia McAlister, la doctora que tenía un lucrativo negocio como asesora de la policía. McAlister se había obsesionado tanto con la posibilidad de que Zoe realmente tuviera poderes psíquicos, que había intentado obligarla a contarle lo que ella percibía en truculentos escenarios de asesinatos y cosas aún peores. Y le había descrito la terrible experiencia de su fuga de Xanadú.

En suma, a Ethan le había contado más secretos que a nadie, incluyendo Arcadia, pero todavía no se atrevía a confiarle su miedo más profundo, ese que había descubierto aquella noche, cuando, deambulando por los pasillos de Candle Lake, se había visto atrapada en una telaraña psíquica.

—Estaba soñando con algo que ocurrió la noche que conseguí salir de mi habitación y recorrer los pasillos —dijo finalmente, escogiendo las palabras—. No tenía la mente despejada del todo, pero aun así conseguí pensar de forma coherente. Uno de los enfermeros se había dejado la puerta abierta.

—¿Qué ocurrió? —preguntó Ethan en voz baja.

—Estuve... estuve recorriendo los pasillos, tratando de hacerme un mapa mental del edificio.

—¿Para poder escapar?

—Sí.

Ethan seguía acariciándole el brazo para reconfortarla.

—Entiendo que esos recuerdos te provoquen pesadillas.

—Aquella noche, el lugar me pareció un laberinto, tal vez porque no podía pensar con claridad. Tenía miedo de que, llegado el momento de escapar, no encontrase la salida.

—Pero Arcadia y tú lo conseguisteis.

—Sí.

—Y ahora eres libre —le recordó Ethan, dándole un beso en la frente—. No lo olvides.

—De acuerdo.

—Ya sé —añadió Ethan, esbozando una comprensiva sonrisa— que ciertas cosas son más fáciles de decir que de hacer.

—Ajá —dijo Zoe.

Ethan movió la pierna bajo las sábanas, rozándole el muslo. Zoe parpadeó.

—Sin duda fue un sueño terrible —dijo él, sin dejar de acariciarle el brazo—. Estás tan tensa que pareces a punto de romperte entre mis brazos.

Zoe cerró los ojos un instante, incapaz de decirle que, en esas circunstancias, «romperse» no era el verbo más apropiado.

—¿Quieres un vaso de leche caliente? —le ofreció él—. Siempre te ayuda a relajarte.

Zoe esbozó una mueca.

—Sí, pero la verdad es que no me gusta.

—En ese caso, tal vez debas probar una de mis exóticas técnicas de masaje —repuso Ethan, colocando la mano sobre la cadera de Zoe y apretando con malicia.

Ella sabía que él trataba de animarla con esos jugueteos sexuales, y lo cierto era que funcionaban. Ansiaba que él le hiciera el amor en ese momento. De hecho, no recordaba haber necesitado tanto algo en toda su vida.

—¿Así que conoces técnicas de masaje exóticas? —preguntó, tratando de sonar sugerente.

—He hecho un estudio detallado de la materia, por así decirlo —respondió Ethan, metiéndole la mano por debajo del corto camisón, que le llegaba justo hasta los muslos—. ¿Te apetece una demostración?

—Depende de dónde quieras masajearme —contestó Zoe, frotando su pie contra el de Ethan.

—Creo que comenzaré por aquí —dijo él, deslizando la mano entre las piernas de Zoe.

La inmediatez de su propia reacción la sorprendió; tal vez el motivo fuese la adrenalina liberada por la pesadilla. En cualquier caso, estaba empapada.

—¿Crees que esta técnica pueda funcionar contigo? —musitó Ethan.

Zoe suspiró, temblando de deseo.

—Sí, no me cabe duda. ¿Conoces más técnicas que quieras enseñarme?

—Sí; ésta.

Ethan se deslizó hacia abajo, pasándole las manos por la cintura y las caderas. Zoe se dio cuenta de que su esposo tenía una erección.

Él le levantó las rodillas e hizo algo increíble con la lengua.

—Oh, Ethan... —suspiró ella.

Sin despegar los labios de la hinchada vulva, él la penetró con los dedos hasta dar con aquel punto tan exquisitamente sensible.

Zoe sintió como si Ethan hubiese apretado un disparador en su interior.

Sujetó a su marido por el cabello mientras le sobrevenía el clímax, retorciéndose entre jadeos. La abrumadora oleada de placer lo engulló todo, incluso los resquicios de la pesadilla.

Ethan la penetró antes de que las contracciones cesasen, dándole placer hasta la extenuación.

Cuando su marido llegó al clímax, Zoe lo aferró con fuerza, necesitada de sentir su cuerpo para mantenerse unida a la realidad.

Cuando todo hubo acabado, ambos se unieron en un húmedo abrazo.

—Por si sirve de algo —murmuró Ethan, con la boca contra la almohada—, creo que acabamos de comprobar que mis masajes ofrecen mejores resultados que la leche caliente.

Zoe sonrió.

—¿Quieres decir en lo referente a las pesadillas? —preguntó.

—Bueno, me parece que en lo referente a cualquier cosa.

—¿Podrás dormir ahora? —preguntó Zoe, volviéndose hacia él.

—No sé si dormir —murmuró él con voz cansina—, pero, si no te molesta, creo que me desmayaré un buen rato.

Zoe lo abrazó mientras se dormía, escuchando su sosegada respiración, contenta de que sintieran tanta pasión el uno por el otro. Aquello suponía un alivio temporal para ambos.

Sin embargo, Zoe también era consciente de que la ansiedad que había provocado aquella pesadilla no tardaría en volver a hacer presa en ella. Ya se había enfrentado a casi todos los miedos provocados por Candle Lake; sólo faltaba uno. Había tratado de enterrarlo en lo más profundo de su mente, pero esa noche había renacido de sus cenizas. Tenía que encontrar la forma de destruir aquella telaraña psíquica o, de lo contrario, seguiría acosándola el resto de su vida.

Podía hablar con Ethan de casi cualquier cosa, pero no de aquello. Él no creía que ella poseyera un sexto sentido, así que, ¿cómo iba a contarle que su temor más grande era que el aspecto psíquico de su naturaleza pudiese quebrantar su cordura? No se veía con valor de contarle que, tal vez, llegaría el día en que su familia política y aquellos de Candle Lake que le habían dicho que estaba loca tuvieran razón.

# 15

A la mañana siguiente despertó con la certeza de que necesitaba elaborar un plan para enfrentarse a las telarañas psíquicas que había descubierto en la biblioteca de La Casa Soñada por los Diseñadores. Aquella decisión la animó y le renovó las fuerzas; Ethan se percató de ello durante el desayuno.

—Veo que te sientes mejor —comentó, sirviéndose una taza de café.

—Mucho mejor.

—¿La pesadilla de anoche no te ha dejado secuelas?

—A decir verdad, tus increíbles masajes han hecho de mí una mujer nueva —le aseguró Zoe.

—Y yo que me estaba acostumbrando a la mujer que eras.

—La variedad es la salsa de la vida.

—Me gusta que haya variedad en mi trabajo, pero no tanto en otros aspectos de la vida —dijo Ethan, de pronto serio.

Zoe prefirió no comentar que sus cuatro matrimonios indicaban precisamente lo contrario; no hubiera sido justo. Bonnie le había contado que ninguno de los tres divorcios por los que había pasado Ethan había sido idea de él. Cuando su cuñado prometía algo, le había dicho ella, lo mantenía. El problema era que ninguna de las tres mujeres con que se había casado habían mantenido sus propias promesas.

—Vale, no es que sea una mujer nueva del todo —reconoció Zoe—; tan sólo una mujer rejuvenecida.

—Me parece bien. —Ethan esbozó una sonrisa, se puso en pie y levantó a su esposa de la silla para besarla—. Me alegro de haber podido ayudarte.

—Y yo te estoy muy agradecida —dijo Zoe cuando Ethan la soltó.

—No hay de qué —respondió él, dedicándole su sonrisa más pícara, esa que siempre conseguía erizarle el vello de la nuca—. Quiero que sepas que puedes contar con mis masajes especiales siempre que lo necesites.

—Tu generosidad me abruma.

—¿Sí? Bueno, resulta que ser generoso también tiene sus ventajas —comentó Ethan, sonriendo con malicia mientras se dirigía a la puerta—. Anoche conseguí dormir un poco.

—Me alegro —contestó Zoe, siguiéndolo.

—Hoy tenemos una de esas divertidísimas charlas sobre diseño, ¿no?

—Ethan, ya sabes que debemos tomar algunas decisiones sobre Nightwinds.

—Sí, lo sé.

—Tú mismo dijiste que no quieres vivir rodeado de rosa.

—Claro que quiero librarme del rosa, pero no estoy seguro de que el amarillo sea mejor.

—No estoy hablando de amarillo chillón, por el amor de Dios. Me refiero a un tono casi ocre, cálido y tenue, como el que puede verse en un antiguo palacete mediterráneo.

—Nunca he visto un antiguo palacete mediterráneo; además, ¿qué es el ocre?

—Da igual. Ya te enseñaré algunas muestras cuando vayamos a la casa.

—Vale, pero antes comamos algo. No puedo hablar sobre diseño a menos que haya comido antes. —Ethan se detuvo junto al mueble del recibidor y observó los objetos que había junto a su llavero—. ¿Qué demonios hace esto aquí?

Zoe carraspeó.

—Son... eh... luces de emergencia.

—Ya sé lo que son —dijo Ethan, cogiendo las llaves y las luces—. Sólo me preguntaba qué hacían aquí encima.

—Pensé que querrías tenerlas en el coche —contestó Zoe, consciente de que se estaba ruborizando—. Para una emergencia o algo así.

Zoe estuvo segura de que Ethan hacía una mueca, pero éste se limitó a asentir.

—Buena idea —dijo—. Nunca se sabe cuándo puedes necesitarlas.

Para sorpresa de Zoe, su marido silbó al salir por la puerta.


Ella sí que no silbó cuando salió para el despacho al cabo de unos minutos. Se dirigió a la nueva plaza de aparcamiento que le había sido asignada, mientras elaboraba su plan para vencer a la telaraña de la biblioteca.

Tan absorta iba que no vio a Hooper, del 1.º B, hasta que chocó contra él, haciéndole caer todas las cajas de cartón que llevaba a cuestas.

—¡Uf! Lo siento, Zoe —se disculpó—. No te he visto.

Hooper era bajito y ancho de cuerpo, y una incipiente calvicie lo afectaba desde su juventud. Llevaba holgados pantalones de poliéster y una camiseta arrugada que parecía sacada del cubo de la basura.

Era adicto a los artilugios de alta tecnología. En el cinturón, llevaba por lo menos un cuarto de kilo de éstos. Zoe reconoció un teléfono móvil y un ordenador de mano, pero el resto era un completo misterio.

—Estoy bien —dijo ella, mirando las cajas y reconociendo una marca que le era familiar—. ¿Ordenador nuevo?

—Ajá —dijo Hooper, y se agachó para recoger sus cosas—. Lo recibí ayer; es una auténtica bestia. Lo instalé anoche y a las diez ya estaba navegando por Internet. Ahora iba a tirar esto. Por cierto, te mudas, ¿no? Si necesitas cajas, ya sabes.

—No, gracias —contestó Zoe.

Él se encogió de hombros y observó el contenedor que había contra la pared del edificio. Estaba lleno de basura, periódicos y desechos. Encima, un letrero grande rezaba: APLASTEN LAS CAJAS.

Hooper entornó los ojos.

—Vaya, vaya —dijo—. Parece que la sargento Duncan sigue con sus normas. Conque aplasten las cajas, ¿eh? ¿Sabes una cosa? Ya estoy hasta la coronilla de la señorita estreñida. Si quiere que las cajas estén aplastadas, que lo haga ella.

Y apiló las cajas, una por una, sobre el contenedor de basura, tapando por completo el letrero. Cuando hubo acabado con su desafío personal, levantó los brazos en señal de victoria.

—¡Que te den por saco, sargento! —exclamó.

No es que Zoe no viera con simpatía aquel gesto, pero se dio cuenta de que, con todas esas grandes cajas de cartón encima del contenedor, ya no había sitio para nada más, y el servicio de recogida de basura no pasaba hasta el día siguiente. Sin embargo, tenía problemas más importantes que resolver, así que subió al coche, lo puso en marcha y salió del aparcamiento.

Al cabo de un rato llegó a Interiores Mejorados y fue directamente a la estantería. Singleton estaba ayudándola a encontrar y adquirir libros sobre diseño de interiores, así que su biblioteca crecía rápidamente.

El concepto de diseñar espacios que proporcionaran armonía e incrementaran el flujo de energía positiva no era producto del *New Age*, sino algo con miles de años de antigüedad.

A lo largo de la historia, mucha gente inteligente había dedicado tiempo y esfuerzo a estudiar los efectos psíquicos de la organización de los interiores. Algunas teorías se basaban en antiguos principios religiosos, y otras provenían de intentos de dar un enfoque matemático y astrológico a los problemas del diseño. La biblioteca de Zoe contenía varios volúmenes dedicados al estudio de teorías forjadas por sabios de civilizaciones ya desaparecidas.

La investigación en ese campo seguía adelante, aunque la sensibilidad moderna requería un enfoque más científico. Zoe tenía varios informes sobre estudios psicológicos que describían el efecto que ejercían los colores de las paredes de prisiones, aulas y hospitales sobre el estado de ánimo de sus ocupantes. También tenía datos sobre el uso terapéutico de plantas y acuarios en viviendas y en despachos de médicos.

Lo cierto era que, en un nivel intuitivo, la gente sabía desde hacía mucho tiempo que el diseño de las habitaciones donde vivía o trabajaba los afectaba positiva o negativamente.

Zoe llevó varios libros al escritorio y se sentó. Aquella mañana no tenía ninguna cita, así que, con un poco de suerte, podría dedicar las próximas horas a recabar información sobre telarañas psíquicas.

Unas horas más tarde, levantó la vista de un texto religioso medieval que explicaba una técnica para limpiar una habitación de fantasmas y espíritus malignos, y se percató, para su sorpresa, de que ya era casi mediodía. Había quedado con Ethan a las doce y media para comer y hablar de Nightwinds.

Tomó una última nota en su cuaderno y se levantó. Tenía los músculos agarrotados tras tantas horas de estudio y, aún peor, estaba deprimida por la falta de resultados.

Necesitaba respirar un poco de aire fresco.

Cogió su bolso verde manzana, cerró Interiores Mejorados y partió hacia Investigaciones Truax.

Aunque la oficina de Ethan estaba en la calle Cobalt, a pocas manzanas de distancia, el barrio donde Zoe tenía su negocio era más elegante.

Investigaciones Truax estaba situada en la parte antigua de Whispering Springs. A Zoe le gustaba aquella zona. Los viejos edificios bajos de estilo colonial, con sus paredes de estuco desgastado, los techos de tejas rojas y las puertas arqueadas, tenían carácter, igual que Ethan.

Cuando llegó al número 49 de la calle Cobalt, cruzó el patio de suelo de ladrillo y fue por el pasillo, frío y sombrío, que llevaba hasta la escalera por la cual se llegaba a Investigaciones Truax. Sin embargo, antes entró en el otro negocio del edificio, la librería Single-Minded.

Al fondo de la tienda, vio la cabeza rapada de Singleton brillando al resplandor del ordenador.

—¡Ahora voy! —gritó él.

—Tranquilo.

—¿Zoe? —preguntó Singleton, saliendo de la cueva que el llamaba despacho—. ¿Qué pasa?

—He quedado para comer con Ethan. Esta tarde tenemos que ir a Nightwinds para hablar de la casa.

Singleton rió entre dientes.

—Pues parece que fueras a un entierro —dijo—. Seguro que has tenido clientes más difíciles que Ethan.

—Tal vez, pero, por alguna razón, no logro recordar sus nombres.

—Bueno, estaba aquel tipo que mató a su esposa hace unos meses.

—Eso era algo completamente distinto —aseguró Zoe—. Puede que David Mason fuera un asesino, pero no era un cliente difícil. No tuve ningún problema con él.

Singleton cruzó los brazos y se apoyó contra el mostrador.

—¿Cuál es el problema con Truax? ¿Los sillones?

—Su obsesión con los sillones no es nada comparada con su total carencia de sentido del color.

—Bueno, por lo menos sabe que no le gusta el rosa.

—Pues no estoy tan segura. Tengo la sospecha de que si Harry y tú no le hubierais dicho que estar expuesto tanto tiempo a ese rosa chillón puede pudrir el cerebro de cualquier hombre, seguramente seguiría viviendo allí a sus anchas y nunca hubiera aceptado volver a pintar la casa.

—Pero al final ha aceptado, así que nos debes una.

—Ha acabado aceptando la idea —reconoció ella—, pero me discute cada sugerencia que le hago con respecto al color de las habitaciones. Nos hemos puesto de acuerdo en la cocina, pero ahora estamos peleándonos por el color del salón. Creo que si fuera por él, toda la casa acabaría pintada de blanco, por dentro y por fuera.

—Pues él dice que si fuera por ti, cada habitación sería de un color diferente.

—Es un exagerado. Sólo le he sugerido un poco de variedad. Para colmo, insiste en ajustarse a un presupuesto muy limitado y no entiende que la pintura es la forma más barata de conseguir un verdadero cambio.

—Hay muchos hombres a los que no les gusta la variedad, por lo menos en lo que a la vivienda se refiere —comentó Singleton, pensativo.

—No lo sé, pero he descubierto que los hombres como Ethan son muy reticentes a los cambios en sus espacios personales. Tal vez sea una cuestión de querer controlarlo todo.

—O a lo mejor sólo es puro y simple miedo —dijo Singleton, encogiéndose de hombros—. No olvides que ya tuvo una mala experiencia con la mujer que decoró su despacho de Los Ángeles.

—Aquella pobre diseñadora no tuvo nada que ver con que Ethan se viera en la ruina.

—Lo sé, pero creo que, de alguna extraña manera, Ethan asocia todos esos muebles caros que ella le hizo comprar con el desastre económico por el que pasó. Me contó que no obtuvo casi nada en la subasta.

—Bueno, pero no fue por culpa de la diseñadora —insistió Zoe.

—Por lo visto, la mujer le dijo que todos aquellos escritorios y sofás de lujo eran una buena inversión.

Zoe frunció el entrecejo.

—Seguro que se refería a que eran una buena inversión en tanto que daban una buena imagen del negocio.

—Supongo que Ethan pensó que se refería a que podrían tener valor en un futuro.

—Ese tipo de muebles rara vez se revaloriza.

—Ya, bueno, tal vez ella no se lo explicó bien.

Zoe suspiró.

—Sólo sé que todas nuestras charlas con respecto a Nightwinds son un quebradero de cabeza.

—Como ya te he dicho, no es más que puro y simple miedo.

—Hablando de miedo... —dijo Zoe, fingiendo observar el diario del siglo XIX que había expuesto bajo el vidrio del mostrador.

—¿Sí?

—Sé que no es de mi incumbencia, pero me preguntaba si algún día le vas a pedir a Bonnie que salga contigo.

—Es posible —contestó Singleton, impertérrito.

—Ya. —Esperó que él dijera algo más, pero Singleton no dio señales de querer explayarse—. Me alegro. Me preocupaba que dudases, temiendo que a ella no le agradase la idea. Y la verdad es que sé que le encantará.

—Ya, pero no se lo pediré hasta después del aniversario del secuestro y asesinato de su marido.

Zoe se quedó de piedra, no sólo por el comentario sino por la perspicacia que implicaba.

—Tienes razón. No lo había tenido en cuenta. Desde luego éste no es el mejor momento para mover ficha, pero me alegra que pienses pedírselo antes o después.

—¿En serio crees que aceptará salir conmigo? Lo digo porque no soy lo que se dice su tipo.

—¿Quién te dice que no? —repuso Zoe con toda sinceridad—. Míranos a Ethan y a mí; estoy segura de que nadie hubiera pensado que haríamos buena pareja.

—Tienes razón. Tú con tu rollo del *feng shui* y Ethan con su visión tan particular del mundo. No creo que ningún casamentero hubiera apostado por vosotros.

Aquel comentario hizo que Zoe se arrepintiera de haber utilizado el argumento de la atracción de los polos opuestos.

Sin embargo, Singleton parecía muy satisfecho.

—Gracias, Zoe —dijo sonriendo—. Me has dado esperanzas.

—Me alegro —respondió ella de todo corazón.

Ethan oyó que alguien subía las escaleras; ya era hora.

Hacía unos minutos había visto a Zoe entrar en el edificio, pero ella se había entretenido con Singleton. Se preguntó de qué habrían hablado.

Se sentó tras el escritorio y observó el espejo que había en la pared; lo había puesto de tal forma que, cuando se abría la puerta del despacho, podía ver quién entraba. A Zoe no le gustaba nada aquel espejo, ya que al parecer obstaculizaba la corriente de energía que fluía por el despacho. Tampoco le gustaban las sillas para los clientes, porque, según decía, eran demasiado grandes y ostentosas. Sin embargo, Ethan no tenía ningún problema con la energía que fluía por su despacho, y le gustaba que los clientes se sintieran impresionados; le proporcionaba cierta ventaja que encontraba útil.

Zoe se reflejó en el espejo. Llevaba su cabello color caoba recogido en un moño a la altura de la nuca. Cuando Ethan se había ido de casa después del desayuno, la había dejado en bata; ahora, sin embargo, Zoe llevaba un jersey turquesa con mangas que le llegaban justo hasta los codos, y una falda del mismo color, sólo que en un tono más oscuro, que se agitaba con gracia alrededor de las pantorrillas. Ethan se sintió repentinamente excitado; Zoe estaba sensacional. Sabía que todo le quedaba bien, pero estaba incluso mejor sin nada encima.

El recuerdo de la noche anterior avivó su deseo. Ansió estrecharla entre sus brazos, ya que la pasión que compartían era una droga que le proporcionaba una deliciosa amnesia temporal. Cuando estaban entre las sábanas húmedas, Ethan lograba olvidar la incertidumbre del futuro y fingir que no tenía un pasado.

—¿Ethan?

—Aquí estoy —respondió él, poniéndose en pie y yendo a su encuentro.

—¿Ya estás listo? —le preguntó ella desde la puerta.

Zoe sonreía, pero tenía una mirada triste. Ethan temió que la pesadilla de la noche anterior la siguiera inquietando. Se sintió preocupado, pero hizo un esfuerzo por controlarse, ya que no había nada que él pudiera hacer al respecto. Hubiera dado lo que fuera para poder retroceder en el tiempo y evitarle aquellos meses en Candle Lake. Sin embargo, había cosas que no podían cambiarse, y él lo sabía perfectamente.

—Sí, ya estoy listo —contestó, antes de estrecharla entre sus brazos y besarla con ardor, tratando de borrarle aquella mirada triste. Cuando sintió que ella se apretaba contra él y le pasaba los brazos por el cuello, alzó la cabeza—. ¿Tienes alguna sugerencia?

—Estaba pensando en Montoya's —contestó Zoe.

Él le acarició la barbilla con el pulgar, disfrutando del tacto de su suave piel.

—Pues yo estoy pensando en ti, tumbada en mi escritorio... —dijo.

Zoe retrocedió rápidamente.

—Olvídalo, Truax. Tenemos que tomar una decisión sobre el color del dormitorio principal. No podemos posponerlo más.

—¿Cómo puedes pensar en pintura cuando acabo de proponer que hagamos el amor desenfrenadamente sobre el escritorio?

—Soy una profesional; sé mantenerme centrada.


Después de la comida en Montoya's, Zoe y Ethan subieron al todoterreno y partieron hacia Nightwinds Canyon.

Al cabo de un rato enfilaron el camino que llevaba hasta la vieja mansión. Zoe se sentía algo tensa. Le dedicó a su marido lo que él reconocía como la sonrisa más profesional que ella podía esbozar.

—No tenemos por qué estar siempre discutiendo sobre este tema, ¿sabes? Podrías confiar un poco más en la diseñadora de interiores, que soy yo —le dijo.

—Cariño, ya sabes que hasta te confiaría mi vida.

—Pues déjame la pintura a mí.

—Es que la pintura es algo peligroso.

El portal de color rosa estaba abierto por completo, y había una furgoneta blanca aparcada delante, en la que podía leerse: «Pinturas Hull.»

A Zoe se le iluminó el rostro.

—¡El pintor! Por fin —exclamó—. Treacher debe de haber subcontratado a alguien para ocuparse de la cocina. Vamos a ver qué están haciendo; quiero estar segura de que siguen al pie de la letra sus instrucciones sobre las molduras de la pared norte.

Zoe bajó presurosa del todoterreno y, antes de que Ethan apagase el motor, ya estaba entrando en la casa. «Tu intrépida diseñadora de interiores vuelve a la carga», pensó. Era asombroso lo rápido que ella podía moverse cuando había un pintor cerca.

Bajó del vehículo y fue hacia la puerta con calma. El hecho de que hubiera un pintor en la casa significaba que había que tomar ciertas decisiones que él no tenía ningunas ganas de tomar. Era una locura; la remodelación de Nightwinds se había convertido en una especie de metáfora de su matrimonio con Zoe. Mientras no decidiesen nada al respecto, Ethan podía fingir que nada iba a cambiar, que todo se quedaría como estaba. No tendría que enfrentarse al futuro.

Cuando pasó junto a la furgoneta del pintor, echó un vistazo por la ventanilla del conductor. En el salpicadero había una lata de algo que garantizaba el aumento de la masa muscular, la energía y el rendimiento físico. Había cinco latas más del mismo producto en el suelo del vehículo, todavía sin abrir, y una gran bolsa con el logotipo de una tienda de nutrición sobre el asiento del copiloto.

Había que tener cuidado con un pintor que se preocupaba tanto por sus músculos y su nutrición, pensó Ethan. Se preguntó si debía sentirse culpable por la suculenta enchilada que había tomado en Montoya's hacía un rato.

Observó de cerca el logotipo de la furgoneta; era uno de esos adhesivos magnéticos que podían quitarse con facilidad y pegarse en otro vehículo si era necesario.

Subió los escalones, pasando entre los pilares de piedra rosa que señalaban la entrada. Ese día, el interior de la casa no parecía tan abrumadoramente rosa, porque tanto los suelos de mármol rosa como las alfombras rosas con sus enormes orquídeas rosa estampadas, estaban cubiertos con sábanas. Lo mismo ocurría con los muebles, también de color rosa y con acabados dorados. Por desgracia, todavía quedaba mucho rosa en las paredes y los techos.

Ethan vio que Zoe tenía al pobre pintor acorralado contra una pared; sin embargo, ya no parecía emocionada, sino más bien cabreada.

El pintor parecía desesperado. Llevaba un mono blanco impoluto y por debajo de la gorra podía vérsele el cabello rubio, cortado con precisión militar. Por lo visto, los batidos de proteínas habían funcionado, pensó Ethan. El hombre era corpulento y debía de medir casi dos metros. El grosor del cuello y la amplitud del tórax indicaban que había cultivado bien su cuerpo. Miraba a Zoe con desconcierto, aunque ella parecía no darse cuenta, ya que estaba soltándole una buena reprimenda.

—¿Cómo que sólo ha venido a traer material? —le espetó ella—. Treacher debería haberlo enviado para comenzar a pintar la cocina.

—Lo siento, señora.

El pobre hombre miró a Ethan por encima de la cabeza de Zoe, rogando en silencio un poco de ayuda y comprensión masculina. Ethan se cruzó de brazos, apoyó un hombro contra una pared rosa y meneó la cabeza levemente. Lo compadecía, pero no tanto como para meterse en medio de aquella discusión.

Cuando el pintor comprendió que Ethan no iba a ayudarlo, frunció el entrecejo y miró fijamente a Zoe, que seguía plantada frente a él.

—Mire, señora, lo único que sé es que mi jefe me ha dicho que me pasara por aquí después del almuerzo y que dejara el pulverizador y la escalera —dijo, señalando las cosas que había en el suelo del salón—. Eso es todo. Hoy no puedo quedarme a trabajar; ya debería estar en otro sitio.

—¿Qué sitio? —preguntó Zoe, oliéndose algo—. ¿La casa de Desert View o la de Arroyo Grande?

—Eh... la de Desert View.

—¡Ja! Lo sabía. Treacher me ha engañado. Me dijo que no podía trabajar aquí esta semana porque tenía que terminar mi otro proyecto en Arroyo Grande, y, por lo visto, tiene a su gente trabajando en Desert View. Ése debe de ser un proyecto de Lindsey Voyle, ¿verdad?

—No sabría decirle, señora —contestó el pintor, tratando de escabullirse.

Zoe le impidió el paso.

—Esto no va a quedar así —dijo con los brazos en jarras—. Tengo un contrato.

—Yo sólo sé que llego tarde, señora, y que Hull me pateará en el culo si no me doy prisa.

—Bueno, pues dígale a Hull que le diga a Treacher que lo que le dije por teléfono iba muy en serio. Le prometo que si sigue dándome largas contrataré a una empresa de Phoenix para mis proyectos futuros.

—Claro, señora —dijo el pintor, consiguiendo por fin escabullirse hacia la puerta—. Se lo diré.

—¿Acaso Lindsey Voyle le ha ofrecido a Treacher una compensación por acabar su proyecto antes? —le preguntó Zoe a voz en cuello—. Seguro que es eso. Pues sepa que es ilegal y que hablaré con mi abogado si es necesario.

El pintor hizo caso omiso de ella y se detuvo un instante frente a Ethan.

—¿Es usted el dueño de esta casa? —preguntó.

—Sí —respondió Ethan.

—No me extraña que quiera volver a pintarla; hay demasiado rosa.

—¿Usted también se ha dado cuenta?

—Sí; y tal vez mi jefe me envíe aquí más tarde, o al cabo de unos días.

—No sería mala idea. Ya ha visto que mi decoradora no está muy contenta.

—Sí, señor, ya lo veo —dijo el pintor, ajustándose la gorra, para luego marcharse a toda prisa.

Ethan miró a Zoe, intentando calibrar hasta dónde llegaba la indignación de su esposa, que parecía fuera de sí. Pensó que se estaba volviendo un poco obsesiva con respecto a la remodelación de Nightwinds, y se preguntó si eso sería bueno o malo.

—En fin... —dijo, tratando de calmar los ánimos.

—Maldito hipócrita traidor —soltó Zoe.

—¿Te refieres a Treacher, a Hull o al tipo que acaba de irse?

—A Treacher.

—Vale —dijo Ethan, separándose de la pared—. Ahora que eso ha quedado claro, hablemos del color.

# 16

Singleton levantó la vista y vio a Bonnie entrar en la tienda; pasaban unos minutos de la una y, de repente, todo pareció brillar en la librería Single-Minded.

A Singleton le agradaba la penumbra que reinaba en su tienda. Aquella atmósfera melancólica le sentaba bien a él y a su colección de libros antiguos y raros. Sin embargo, últimamente se había dado cuenta de que cuando Bonnie llegaba las sombras parecían desvanecerse. Era como si ella trajera consigo algo de la intensa luz del desierto.

—Recibí tu mensaje —dijo Bonnie, dejando el bolso y una caja de plástico sobre el mostrador—. No puedo creer que hayas encontrado un ejemplar de ese libro sobre Whispering Springs; era una edición muy limitada.

—Di con él por Internet. —Singleton extrajo el libro, encuadernado en piel, de debajo del mostrador y lo abrió por la primera página—. *Historia de la fundación de la ciudad de Whispering Springs, en el territorio de Arizona*, por J. L. Creek. Aquí lo tienes.

—Esto es maravilloso, Singleton —dijo Bonnie, excitada, inclinándose sobre el libro y pasando las páginas con sumo cuidado—. Me han dicho que la Sociedad de Amigos de la Biblioteca está buscando un ejemplar desde hace años. Se van a poner como locos cuando lo sepan. Será un complemento increíble para su colección de libros antiguos y manuscritos.

—No hay de qué.

—¿Cuánto te ha costado?

Singleton se encogió de hombros.

—Da igual —dijo.

Bonnie se sorprendió.

—Nunca tuve la intención de que donases esto a la biblioteca —aseguró—. Debe de haberte costado muy caro; la Sociedad de Amigos de la Biblioteca te reembolsará el importe.

—Considéralo mi contribución a la comunidad —dijo Singleton, inclinado sobre el mostrador.

Bonnie esbozó una sonrisa.

—Es muy generoso por tu parte.

—Oye, yo también puedo pensar en los demás de vez en cuando.

—Bueno, pues espero que aceptes esta porción de tarta casera de merengue y limón como símbolo de mi gratitud —dijo ella, entregándole un recipiente hermético de plástico.

—¿Merengue y limón? Es una de mis favoritas —contestó Singleton, abriendo el recipiente y embebiéndose del exquisito aroma—. Madre mía, qué cosa tan maravillosa. Considérame recompensado con creces.

Bonnie sonrió de oreja a oreja.

—Consérvalo en la nevera justo hasta que vayas a comerlo —le aconsejó.

—Siento decirte que no durará lo bastante como para guardarlo en la nevera —contestó Singleton, metiendo la mano bajo el mostrador para sacar uno de los tenedores de plástico que conservaba de las raciones de comida para llevar que solía pedir.

Pinchó un trozo del pastel y lo saboreó lentamente, tratando de estirar aquel momento de dicha suprema.

—Es un placer para el paladar —dijo tras tragar el bocado.

—Gracias. Jeff y Theo nunca me hacen cumplidos así, ¿sabes? Suelen limitarse a quitar el merengue y lanzárselo el uno al otro antes de comerse la crema de limón.

—Ya verás como con los años refinarán el paladar.

—¿Quieres decir que tal vez con el tiempo aprendan a comer como seres humanos civilizados?

—Eso no te lo puedo asegurar, pero tengo la impresión de que, tarde o temprano, se darán cuenta de que el merengue combina a la perfección con la crema de limón.

—No sé si llegará ese día, pero me alegro de que te haya gustado la tarta. Oye, ¿está Ethan en su despacho? —preguntó Bonnie, consultando la hora en su reloj de pulsera.

—Llegas tarde —respondió Singleton, cortando otro trozo de tarta—. Acaba de irse a Nightwinds con su diseñadora de interiores.

—Vaya, vaya —dijo Bonnie, haciendo una mueca—. Tal vez sea mejor que se haya ido; siempre está algo alterado antes y después de una de sus reuniones con Zoe.

—Lo mismo le ocurre a ella; dice que Ethan es obstinado e inflexible, por no decir rácano.

—Sé que Ethan está preocupado por ajustarse al presupuesto establecido, pero Zoe tiene mucha experiencia. Estoy segura de que hará todo lo posible para que no les salga muy caro.

Singleton cortó otro trozo de tarta.

—Me parece que Ethan está usando eso como excusa; creo que lo que realmente le preocupa es otra cosa —dijo.

—¿A qué te refieres?

—Le he dicho a Zoe que tengo la corazonada de que Ethan asocia la remodelación de la casa con su desastre financiero en Los Ángeles.

—Y ese recuerdo estará siempre asociado al de la muerte de su hermano. —Bonnie suspiró—. Añádele que acabamos de pasar el tercer aniversario del día en que Ethan encontró el lugar donde el asesino enterró el cadáver de mi marido, así que ya te puedes imaginar el estrés que debe de llevar encima. Quizá noviembre no era el mes más adecuado para que comenzaran a remodelar Nightwinds.

—Tal vez deberían haber esperado al año que viene, pero creo que ambos pensaban que la remodelación sería algo bueno para la pareja, ya que iban a trabajar juntos. Y, en cambio, no hacen más que discutir al respecto.

Bonnie asintió comprensivamente.

—¿No crees que, a lo mejor, están proyectando en la remodelación todo su nerviosismo y preocupación por su matrimonio? —preguntó.

—No soy psicólogo, pero tal vez sí.

Singleton observó desolado las migajas que quedaban en el recipiente. Eran muy pequeñas para cogerlas con el tenedor, y se preguntó cómo reaccionaría Bonnie si se chupaba el dedo y lo usaba para atrapar los restos de tarta. Probablemente le pareciera una guarrería.

—Desde la muerte de Drew, noviembre siempre ha sido un mes duro para todos nosotros —dijo Bonnie, pensativa—. No obstante, pensaba que este año las cosas irían mejor. Así ha sido para mí y para Theo, pero Ethan sigue con sus habituales cambios de humor y Jeff parece haberlo pasado mucho peor que el año anterior.

Singleton se resignó y volvió a tapar el recipiente.

—Jeff parece un poco amargado.

Bonnie asintió.

—A principios de mes me pidió algún álbum de fotos en que saliera su padre y se lo llevó a su habitación. Y el otro día lo encontré sentado en su cama mirando una foto de Drew. Le pregunté si quería hablar de él.

—¿Qué te dijo?

—Que no, y cerró el álbum. —Bonnie sacudió la cabeza—. No sé; tal vez el habernos mudado a Whispering Springs lo ha alterado más de lo que yo creía.

—Dicen que las mudanzas estresan mucho a la gente —comentó Singleton.

—Lo sé. Sin embargo, todavía pienso que instalarnos aquí fue lo mejor para todos. Teníamos que salir de Los Ángeles, Ethan incluido.

—Si te paras a pensarlo, todos los de la banda llegaron aquí para empezar de nuevo. Tú, los chicos, Ethan, Zoe y Arcadia; incluso Harry y yo.

Bonnie enarcó una ceja.

—¿Tú también? —preguntó.

—Pues claro.

—¿Por qué viniste aquí?

—Mi mujer decidió que no quería tener hijos, así que me dejó y se casó con un tío que la comprendía mejor. Al cabo de un tiempo, los tipos que llevaban la agencia donde yo trabajaba decidieron aumentar los ingresos vendiéndome al mejor postor, sin importarles que yo no estuviese interesado en hacer la clase de investigación que quería el cliente en cuestión. —Se encogió de hombros—. Supuse que, entre el divorcio y las novedades en el trabajo, ya era hora de cambiar de aires.

—Y acabaste en Whispering Springs. Al fin y al cabo, ¿qué ha sido siempre el Oeste sino un lugar para empezar de nuevo?

—Tienes razón; eso es lo que estamos haciendo, y vamos a conseguirlo —aseguró Singleton, tendiéndole el libro—. No te preocupes por Jeff. Un día de éstos, él también estará listo para empezar de nuevo.

—Gracias —dijo ella, rozándole los dedos al coger el libro.

Él asintió y luego la contempló salir de la tienda. Una vez se hubo ido, las sombras se instalaron nuevamente en la librería.

# 17

Los crujidos de la escalera, que hacía las veces de sistema de alarma de Investigaciones Truax, se oyeron justo antes de la diez de la mañana siguiente. Ethan aguzó el oído, jugando a analizar los pasos del visitante antes de que éste entrara en la oficina, y se dijo que era una buena práctica para alguien con un trabajo como el suyo. Según él, los detectives modernos confiaban demasiado en la tecnología y en Internet. Los clásicos métodos al estilo de Sherlock Holmes corrían el peligro de desaparecer. Alguien tenía que continuar con la tradición.

Los pasos no eran firmes, rápidos ni ligeros, así que no se trataba de Zoe. Tampoco era el sonido sordo y rápido de las zapatillas de Theo o Jeff, ni el delicado andar de Bonnie.

Tenía que tratarse de un hombre. Tranquilo, decidido. El tipo de persona que sabe a dónde se dirige y por qué. Así pues, un mensajero o un posible cliente.

Y él no estaba esperando ninguna entrega.

Ethan apartó la libreta en que estaba tomando notas sobre el caso Kirwan y quitó los pies de encima del escritorio. No era conveniente dejar que un cliente en potencia pensara que uno no tenía nada mejor que hacer un día laborable a las diez de la mañana que haraganear.

Su otro mecanismo de vigilancia, el espejo estratégicamente situado, cumplió su función al cabo de unos segundos, cuando un hombre esbelto entró en el despacho. Tenía el cabello gris y espeso, muy corto, y llevaba unos pantalones y un polo que parecían caros. No llevaba uniforme, así que no era un mensajero.

¿Acaso sería otro detective?

Ethan se levantó y se dirigió a la puerta. El hombre estaba de espaldas a él, contemplando el gran escritorio que había junto a la ventana de la oficina; probablemente habría advertido que no tenía una secretaria tras él.

—Le diría que la recepcionista ha salido a tomar café —dijo Ethan—, pero la verdad es que todavía no he contratado a ninguna. ¿Puedo ayudarle en algo?

El hombre se dio la vuelta, dejando ver sus ojos oscuros y fríos.

—Es usted Truax, ¿verdad?

—Ethan Truax —contestó Ethan, tendiéndole la mano.

—Doug Valdez —dijo el hombre, estrechándole la mano con la misma decisión con que había subido las escaleras.

—No será usted D. J. Valdez, presidente de Valdez Electronics, ¿verdad?

—Pues sí.

Ethan silbó para sus adentros. Doug Valdez era un personaje muy conocido en el ambiente empresarial local, y aquel año era, además, el presidente de la campaña anual de recogida de fondos para la comunidad de Whispering Springs.

En otras palabras: el cliente ideal.

D. J. Valdez era, de hecho, el tipo de cliente que Ethan había tenido en abundancia cuando trabajaba en Los Ángeles. Sin embargo, Whispering Springs no era Los Ángeles, y él ya no dirigía una gran empresa de seguridad que atrajera a clientes como aquél. En Whispering Springs, los clientes como ése solían acudir a Radnor.

Así pues, ¿qué hacía Valdez en su oficina?

—Katherine Compton me recomendó que viniese a verlo —le aclaró.

Y, encima, venía de parte de otra persona. No podía ser mejor.

—Tome asiento, por favor —dijo Ethan invitándole a pasar.

Doug entró en el despacho y se sentó en una de las sillas destinadas a los clientes. No era un hombre grande pero, al revés de lo que decía Zoe, el tamaño de la silla no parecía abrumarlo. Echó un vistazo alrededor y esbozó una sonrisa.

—Es como en las novelas de detectives; bueno, salvo el ordenador —comentó.

—Heredé esta oficina de mi tío, que abrió el negocio hace años. Me temo que el tío Victor tenía una visión algo romántica de la profesión.

Doug enarcó una ceja.

—¿Usted no comparte esa visión? —preguntó.

—Pretendo vivir de esto, así que es algo que no puedo permitirme —reconoció Ethan, y se sentó al otro lado del escritorio—. ¿En qué puedo ayudarle?

—Tengo un problema con el departamento de envíos y recibos de mi empresa. Hace tres meses que desaparece parte del *stock* con más frecuencia que antes. No es que sea gran cosa, pero sucede de forma regular. Los de seguridad no consiguen descubrir qué está ocurriendo. Me gustaría que usted echase un vistazo y tratase de dar con alguna solución al problema.

—Por supuesto. Sin embargo, antes de seguir hablando me gustaría hacerle una pregunta.

—Quiere que le diga por qué no he ido a Radnor, ¿verdad?

—Creo que Radnor diseñó su actual sistema de seguridad.

—Es cierto; un grupo de expertos de Radnor se encargó de hacer un análisis de las operaciones de mi empresa. Cuando lo tuvieron listo, me dieron un grueso informe con sus conclusiones, junto con una serie de caras recomendaciones que fueron puestas en práctica al dedillo.

—Ya veo. —Ethan esperó. A veces, la gente seguía hablando si uno guardaba silencio.

Sin embargo, Doug no era el tipo de cliente que respondía a esa táctica. Era evidente que estaba midiendo sus palabras.

—Quiero utilizar los servicios de alguien ajeno a la empresa —dijo finalmente.

—Ya veo —repitió Ethan, que abrió el cajón, sacó una libreta por estrenar y cogió su bolígrafo—. En otras palabras, cree que hay alguien de su departamento de seguridad que está involucrado en esas desapariciones.

—Ésa es mi impresión. Además, teniendo en cuenta que Radnor nos aconsejó sobre el personal de seguridad y que llevó a cabo las comprobaciones pertinentes sobre el mismo, no creo conveniente acudir a ellos para solucionar el problema.

—Lo que usted quiere es una inspección de su sistema de seguridad.

—Una inspección —repitió Doug, asintiendo—. Exacto, ésa es la palabra. Tal vez alguien de fuera pueda ver algo que mi equipo no ha detectado, sobre todo si ese equipo tiene un interés velado en no encontrar problemas que puedan afectar a la imagen de Radnor.

Cuarenta minutos más tarde, Doug firmó un cheque, le estrechó la mano otra vez y se marchó.

Ethan lo acompañó hasta la puerta. Luego volvió a sentarse tras el escritorio y observó el cheque. La suma que había escrita en él era más que satisfactoria. Aquél iba a ser el caso más importante desde que había iniciado el negocio.

Marcó un número en el teléfono; Zoe contestó al primer tono.

—Interiores Mejorados —dijo con voz amable y profesional, pero algo distraída—. Soy Zoe Truax.

Zoe Truax; a Ethan le gustaba cómo sonaba.

—Doug Valdez de Valdez Electronics acaba de hacerme una visita y me ha dado un suculento adelanto para que investigue unos problemas que tiene con el departamento de envíos de su empresa —dijo.

—¡Ethan, eso es maravilloso! —exclamó Zoe. De repente, parecía entusiasmada—. Felicidades; menuda suerte.

—Se lo debo a Katherine Compton; fue ella quien me recomendó a Valdez.

—No me extraña —dijo Zoe, orgullosa—. Hiciste un excelente trabajo para ella, y fuiste muy discreto. La prensa no ha mencionado una palabra sobre aquel asunto. Teniendo en cuenta que se acostaba con el bastardo de Dexter Morrow, podría haber supuesto una nefasta propaganda para ella. Estoy segura de que te está muy agradecida.

—Para serte sincero, llegué a temer que me echara en cara el haberlo descubierto todo —reconoció Ethan.

—Pues está claro que no te culpa por ello. Oye, ¿qué te parece si lo celebramos? ¿Por qué no vamos a cenar? Solos tú y yo.

Ethan se sintió todavía mejor que cuando Valdez le había extendido el cheque. Celebrar triunfos personales era algo verdaderamente propio de un matrimonio.

—Muy bien —dijo—. Sólo hay un problema.

—¿Cuál?

—Todavía no he resuelto el caso —contestó Ethan, dándole un golpecito al cheque—. Ni siquiera he comenzado a investigar. Celebrarlo con una cena tal vez sería algo precipitado.

—Tonterías. Lo resolverás, ya verás. ¿De acuerdo? Así que esta noche saldremos a cenar. Tú pagas, por supuesto. Acabas de recibir un cheque.

Ethan esbozó una sonrisa.

—De acuerdo, pero yo elijo el restaurante.

—Vale, con tal que no sea una pizzería. Ya comemos mucha pizza cuando salimos con la banda.

—Eso es porque Jeff y Theo son adictos a la pizza —repuso él—. Según ellos, contiene todos los nutrientes necesarios para sobrevivir.

—No me atrevería a discutir la opinión de semejantes expertos, pero de vez en cuando hay que enfrentarse a lo desconocido. Vayamos a algún sitio en el que pongan servilletas de verdad.

—Vale, deja que me lo piense un momento; es una decisión importante. Enseguida te llamo.

Ethan colgó y volvió a mirar el cheque. Le hacía sentirse bien el hecho de poder llamar a su mujer en cualquier momento del día para contarle que acababa de conseguir un cliente importante.

Qué agradable era poder percibir el entusiasmo de Zoe cuando decía cosas como «lo resolverás, ya verás». Era magnífico saber que su esposa creía en él, o al menos en su competencia profesional.

Sacó la magra guía telefónica de Whispering Springs del cajón y

buscó la sección de restaurantes. Aquélla era una comunidad pequeña, así que la lista de lugares donde tuviesen servilletas de verdad era
bastante corta.

De repente, Ethan comprendió que lo que realmente estaba buscando era la clase de lugar donde un hombre lleva a su mujer a cenar
cuando quiere impresionarla.

# 18

Finalmente, se decantó por el selecto restaurante del hotel Las Estrellas. Podía discutirse sobre si servían o no la mejor comida de la ciudad, pero a la hora de escoger un sitio con clase ocupaba el primer puesto de la lista; además, ahí estaban los precios para probarlo. Sin embargo, ¡qué diablos!, pensó Ethan, aquella cena corría a cargo de Doug Valdez.

El lujoso interior del establecimiento era un mar de manteles de un blanco impoluto, brillantes copas de cristal y resplandecientes cubiertos de plata. Las servilletas estaban dobladas formando flores exóticas, la música creaba un ambiente de lo más acogedor, la luz era tenue y los camareros iban vestidos de blanco y negro.

Ethan pidió un reservado junto al ventanal que daba al campo de golf y a las montañas que había al fondo. Como era de noche, no se veían demasiado ni el verde de la hierba ni los picos, pero daba igual; todo el mundo sabía que el campo de golf y las montañas estaban ahí fuera, y el hecho de poder contemplarlos costaba un dinero.

Todo aquello era lo que solía hacerse en una cita, lo que Zoe y él no habían tenido oportunidad de hacer antes de casarse aquella medianoche en Las Vegas. La prisa con que habían contraído matrimonio había eliminado por completo la fase de cortejo previa a una boda.

Zoe cerró la carta y miró a Ethan.

—Yo tomaré pasta *niçoise* y ensalada romana; ¿y tú?

Él no podía dejar de contemplar a su esposa. La luz de las velas le daba un aspecto glamuroso, misterioso y seductor. El vestido rojo que llevaba le dejaba los brazos y los hombros al descubierto. Se había recogido el cabello en un elegante moño, y de los lóbulos de las orejas colgaban unos pendientes dorados. Sin embargo, Ethan no tuvo más remedio que echar un vistazo a la carta.

—Bueno —dijo—, no creo que la pasta *niçoise* sea un plato muy adecuado para un detective como yo.

—Es mejor que el quiche.

—Sí, pero no deja de ser un plato algo afeminado.

—Tal vez —contestó Zoe, y bebió un sorbo de Chardonnay—. Supongo que no estarás pensando en pedir un bistec.

—¿Por qué no? Estamos en Arizona, no en California. Aquí puedo comer carne roja sin que nadie se horrorice.

—Pues a mí sí que me horrorizarías. ¿No has leído aquel artículo que te guardé sobre que comer mucha carne roja es malo para la salud?

Ethan pensó en el recorte de diario que había encontrado sobre el cartapacio de su escritorio hacía unos días.

—Claro; incluso lo he guardado para volver a leerlo.

Zoe lo miró con sarcasmo.

—Recuérdame que no revise la papelera de tu despacho —dijo.

Ethan cerró su carta.

—Tranquila, no voy a pedir carne. Creo que tomaré pez espada a la parrilla.

—Buena elección.

Al cabo de un instante apareció el camarero y tomó los pedidos sin apuntar nada. Los camareros con buena memoria también eran propios de un sitio con clase, se dijo Ethan.

Zoe levantó su copa y propuso:

—Por tu nuevo cliente.

—Y que lo digas.

Ambos bebieron un trago y volvieron a dejar las copas sobre la mesa. De repente, Zoe hizo una mueca de preocupación.

—¿No te parece que Nelson Radnor se pondrá furioso cuando se entere de que te han contratado para que inspecciones el sistema de seguridad que él mismo diseñó? —preguntó.

—No le gustará, pero es un profesional y sabe que los negocios son los negocios.

—Éste es el tipo de trabajo que solías hacer en Los Ángeles, ¿verdad? Seguridad para empresas.

—Sí —contestó Ethan, cogiendo un poco del crujiente pan que el camarero les había servido—. Si te digo la verdad, no es algo que eche de menos, y no tengo intención de hacerle la competencia a Radnor. Esta ciudad no necesita dos grandes compañías de seguridad compitiendo por el mismo mercado. Sin embargo, no pasa nada con que yo tenga clientes ocasionales como Katherine Compton o Doug Valdez, que desean resolver un asunto con discreción.

—Es bueno para la reputación de Investigaciones Truax y para tu economía.

—Por supuesto —contestó Ethan, y se preguntó si no estaría siendo demasiado optimista. Había tenido éxito en Los Ángeles durante cierto tiempo pero, como sus matrimonios anteriores, la cosa había acabado yéndose a pique.

Estaba al tanto de que el primer marido de Zoe pertenecía a una familia rica e influyente. Aunque ella no se llevaba bien con ninguno de sus antiguos parientes políticos, todavía poseía acciones en Cleland Cage, Inc. Si la empresa se enderezaba al cabo de unos años, Zoe podía hacerse con una fortuna. Por su parte, él tendría la oportunidad de invertir en Investigaciones Truax, pero eso era todo lo que podía aventurar. Sus posibilidades de hacerse con una fortuna eran casi inferiores a cero.

Cuando llegaron las ensaladas, Zoe cogió el tenedor y atacó el plato con entusiasmo.

—¿Sabes? —dijo—. Una de las cosas que admiro de ti es que supiste decidir qué era importante para ti y qué no lo era.

El uso del verbo «admirar» hizo que Ethan se sintiese algo incómodo, ya que implicaba respeto y cierta distancia. Uno solía admirar a doctores, maestros o deportistas.

—Ya, bueno, pero hay ciertas cosas que no fueron decisión mía.

Zoe sacudió la cabeza.

—No es verdad. Podrías haberte enfrentado a Radnor si hubieras querido. Sin embargo, hubieras tenido que contratar personal y ejercer de director de tu empresa, lo cual te hubiera alejado de la acción.

Ethan se encogió de hombros. Ella tenía razón.

—Hoy en día tienes otras metas y prioridades —concluyó Zoe.

Él hizo una mueca de dolor.

—Odio admitirlo, porque arruina mi imagen de hombre ambicioso, pero la verdad es que no suelo pensar en términos de metas y prioridades —reconoció.

—Ya lo sé. Te limitas a seguir adelante, haciendo lo que debes.

Ethan se preguntó si aquélla no era una forma de decir que no tenía imaginación.

—Vale, reconozco que soy de esa clase de personas que van paso a paso, pero oye, no todos podemos ser diseñadores a la última.

Zoe hizo caso omiso de la broma y se puso a girar la copa, observando el reflejo de las velas en el cristal.

—Adquieres compromisos y los mantienes, sea cual sea el precio que tengas que pagar por ello —dijo.

Ethan no estaba seguro de adónde quería llegar Zoe, y tampoco tenía ganas de averiguarlo. Se suponía que aquélla era una cita. Lo último que él quería era meterse en una conversación sobre su falta de objetivos profesionales a gran escala; era el momento de tomar otro rumbo.

Optó por algo inofensivo.

—¿Cómo te va el proyecto de la biblioteca? —preguntó.

De repente, fue como si cayera un velo entre ellos. Ethan la miró a los ojos y supo que ella le estaba escondiendo algo. Sintió un nudo en el estómago. Si se hubiera tratado de otra mujer, probablemente habría sospechado que su esposa tenía un amante; pero se trataba de Zoe.

—Bien —contestó ella con cierto nerviosismo—. Viento en popa.

Estaba claro que algo iba mal; tal vez fuese algo relacionado con el pasado de Zoe.

—¿Alguna vez has echado de menos tu antiguo trabajo? —preguntó Ethan, tratando de ser sutil.

—¿El museo de arte? —Sacudió la cabeza—. No, pero mucho de lo que aprendí sobre exponer obras de arte y antigüedades me resulta muy útil ahora. Muchos de mis clientes son coleccionistas. Gran parte de los diseños de interiores que hago para ellos conlleva tener que resituar las obras que poseen.

Por lo visto, no servía ser sutil. Zoe no iba a desvelar sus secretos con tanta facilidad, y quizás él tampoco deseaba enterarse de ellos. Sin embargo, sabía que al final se vería obligado a resolver el misterio que escondía la mirada de su esposa, incluso si eso suponía un desastre. No podía hacer nada más; tenía que ir paso a paso.

Después del café, pasadas las diez, Ethan pagó con su tarjeta de crédito.

Al cabo de unos minutos salieron del restaurante, pasaron junto a la entrada del bar del hotel y cruzaron el amplísimo vestíbulo.

Al salir a la calle, se vieron envueltos por el frío seco de la noche del desierto. A medida que se fueron alejando de la iluminada entrada del hotel, el cielo se fue llenando de estrellas.

Zoe se puso el chal sobre los hombros.

—Ha sido una velada encantadora —dijo—. Tenemos que repetirla más a menudo.

—Me alegra que digas eso —contestó Ethan, sacando las llaves del bolsillo—. Yo estaba pensando lo mismo. Nunca habíamos ido a...

Ethan oyó pasos pesados y rápidos, y a continuación el grito de Dexter Morrow.

—¡Truax! ¡Hijo de perra!

La encantadora velada había llegado a su fin. Ethan se dio la vuelta para enfrentarse al desquiciado individuo que se les echaba encima.

—Apártate —le dijo a Zoe, sin desviar los ojos de Morrow—. Haga lo que haga, no te metas en medio; si la cosa se complica, ve a buscar ayuda al hotel.

—¿Lo conoces? —le preguntó Zoe.

—Te presento a Dexter Morrow.

El hombre debía de haberse pasado un buen rato en el bar del hotel, a juzgar por los efluvios de alcohol que rezumaba. Por desgracia, no estaba totalmente borracho, más bien estúpidamente borracho.

—Y yo que pensaba que se habría ido de la ciudad —le dijo Ethan.

Morrow los había perseguido un largo trecho. Tenía los puños apretados y una mueca de ira en el rostro. Seguramente tenía la cara enrojecida de correr, pero no había suficiente luz para comprobarlo.

—No pienso ir a ningún lado hasta que no me dé la gana —espetó Dexter—. No pienso dejar que me digas lo que tengo que hacer; ¿quién te crees, cabrón? ¿Quién te ha dado derecho a joderme la vida?

—Lo único que he jodido han sido sus planes de estafar a Katherine Compton —repuso Ethan, impertérrito—. Ambos lo sabemos. Ha llegado el momento de que se marche a otra ciudad a engañar a otro. Ya no tiene nada que hacer en Whispering Springs. Se acabó, ¿entiende?

—Esto no se acaba hasta que yo lo diga —replicó Morrow, subiendo considerablemente la voz—. ¿Me oyes?

—Está borracho, Morrow. Vuelva dentro y pida un taxi.

—No me des órdenes, maldito hijoputa metomentodo.

—Venga a mi oficina mañana y seguiremos hablando.

—No me digas lo que tengo que hacer. Lo has jodido todo; no tenías ningún derecho.

—Mire, Morrow...

—Yo la amaba, y tú lo jodiste todo. La volviste contra mí. Ella confiaba en mí. Me las pagarás.

De repente, Morrow se abalanzó y le lanzó un puñetazo que Ethan consiguió esquivar. Morrow estaba tan nervioso que perdió el equilibrio y fue a dar contra el capó de un Mercedes.

—No ha sido buena idea —dijo Ethan, viendo de reojo que Zoe estaba a punto de correr en busca de ayuda—. No, Zoe, espera.

—Pero si está fuera de control —contestó ella, no sabiendo muy bien qué hacer.

—Cabrón —masculló Morrow, abalanzándose sobre Ethan una vez más, con el brazo preparado para lanzar un segundo puñetazo.

Esta vez, Ethan dejó que se acercara un poco más antes de esquivar el golpe. Entonces lo cogió por el brazo y utilizó el impulso del hombre para lanzarlo hacia delante.

Morrow tropezó y acabó cayendo de bruces al pavimento.

—¿Ethan? —insistió Zoe, nerviosa.

—No —volvió a responder él.

Zoe no tuvo más remedio que confiar en el juicio de su marido, pero Ethan se daba cuenta de que no le hacía ninguna gracia.

Morrow se sentó y trató de apoyarse en una pierna para levantarse, pero no lo consiguió. Después de un par de intentos, logró apoyarse con manos y rodillas.

—¿Cuándo llegó a la conclusión de que la amaba? —le preguntó Ethan con calma.

—Cállate —contestó Morrow entre dientes.

—Tengo la impresión de que fue en aquella habitación de hotel cuando se dio cuenta de que todo se había ido a hacer puñetas. ¿Fue entonces cuando se percató de que su estafa le había costado muchísimo más de lo que usted había imaginado?

—Yo la amaba —murmuró Morrow con voz ronca.

—Tal vez —dijo Ethan—, y tal vez no. Pero le diré algo, Morrow. Ella lo apreciaba. Usted tenía algo bueno y lo echó a perder porque no pudo resistirse a semejante oportunidad. Supongo que hay costumbres difíciles de cambiar, ¿verdad?

Morrow comenzó a lloriquear.

—No pensaba hacerlo, pero llegaste tú dispuesto a comprarme aquella información, y supuse que podría dejarte en evidencia y mostrarme ante Katherine como un héroe.

—Es una historia preciosa; puede que incluso se haya convencido usted mismo de que ésa es la verdad, pero tanto usted como yo sabemos que no es así, Morrow.

—No.

—¿De verdad quiere hacer algo por Katherine? Pues váyase de la ciudad, así ella no tendrá la desgracia de encontrarse con usted en lugares como éste. Lo mejor que puede hacer por ella es salir de su vida.

Morrow consiguió levantarse, no sin dificultad. Cuando hubo

recobrado el equilibrio, se alejó de allí sin más. Sus hombros caídos decían mucho de su estado de ánimo.

Zoe se ciñó su chal.

—¿Crees que llamará un taxi? —preguntó—. No está en condiciones de ir caminando por la carretera.

—No, no creo que lo haga —contestó Ethan y, resignado, cogió a Zoe de la mano y echó a andar de vuelta hacia el hotel—. Será mejor que le pidamos uno. Maldita sea; de veras que odio los casos que acaban así.

Zoe le apretó la mano con fuerza.

—No me extraña. Oye, Ethan, me parece que deberías contarle esto a la policía; ese tipo parece peligroso.

Él la miró, pero no dijo nada.

—Vale, vale —dijo ella—. Va contra el código del detective ir a la poli cuando un idiota borracho intenta darte un puñetazo.

—No cabe duda de que es importante seguir el código —dijo él—, pero hay algo más. Katherine Compton me contrató porque quería llevar el asunto con discreción.

—Y denunciar a Dexter Morrow atraería a la prensa local, y probablemente mañana por la mañana el caso aparecería en los titulares de la sección de negocios de los diarios.

—Cariño, tú has nacido para ser esposa de un detective privado; entiendes la situación perfectamente.

—¿Y si Morrow intenta algo más?

—No creo. Lo de esta noche ha sido porque estábamos en el lugar equivocado a la hora equivocada. Morrow se ha pasado la noche en el bar y se ha dado la coincidencia de que nosotros estábamos aquí cenando. Lo más probable es que me haya visto a la salida y que se le hayan cruzado los cables. Mañana por la mañana volverá a pensar como el estafador que es y se dará cuenta de que lo mejor es darse por vencido.

Aunque Zoe no comentó nada, Ethan supo que su explicación no la convencía.

—¿Crees que la amaba de verdad? —preguntó Zoe.

—No. Creo que siente pena de sí mismo y que ha tratado de

convencerse de que nunca tuvo la intención de estafarla, y de que su amor por Katherine era real.

—Por eso quería culparte a ti de todo.

—Ajá.

Zoe todavía parecía preocupada.

—Prométeme que tendrás cuidado —dijo.

—Te prometo que mañana por la mañana tomaré ración doble de vitaminas.


Singleton asomó su lustrosa cabeza por la puerta de la librería cuando Ethan estaba recogiendo la correspondencia del buzón que había en el pasillo.

—¿Cómo fue la gran cita de anoche? —preguntó.

—Todo fue bien hasta que salimos del restaurante y Dexter Morrow nos siguió con la idea de darme mi merecido.

—Vaya, hombre; eso es lo que odio de las citas de hoy en día. Te pones una corbata, te dejas una pasta en la cena y entonces aparece un imbécil que lo fastidia todo tratando de golpearte delante de tu pareja.

—He de reconocer que Morrow tuvo un impacto negativo en la velada —dijo Ethan, ojeando el montón de publicidad que había sacado del buzón—. Suerte que estoy casado con mi pareja, porque, de lo contrario, hubiera vuelto a casa solo.

Singleton miró a su amigo de arriba abajo.

—No parece que ese tipo te hiciera demasiado daño.

—Estaba tan borracho que casi no se tenía en pie. Tuve que pedirles a los del hotel que le llamaran un taxi.

—No creo que hoy se sienta mejor de lo que se sentía ayer —dijo Singleton, frunciendo el entrecejo—. Ten cuidado.

Ethan tiró todo a la papelera menos un catálogo de accesorios para el jardín y la piscina, y comenzó a subir las escaleras.

—Los tipos como Morrow son unos oportunistas —dijo—. No les gusta poner en peligro su integridad física. Dudo que trate de agredirme otra vez, pero si lo hace estaré preparado.

—¿Cómo?

Ethan sacudió el nuevo llavero que Zoe le había regalado.

—Haré sonar el silbato y le apuntaré a los ojos con la lucecilla.

—Sí, eso funcionaría —opinó Singleton—. ¿Sabes? Tengo que agenciarme uno de ésos.

# 19

A la tarde siguiente Zoe apoyó los brazos en el borde de la piscina y se sumergió en el agua burbujeante.

—¿De qué se trata ahora? —preguntó Bonnie—. ¿Le has comprado a Ethan otro de esos chismes de supervivencia? ¿Una de esas escalas plegables que se pueden tirar por la ventana en caso de emergencia?

Arcadia esbozó una sonrisa.

—¿O uno de esos billeteros que se esconden bajo la ropa?

Zoe se sumergió hasta la barbilla.

De las tres, Arcadia era la única socia del carísimo y elegante polideportivo en que se encontraban, pero por lo visto disponía de infinitos pases de invitados, por lo que solían reunirse allí.

—Pues no, no es ningún billetero —contestó Zoe—. Esta mañana me tomé un descanso y fui al supermercado.

—Ya —dijo Arcadia, viendo en su amiga una expresión que le era familiar—. Has vuelto a cambiarle la protección solar, ¿no? La que compraste la semana pasada hacía la número treinta y tantos, si no recuerdo mal. ¿Cuál le has comprado esta vez?

—Factor cuarenta y ocho extra —reconoció Zoe—. Protección total, a prueba de agua y sudor.

Arcadia puso los ojos en blanco.

—Los médicos dicen que un factor treinta es más que suficiente para usarlo a diario.

—Sobre todo en noviembre —añadió Bonnie—. Además, no es que Ethan se pase el día tomando el sol.

—Lo sé —admitió Zoe a regañadientes—. Debe de pensar que estoy obsesionada. Y lo cierto es que es verdad.

—Puede —dijo Arcadia—, pero me parece perfectamente lógico en tu caso.

Zoe frunció el entrecejo.

—¿A qué te refieres? —preguntó.

—Estás casada con alguien que a veces corre riesgos —contestó Arcadia, moviendo la mano en el agua—. Te preocupas por él, así que tratas de compensarlo protegiéndolo en los aspectos que puedes. A mí me parece natural.

—Tiene razón —comentó Bonnie—. Yo hago lo mismo con Jeff y Theo. A veces me preocupo más de la cuenta.

—Eso es lo que hago, ¿verdad? —preguntó Zoe, y suspiró—. Me preocupo excesivamente. Cuando Ethan se dé cuenta, no lo comprenderá.

Bonnie parecía pensativa.

—Yo no estaría tan segura. Ethan no está acostumbrado a que se preocupen demasiado por él. Ninguna de sus anteriores mujeres lo hacía, de eso puedes estar segura. No me sorprendería que, en el fondo, lo estuviese disfrutando.

—Aunque puede que se enfade un poco si el protector solar le deja pringada la pistola —bromeó Arcadia.

# 20

—Maldito juego —dijo Jeff, apagando el ordenador—. Es el juego más horrible que he visto en mi vida.

Jeff bajó de la silla, cruzó la sección de libros antiguos y, cuando llegó al pequeño despacho de Singleton, asomó la cabeza por la puerta.

—¿No tienes otra cosa con la que pueda jugar? —preguntó.

—Me temo que no. —Singleton levantó la vista del catálogo que estaba estudiando con la esperanza de dar con una pista sobre el manuscrito perdido de Kirwan—. Si estás tan aburrido, ¿por qué no haces los deberes?

—No quiero. Odio los deberes. Quiero irme a casa.

—Ya son casi las cuatro. Tu madre pasará a recogerte de un momento a otro.

—Ojalá hubiera ido con Theo y con el tío Ethan a ver cómo el mecánico le cambiaba el aceite al coche.

—Fuiste tú el que quiso quedarse aquí.

—Es que eso me parecía aburrido —dijo Jeff, haciendo una mueca—. Pero este lugar también lo es.

Aquélla era la tercera o la cuarta vez en la semana que Jeff había optado por pasar la tarde en la librería mientras Bonnie hacía recados o llevaba a Theo al médico. Normalmente, cuando Jeff se quedaba allí, pasaba el rato importunando a Ethan en su oficina o jugando a videojuegos allí abajo. Sin embargo, hacía varios días que prefería estar siempre con Singleton. Era como si estuviera evitando a su tío.

Singleton se puso de pie.

—Vamos a dar una vuelta —dijo.

—Yo no quiero dar una vuelta —respondió Jeff.

—Pero yo sí, y te vienes conmigo porque voy a cerrar la tienda.

Jeff frunció el entrecejo, pero sabía cuándo le estaban dando una orden, así que se encogió de hombros, como aceptando lo inevitable.

—Como quieras —murmuró.

—Ponte la gorra —ordenó Singleton.

—No quiero llevar gorra.

—Tu madre dice que debes ponértela para protegerte del sol.

—Pero mi madre no está aquí.

—No importa; una regla es una regla.

Singleton cogió su arrugado sombrero de tela del perchero y se lo encasquetó. No es que tratase de dar ejemplo, se dijo, pero alguien que se afeitaba el poco pelo que conservaba tenía que tomar precauciones respecto al sol del desierto, incluso en noviembre.

Jeff se puso su gorra y salió disparado de la librería. Una vez fuera, puso los ojos en blanco y esperó a que Singleton cerrara la tienda y se guardara las llaves en el bolsillo.

Cuando salieron a la calle, doblaron a mano izquierda y fueron hacia el parquecillo que había en un extremo de la calle Cobalt. Jeff no dijo nada durante los primeros cincuenta metros.

—Te echo una carrera hasta el parque —propuso Singleton.

—¿Eh?

—Ya me has oído. Una carrera hasta la vieja fuente del parque. El que pierde paga los refrescos.

—Vale.

De repente, fue como si una fuerza largamente reprimida dentro de Jeff hubiera sido liberada. El chico se lanzó a toda velocidad hacia el pequeño jardín que había al final de la calle, utilizando sus brazos y piernas con un ímpetu enloquecido.

Singleton siguió caminando a su ritmo normal, tratando de pensar qué hacer a continuación. El chaval necesitaba mantener una charla de padre a hijo, pero el problema era que no tenía padre. Tenía un tío que había hecho un trabajo más que aceptable tratando de llenar el hueco, pero, por alguna razón, Jeff no hablaba de sus problemas a Ethan. «Ahí entro yo», se dijo. Por desgracia, no sabía demasiado sobre charlas entre padres e hijos.

Cuando llegó a la fuente, Jeff lo estaba esperando, sin aliento y con el rostro enrojecido por el esfuerzo. Todavía parecía enfadado.

—Ni siquiera lo has intentado —le reprochó.

Singleton se sentó en el borde de la fuente de piedra. Hacía años que no brotaba agua de ella, y la pileta estaba quebrada y llena de hojarasca y arena.

—Tú eres el que necesitaba correr —dijo—, no yo.

Jeff puso cara de indignación.

—¿Por qué tenía que correr? —preguntó.

—Porque es el ejercicio que hace un chico listo cuando está furioso —explicó Singleton, tratando de utilizar las palabras adecuadas—. Sale a la calle y corre o va al gimnasio o algo por el estilo.

Jeff sacudió la cabeza ligeramente y lo miró por debajo de la visera de la gorra.

—¿Por qué?

—Porque cuando un tío se pone furioso es como si tuviera un cortocircuito en el cerebro. De repente, pasa de ser alguien listo a ser alguien estúpido, y si no hace algo para reparar ese cortocircuito, es casi seguro que hará algo de lo que luego se arrepentirá.

—¿Como qué?

—Como decir cosas que no quiere decir a alguien que le importa, o como golpear su ordenador. Incluso puede llegar a pelearse con alguien.

—¿Y qué hay de malo en eso?

—Pues que cuando hace cosas así la gente lo mira como si fuera un bicho raro. Y le pierden el respeto porque no ha sabido controlarse. Cuando un tío se pone estúpido es seguro que tarde o temprano acabará por arrepentirse.

—Así que tiene que reparar el cortocircuito poniéndose a correr o algo así, ¿no?

—Eso es lo que hace un tío listo. El tonto sigue comportándose como un estúpido y acaba haciendo cosas estúpidas.

—¿Y qué pasa si un tío quiere seguir estando furioso? —preguntó Jeff hoscamente—. ¿Qué pasa si tiene ganas de estar furioso?

—Todos nos ponemos furiosos de vez en cuando; no hay nada malo en ello. La diferencia entre los tíos listos y los tontos es que los listos reparan el cortocircuito de inmediato, así pueden seguir pensando de forma lógica. Pueden seguir furiosos por dentro, pero lo pueden controlar, ¿entiendes? Así hay menos posibilidades de que hagan estupideces y queden como unos idiotas.

—¿Y si un tío repara el cortocircuito pero sigue furioso? ¿Qué hace entonces?

—Se pregunta por qué sigue furioso y trata de resolver el problema.

Jeff cogió una piedrecilla y la lanzó a la fuente.

—Y si no puede resolverlo ¿qué hace?

—Depende. Puede tratar de hablar con su madre.

—No —dijo Jeff al instante, cogiendo otra piedrecilla y lanzándola a la pileta seca—. ¿Qué pasa si eso no funciona?

—Supongo que puede probar a hablar con otra persona, por ejemplo su tío.

Jeff volvió a sacudir la cabeza y tragó saliva tan fuerte que Singleton pudo ver el movimiento de su garganta.

—Bueno —dijo con calma—, también puede hablar con un amigo.

—¿Y eso de qué serviría? —preguntó el chico.

—No lo sé. A veces, los amigos pueden ayudarte a resolver tus problemas.

—Pero no serviría de nada hablar de algo si no hubiera nada que los demás pudieran hacer al respecto, ¿verdad?

«Basta ya de sutilezas —se dijo Singleton—. No sé qué demonios estoy haciendo; será mejor que vaya al grano.»

—Mira, Jeff, sé que tu familia y tú lo habéis pasado mal estas dos últimas semanas. Sé que perdiste a tu padre por estas fechas y que cuando llega noviembre sueles sentirte mal. Puede que estés furioso porque él ya no está aquí, y no pasa nada; tienes todo el derecho del mundo a estarlo. Lo que ocurre es que, tal vez, parte de esa furia la diriges contra tu madre y tu tío.

—Yo no estoy enfadado con ellos —dijo Jeff alzando la voz, como indignado.

Eso ya era un progreso.

—Vale; ¿con quién estás furioso?

—Conmigo.

Singleton se quedó estupefacto.

—Estoy furioso conmigo —prosiguió Jeff, e hizo un puchero—. No logro acordarme de él. Era mi padre y no logro recordarlo. ¿Cómo puede ser que un chico no recuerde a su padre?

Jeff rompió en sollozos, agitándose. Las lágrimas le resbalaban por la cara. Trató de secárselas con la mano, pero no pudo contenerlas.

Singleton se preguntó qué se suponía que debía hacer a continuación, pero no se le ocurrió nada útil, así que se limitó a quedarse sentado y esperar.

Al cabo de un momento, Jeff dejó de llorar.

Se hizo el silencio.

—Nunca lo olvidarás —dijo Singleton finalmente—. Siempre lo llevarás en el corazón.

—Ya me he olvidado de cómo era —reconoció Jeff, secándose los ojos con la manga de la camisa—. No me acuerdo de su cara. Mamá me ha enseñado algunas fotos suyas, pero por más que las miro es como si viese a un desconocido.

—Hay muchas formas de recordar a una persona. El aspecto de tu padre no es lo más importante.

—Sí que lo es.

—No —dijo Singleton, mirando al otro lado del parque—. Es

interesante, pero no es verdaderamente importante. Lo que realmente importa es que él forma parte de ti, y eso es algo que no podrías cambiar aunque quisieras.

—Entonces ¿por qué no me acuerdo de él?

—Hay una parte de ti que sí lo recuerda. Por ejemplo, tienes un poco de él en tus genes. ¿Te han enseñado en la escuela lo que son los genes? Ya sabes, lo que hace que te parezcas a otra persona.

—Sé que soy parecido a mi padre. Mi madre siempre me lo dice, y tío Ethan también. Pero cuando me miro en el espejo no veo a mi padre.

—No se trata solamente de cosas superficiales como el color de ojos y el pelo. Los genes también transmiten otras cosas, como la inteligencia. Ethan dice que eres tan listo como tu padre, y que seguramente tendrás el mismo éxito que él. La próxima vez que apruebes un examen, piensa que una de las razones por la que lo has logrado es porque tu padre te dio unos buenos genes.

Jeff pensó en ello.

—¿Y si suspendo?

Singleton sonrió.

—Es una buena pregunta. Una pregunta muy, muy inteligente. El tipo de pregunta que seguramente hubiera hecho tu padre cuando tenía tu edad. Sin embargo, la respuesta es un poco complicada.

—¿Por qué?

—Te voy a explicar cómo funciona lo de los genes. Nadie tiene unos genes totalmente perfectos; hay algunos buenos y otros malos. Lo que importa es cómo los utilizas. Aunque tengas los mejores genes del mundo no te servirán de nada si no estudias para el examen y los pones a trabajar.

Jeff hizo una mueca.

—Así que si suspendo es culpa mía.

—Pues sí, pero ocurre lo mismo al revés. Si sacas un sobresaliente es porque has trabajado duro para aprobar el examen.

—Ya.

—También hay otras cosas que recuerdas de tu padre, y no tienen nada que ver con los genes; cosas que son incluso más importantes.

—¿Como qué?

—Como el hecho de que era un buen hombre y que te quería mucho.

—¡Pero si acabo de decir que no me acuerdo de él!

—No te preocupes, es algo intrínseco a ti. Es parte de lo que te convierte en el fenomenal chaval que eres.

—¿Qué pasa si un chico tiene un padre que no lo quiere?

—Pues que otra persona tiene que enseñarle cómo convertirse en un gran chico. Por ejemplo, una madre. —Singleton se puso a repasar las imágenes borrosas que conservaba en algún rincón de su mente y dio con algunos rostros familiares—. O los abuelos.

Jeff se sentó en el borde de la fuente.

—No lo entiendo —reconoció.

—Eso es lo maravilloso, ¿no te das cuenta? No tienes por qué entenderlo. Solamente tienes que saber que, pase lo que pase, nunca olvidarás a tu padre. Pensarás en él muchas veces mientras crezcas. Es más, pensarás en él dentro de muchos años, cuando tú tengas un hijo.

—¿Sí? —dijo Jeff, frunciendo el entrecejo—. ¿Qué pensaré sobre él?

—Habrá preguntas que desearás poderle haber hecho, y a veces te sentirás triste por no haber tenido la oportunidad. Por lo general, te preguntarás si él habría estado orgulloso de ti. Pero esto es igual para todo el mundo; no hay nadie que consiga todas las respuestas de su padre.

Se hizo un largo silencio.

—¿Crees que mi padre habría estado orgulloso de mí? —preguntó el niño al cabo.

—Oh, sí; no me cabe duda.

—¿Tú también tienes preguntas que te hubiera gustado hacerle a tu padre?

—Claro.

—¿Por qué no se las preguntas?

—Por la misma razón que tú; porque está muerto.

—Vaya —dijo Jeff, empujando unas piedrecillas con sus zapatillas—. ¿De qué trabajaba?

Singleton se aferró al borde de la fuente.

—Era oficial de la Marina. Todos decían que era muy listo y muy valiente.

—¿Qué le pasó?

—Murió en combate un mes antes de nacer yo.

Jeff se quedó perplejo.

—¿Nunca pudo verte? ¿Ni una sola vez? —preguntó.

—No.

—Y tú tampoco lo viste —añadió Jeff con un susurro.

—Sólo en fotos.

—Pero ¿todavía te acuerdas de él?

—Nunca podré olvidarlo —le aseguró Singleton—. Era mi padre.

El niño reflexionó un instante.

—Te pareces mucho a él, ¿no? —preguntó.

Singleton se sintió fatal. Toda su vida había sido dolorosamente consciente de que no había hecho nada como su padre. No era un héroe de guerra, sino todo lo contrario. Había escogido ser un pensador solitario y convivir con su ordenador y sus libros raros.

—Creo que no —reconoció.

—Sí que te pareces —lo contradijo Jeff—. Eres muy listo y valiente, igual que tu padre. Salvaste a Zoe esa vez que la atacaron aquellos dos hombres, y eres tan inteligente que mamá dice que una vez trabajaste en un sitio donde inventan códigos secretos para los ordenadores.

—Un gabinete estratégico —dijo Singleton, ausente, tratando de asimilar la hiriente comparación con su padre.

—Eso, un gabinete estratégico —repitió Jeff que, de repente, parecía extrañamente satisfecho—. Tu padre hubiera estado orgulloso de ti.

Y pensar que Singleton había salido a la calle para intentar averiguar qué estaba molestando al chaval y darle ánimos. Aquélla era

una de las cosas verdaderamente interesantes de la vida: nunca podías saber qué ibas a aprender a continuación.

—Gracias —dijo Singleton, poniéndose de pie—. ¿Quieres que
vayamos por unos refrescos?

—Claro.

# 21

La galería Euphoria estaba situada en una exclusiva esquina de Fountain Square. La entrada estaba decorada con un arreglo artístico de macetas llenas de frondosas plantas. En el escaparate había expuesta una serie de joyas artesanales y objetos de arte diseñados por artistas locales y regionales. Era indudable que el lugar tenía un aire especial, pensó Zoe; igual que la dueña.

Cuando abrió la puerta de cristal de la entrada, se oyó el discreto sonido de una campanilla. Arcadia, que aquel día vestía un elegante conjunto de blusa y pantalones color lima, estaba atendiendo a una clienta. La mujer debía de ser una turista, se dijo Zoe, a juzgar por el polo rojo que lucía con la leyenda «Hotel y Balneario Las Estrellas».

Arcadia miró a su amiga mientras le enseñaba a la clienta una selección de pulseras de plata.

Zoe se puso a observar una nueva serie de pequeñas figuras de bronce que representaban animales del desierto. Había una tortuga, un correcaminos y un coyote. Alargó la mano para coger el gracioso correcaminos, pensando que podría gustarle a Ethan, pero se detuvo al percatarse del collar de turquesas que había en la vitrina contigua.

Se olvidó de las figuras de bronce y se puso a mirar las joyas expuestas sobre terciopelo negro. El diseño le resultaba familiar. Era evidente que eran obra de la misma persona que había creado el llamativo collar que llevaba Lindsey Voyle unos días atrás.

La campanilla de la puerta volvió a sonar cuando la clienta de Arcadia se marchó.

—¿Ves algo que te guste? —preguntó Arcadia, acercándose a su amiga.

—Lindsey Voyle tiene un collar hecho por la misma persona —contestó Zoe.

—Lo sé. Estuvo aquí ayer mirando más cosas del mismo artista. De hecho, encargó una pulsera.

—¿Qué sabes de ella?

—¿De Lindsey? Todo lo que puedo decirte es que tiene muy buen gusto en lo tocante a joyas. Si quieres saber más cosas de ella, será mejor que hables con Ethan; él es el experto a la hora de investigar.

—Lo sé; es sólo curiosidad.

Lo cierto era que preguntarle a Ethan no hubiera sido mala idea. El problema era que él preguntaría por qué ella quería que investigara a Lindsey, y Zoe no deseaba explicarle lo de aquellas inquietantes telarañas psíquicas descubiertas en la biblioteca. Ethan era bastante escéptico en lo referente a su sexto sentido, pero si Zoe trataba de contarle lo que se había encontrado en La Casa Soñada por los Diseñadores, probablemente empezaría a preocuparse de verdad por ella. Aún así, no paraba de preguntarse por el origen de aquellas malas vibraciones, y la búsqueda de respuestas todavía no daba frutos de ninguna clase.

Arcadia la miró.

—¿Ocurre algo, Zoe?

«Actúa con normalidad», se dijo Zoe. No deseaba que su mejor amiga también comenzase a sospechar algo.

—Nada —contestó, consiguiendo esbozar una especie de sonrisa—. Hace un par de semanas que estoy un poco estresada, ya sabes. Venía para ver si no me dejé un sobre con unas fotos en tu despacho la semana pasada. Recuerdo que las saqué de mi bolso verde para enseñártelas, pero no consigo encontrarlas.

—Sí, están aquí. Te las dejaste encima del archivador. Iba a decírtelo.

—Gracias a Dios —suspiró—. Si te soy sincera, entre el proyecto de la casa de los diseñadores y el de la finca de Tabitha Pine, ando bastante despistada.

—Pues no eres la única que olvida cosas últimamente —dijo Arcadia, entrando en su despacho—. No puedo encontrar aquel bolígrafo de Elvis que me regaló Harry. Lo he buscado por todas partes.

En ese momento se abrió la puerta de la entrada y un esqueleto viviente entró en la galería.

—Hola, Harry —lo saludó Zoe—. Llegas antes de lo previsto; ¿qué ha ocurrido?

—Mi cliente llegó a la conclusión de que su hija ya había ido bastante de compras —contestó Harry—, así que envió a uno de sus hombres para recogerla y llevarla de vuelta a Texas. La chica no estaba muy contenta que digamos, pero yo me he quitado un peso de encima. No me importaría no volver a pisar una zapatería en mi vida.

—¡Harry! —exclamó Arcadia saliendo de su despacho—. Por fin has vuelto.

—Pues sí; ¿qué te parece? —dijo él esbozando la mejor de sus sonrisas.

Arcadia estaba radiante de felicidad. Zoe se maravilló. ¿Quién hubiera pensado que la distante Arcadia Ames iba a enamorarse alguna vez de aquella manera?

Arcadia dejó el bolso junto a la caja registradora y corrió al encuentro de Harry, que la abrazó con fuerza.

El aura de profundo afecto que rodeaba a ambos hizo que Zoe se sintiera muy bien. Ella y Arcadia habían pasado por muchas cosas juntas, pero Zoe nunca la había visto tan feliz hasta que Harry Stagg había aparecido en su vida hacía apenas unas semanas.

De repente sonó el teléfono del despacho de Arcadia, que a regañadientes despegó la cabeza del hombro de su amado.

—Ya contesto yo —se ofreció Zoe—. De paso, voy a por mis fotos.

—Gracias —contestó su amiga—. Dile a quienquiera que llame que estaré fuera el resto del día. Molly, mi secretaria, no tardará en volver; ella se ocupará de todo.

—Entendido —dijo Zoe, y pasó por detrás del mostrador.

Entró en el pequeño y ordenado despacho y se topó inesperadamente con los hilos invisibles de una telaraña psíquica. El impacto la dejó sin aliento, lo que le impidió exteriorizar el grito que creció en su interior. «No, aquí no; es imposible», pensó.

Se agarró al respaldo de la silla del escritorio para no caer de rodillas. Si hubiera podido tomar aire probablemente habría pedido ayuda, pero el horror le impedía respirar. En medio de la confusión, un pensamiento coherente emergió a la superficie: era el mismo tipo de energía psíquica con que se había encontrado en la biblioteca.

Los pegajosos hilos de la telaraña se le adherían a su sexto sentido, no anulándole la conciencia, sólo jugando sutilmente con ella. El recuerdo de su pesadilla más reciente le vino a la mente, poniendo en tensión cada nervio de su cuerpo. Sintió pánico; ¿qué le estaba pasando?

El teléfono sonó de nuevo, cortando con su insistente sonido la turbia atmósfera del despacho. Zoe se aferró al aparato como si fuera un salvavidas, tratando al mismo tiempo de anular la perturbadora energía psíquica que invadía aquel espacio. Lo consiguió hasta cierto punto, y pudo respirar de nuevo. La sensación de confusión disminuyó.

El teléfono sonó por tercera vez y Zoe logró levantar el auricular.

—Galería Euphoria —dijo, y su voz sonó como un resuello.

—¿Zoe? ¿Eres tú?

Menudo alivio. Oír la voz fuerte y grave de Ethan fue como echar el ancla en medio de la tormenta. Zoe dio gracias al cielo.

—Es que Arcadia no puede ponerse —dijo. Eso ya estaba mejor; su voz volvía a estar bajo control—. Está con Harry.

—Pensaba que Stagg no volvía hasta mañana o pasado.

—Por lo visto, la jovencita que estaba a su cargo se pasaba más tiempo en Rodeo Drive que visitando universidades, y a su papi se le acabó la paciencia. —A Zoe le vino un pensamiento e hizo una pausa antes de preguntar—: ¿Por qué has llamado aquí?

—Te estaba buscando —dijo Ethan—. No cogías el móvil.

—No lo he oído —reconoció Zoe, y se descolgó el bolso del hombro, lo puso sobre el escritorio y lo abrió con la mano libre. El móvil estaba donde se suponía que tenía que estar, en el bolsillo del bolso, pero apagado—. Vaya, vaya.

—¿Te lo has dejado en casa?

—No, está aquí. Sólo que me he olvidado de encenderlo. Supongo que estaba demasiado alterada por la estúpida nota que me dejó orejas de elfo debajo del limpiaparabrisas.

—¿Duncan ha vuelto a la carga?

—No. Supongo que ayer por la noche aparqué en el sitio equivocado. Tú estabas aparcado junto a mí; ¿no te ha dejado una nota a ti también?

—¿Por qué iba a hacerlo? Soy un huésped, y estaba aparcado en la sección de huéspedes.

Aunque no podía verlo, Zoe sabía que Ethan estaba sonriendo con malicia.

—No creo que ése sea el motivo. Me parece que a ti te deja en paz porque la intimidas.

—Qué va. Lo que pasa es que tu nombre es el que figura en el contrato, y por eso se ceba contigo.

—Esa mujer va a volverme loca.

«Volverme loca.» Zoe sintió como si una mano helada le tocara la nuca. La telaraña le inundó los sentidos de nuevo, y estuvo a punto de perder el control.

Respiró hondo e hizo un esfuerzo por mantenerse centrada, aunque los hilos de la telaraña seguían flotando a su alrededor. Concentró su atención en la cortina que separaba el despacho del almacén de la galería, intentando conservar la calma.

—Tú puedes con orejas de elfo —le dijo Ethan para animarla—. Confío plenamente en ti. Mira, te llamaba para decirte que me iba

151

a dar una vuelta por la casa Kirwan para echar un vistazo. Pensaba que, si no tienes una cita con algún cliente esta tarde, tal vez querrías acompañarme.

—Vale —respondió Zoe. Cualquier cosa antes que pasarse el resto del día en su oficina, sola, preocupándose—. Voy para mi oficina.

—Te paso a recoger en un rato.

Zoe colgó, cogió el bolso rojo que llevaba aquel día y huyó de aquella telaraña de energía negativa.

—He quedado con Ethan —le dijo a su amiga y a Harry, casi sin detenerse—. Hasta luego, tortolitos.

Ninguno de los dos le prestó atención; estaban demasiado ocupados mirándose el uno al otro.

Una vez fuera, bajo un sol de justicia, a Zoe le resultó más fácil pensar.

Finalmente, cuando se encontraba a medio camino de su oficina, se sintió lo bastante calmada como para evaluar las similitudes entre las dos telarañas psíquicas con que se había topado. Era innegable que ambos incidentes tenían un factor en común, y era que Lindsey Voyle había estado hacía poco en los lugares donde Zoe se había encontrado las telarañas.

# 22

Al cabo de un rato, Zoe bajó del todoterreno de Ethan, que rodeó el vehículo para reunirse con ella y caminar por el aparcamiento recién asfaltado, hacia la entrada de la casa Kirwan, que acababa de ser reformada. Tan sólo había media docena de coches aparcados, ya que la casa todavía no había sido abierta al público.

—Bonnie me ha dicho que la Sociedad Histórica no ha escatimado gastos en la casa y, por lo visto, no se equivocaba —dijo Zoe—. Impresionante, ¿no?

—Desde luego —respondió Ethan—. Y ni siquiera es rosa.

—De eso no hay duda —sonrió Zoe—. Es muy bonita.

Era evidente que la casa construida por Kirwan valía todo el dinero que había hecho falta para reformarla. Se trataba de una elegante estructura pintada de un bonito y cálido marrón con tonos dorados, precedida por un largo patio sombreado y flanqueado por columnas; en otros tiempos probablemente había servido como una extensión del salón en las noches de verano; sus muros estaban decorados con intrincados apliques de hierro forjado.

—¿Sabes? —dijo Zoe—. El color de este lugar se parece al de la pintura con que pretendo pintar el exterior de Nightwinds. Me dijiste que te costaba imaginarte cómo quedaría tu casa pintada de otro color que no fuera el rosa. —Extendió la palma de la mano y añadió—: Pues esto debería darte una idea; ¿qué te parece?

Ethan se quitó sus gafas de sol lentamente y contempló la casa.

—No está mal —dijo.

Zoe se cruzó de brazos y miró con detenimiento las paredes del caserón.

—Vamos; tienes que admitir que está más que bien.

Ethan no contestó enseguida.

Zoe era consciente de que la estaba observando a ella, no a la casa.

—Sí, vale —reconoció él finalmente.

Zoe descruzó los brazos y se volvió hacia su marido, sorprendida por su inesperada respuesta.

—¿Estás seguro? El color de Nightwinds sería un par de tonos más tirando a ocre.

Ethan se encogió de hombros.

—No puedo imaginarme Nightwinds un par de tonos más tirando a ocre; pero si te gusta, adelante. Cualquier cosa antes que rosa.

Zoe sonrió.

—Gracias, Ethan. Te gustará, ya verás —le aseguró.

Él esbozó una sonrisa.

—Tarde o temprano, hay que tener un poco de fe en el decorador —dijo.

—Es la primera vez que te oigo decir algo así; me lo tomo como un cumplido.

Zoe se puso de puntillas con la intención de darle un beso cariñoso. Sin embargo, él la sujetó por la nuca y la apretó contra su pecho.

—No me habías dicho que había premio por coincidir con el gusto del decorador. —Ethan le dio un beso lento y ardoroso.

Cuando hubo terminado, a Zoe le fallaban las rodillas.

—Que te quede clara una cosa, Ethan Truax —jadeó casi sin aliento—. No pienso comprarte con sexo.

—No pasa nada; el sexo funciona. Ya avizoro diversas áreas de nuevos compromisos abriéndose ante nosotros.

—Mmm...

Ethan la cogió de la mano y echaron a andar hacia la entrada de la casa, grande y en forma de arco.

Como siempre que se hallaba ante una nueva casa, Zoe se entreparó antes de entrar. Ethan no hizo ningún comentario al respecto, ni trató de meterle prisa por entrar en el fresco interior, sino que se limitó a esperar pacientemente.

Puesto que la habían pillado desprevenida dos veces en los últimos días, Zoe aguzó sus sentidos al máximo. Sin embargo, no se encontró con el típico zumbido psíquico de bajo nivel de las construcciones antiguas. A lo largo de los años, las paredes habían acumulado varias capas de emociones humanas, pero no se trataba de nada fuera de lo normal, pensó, nada que ella no pudiera ignorar.

Traspuso el portal con Ethan, haciendo caso omiso de las tenues energías psíquicas que había en al ambiente, de la misma forma que solía ignorar el ruido de fondo propio de cualquier calle de la ciudad.

Era una casa de grandes ventanas y techos altos. Los cuadros y las obras de arte de la Colección Kirwan estaban elegantemente dispuestos en lo que sin duda había sido el salón principal.

En un extremo se encontraba Paloma Santana, hablando con dos hombres vestidos con ropa de trabajo y sendos cinturones de herramientas.

La alcaldesa miró hacia la entrada e inclinó la cabeza en señal de bienvenida. Les dijo una última cosa a los obreros y luego cruzó el salón para reunirse con Zoe y Ethan, haciendo resonar los tacones de sus sandalias de marca en el suelo embaldosado.

—Ethan, me alegro de que haya venido a echarle un vistazo a la casa —dijo con una sonrisa.

—La verdad, no suelo visitar la escena del crimen en casos antiguos, pero aquí me tienen —repuso Ethan—. Ésta es mi esposa Zoe.

El tono de posesión de Ethan fue inequívoco. Zoe se sintió ruborizar.

—Es un placer, señora Santana —dijo tendiéndole la mano con cortesía.

—Llámeme Paloma. Tengo entendido que es usted diseñadora de interiores, Zoe. ¿Qué piensa de la remodelación de la casa?

—Es una maravilla. Será algo fantástico para la comunidad, y una gran atracción turística.

—Estoy de acuerdo; todos estamos muy satisfechos. —Miró a Ethan—. Supongo que está aquí para ver el estudio de Kirwan, ¿no es así?

—Si es posible —dijo Ethan.

—Por supuesto. Síganme.

Paloma los condujo a través del salón, el comedor y la cocina hasta una habitación llena de estanterías repletas de libros; en la pared del fondo había un enorme hogar de piedra.

Zoe vaciló antes de entrar en el estudio, preparándose para lo que pudiera encontrarse, pero sintió alivio al comprobar que su sexto sentido no percibía nada fuera de lo común. Ya estaba bien de encuentros traumáticos por aquel día.

—Uno de nuestros objetivos era recrear la biblioteca de Kirwan —dijo Paloma—. Afortunadamente hay un catálogo de la colección original, y hemos podido reproducirlo casi por completo.

Zoe observó a Ethan adentrarse en la habitación, percatándose de la curiosidad de depredador propia del cazador nato que se había despertado en él.

Ethan recorrió el estudio, examinando las estanterías, el escritorio y el enorme hogar. Luego se detuvo y miró a Zoe, esperando a ver si ella entraba. Zoe sondeó el ambiente una vez más y entró. Percibió rastros de emociones viejas y leves, pero nada violento, fuerte ni preocupante.

—¿Cómo va la investigación? —le preguntó Paloma a Ethan.

—Todavía estoy recopilando información —contestó él—. He revisado varios artículos de periódico sobre la muerte de Kirwan, y Singleton Cobb me ha ayudado a localizar algunas cartas escritas por el biógrafo de Kirwan, por su agente Exford y por algunos amigos. Por lo visto, Kirwan era un hombre difícil y temperamental.

Paloma asintió con seriedad.

—Eso es algo que ya me confirmó mi abuela, pero ella siempre decía que sabía cómo tratar con él. ¿Qué hay de Exford? ¿Ha podido dar con él?

—Murió en un accidente de coche años después de que Kirwan falleciera. Tenía problemas con la bebida.

—Supongo que no ha encontrado nada que indique que fue él quien robó el manuscrito, ¿verdad?

—Esa línea de investigación aún sigue abierta.

El aplomo profesional de su marido hizo sonreír a Zoe.

Una vez de vuelta en el aparcamiento, Zoe subió al todoterreno y se abrochó el cinturón de seguridad.

—¿Así que «esa línea de investigación aún sigue abierta»? —preguntó.

—Es lo que suele decirse cuando no estás seguro de nada. Sin duda los decoradores tenéis frases similares para tratar con los clientes.

—Bueno, siempre he sentido debilidad por frases como «pensaba que le había quedado claro que los encargos especiales a Italia tardan unos cuatro meses».

—Recuérdame que no encargue nada especial a Italia —repuso Ethan, poniendo en marcha el vehículo—. Bueno, ¿has notado algo especial en esa habitación?

Zoe lo miró sorprendida.

—Oye, pensaba que no creías en mis poderes.

—Pero siento un gran respeto por tu intuición, ya lo sabes —aclaró él, dirigiéndose a la salida—. ¿Y bien?

—No he notado nada especial, pero ya te he explicado que sólo percibo emociones oscuras e intensas, ¿recuerdas? Rabia, miedo, pánico, lujuria... ese tipo de cosas.

—O sea, la sal de la vida.

—Exacto. Creo que no percibiría nada en caso de que Kirwan haya sido envenenado.

—¿Por qué?

Zoe pensó cómo explicar algo que ni siquiera ella comprendía del todo.

—Tal vez no se liberó una energía violenta. Es posible que Kirwan no se diese cuenta de que lo habían envenenado. Quizá se sintió mal, se desmayó y murió en calma. En ese caso habrían quedado muy pocas vibraciones que yo pudiera percibir.

—En otras palabras, no puedes contarme nada de nada.

—Míralo por el lado positivo: te estás aprovechando de mis servicios extrasensoriales gratis.

—Ya, claro, supongo que si no pagas por algo no recibes nada a cambio.

—Vale, señor detective sabelotodo, ¿qué crees tú que ocurrió en esa habitación?

—Bueno, para empezar, estoy bastante seguro de que María no robó el manuscrito.

A Zoe le llamó la atención aquella afirmación.

—¿Por qué no se lo has dicho a la alcaldesa? —preguntó.

—Porque no puedo probarlo.

—¿Qué te hace pensar que el ama de llaves no se hizo con el libro?

—Si ella hubiera matado a Kirwan y robado el manuscrito, se habría descubierto tarde o temprano. Era algo demasiado valioso como para mantenerlo escondido todos estos años.

—A no ser que María lo haya quemado aquella misma noche.

Ethan negó con la cabeza.

—¿Por qué iba a hacer algo así? Había trabajado para Kirwan durante años, lo bastante como para saber que el manuscrito valía una fortuna. Además, seguramente escuchó la discusión entre Kirwan y su agente y descubrió que, al menos, había un comprador potencial.

—¿Y si Exford mató a Kirwan y robó el manuscrito?

—No, por el mismo motivo por el que María no lo robó. El agente de Kirwan tenía problemas económicos. Si hubiera cogido el manuscrito lo habría vendido o se hubiera ocupado de publicarlo.

Zoe pensó en aquella posibilidad.

—Eres muy bueno cuando se trata de pensar con lógica, ¿sabes? —dijo finalmente.

—Gracias. Seguro que es más interesante tener poderes psíquicos, pero he aprendido a arreglármelas con el sentido común.

—Todos tenemos algún don, por pequeño que sea.

Ethan soltó una carcajada, la primera en muchos días. Por alguna razón, Zoe lo hacía sentir seguro de sí mismo.

# 23

Esa noche, todos fueron al Last Exit a celebrar el regreso de Harry. Arcadia estaba sentada a su lado, hombro con hombro, robándole un poco de calor. La lenta y suave melodía del tema *Lush Life*, de Billy Strayhorn, recorría sutilmente el local, no demasiado lleno.

Ya pasaba de la medianoche. Ponían buen jazz. Arcadia bebía un martini y Harry estaba de nuevo en casa, sano y salvo. Aquello era lo más perfecto que había sido su vida en mucho, mucho tiempo, así que, ¿por qué no podía relajarse un poco?

—Has vuelto antes por mí, ¿no es cierto? —preguntó.

—Qué va —contestó Harry, cogiendo cacahuetes del bol que había en la mesa—. Ya te lo he dicho, el cliente decidió interrumpir el viaje de placer de la niña.

—Mentira —dijo Arcadia, pinchando una aceituna y llevándosela a la boca—. Has acabado el trabajo antes por mí; reconócelo.

Harry bebió un trago de cerveza.

—Oye, no sabes cuánto me alegré de que terminara; esa chica me estaba volviendo loco.

—Lo sabía; has vuelto antes por mí.

—Bueno —dijo Harry, reclinándose contra el respaldo acolchado de la silla—, ¿vas a decirme qué te pasa?

Arcadia vaciló.

—Hasta donde sé, no pasa nada. He estado algo alterada durante tu ausencia, eso es todo —dijo, y bebió un sorbo de martini—. Ahora ya estoy bien, pero...

—Pero ¿qué?

—Pero te he echado de menos, Harry.

Él no dijo nada. Se limitó a esperar.

Arcadia suspiró.

—Vale —dijo finalmente—. Te contaré lo que le he contado a Zoe. A los pocos días de irte, hubo un par de noches en que tuve una sensación horrible, como si alguien me estuviera vigilando, o algo así.

Harry no movió ni una pestaña.

—¿Sí? —dijo.

—Pero la sensación se fue al cabo de dos o tres días —añadió Arcadia.

—¿Algo más?

—He perdido el bolígrafo de Elvis que me regalaste —dijo, y rodeó el vaso de martini con las manos—; lo he buscado por todas partes, pero nada.

—No importa; no es más que un boli.

—Ya, pero me gustaba mucho; era mi favorito.

Harry pensó un momento.

—¿Has notado algo más en tu despacho que te haya inquietado? —preguntó.

A Arcadia le resultaba difícil tener que verbalizar sus miedos secretos.

—No, nada más. Créeme, lo he comprobado. Teniendo en cuenta mi pasado, considero la paranoia como algo saludable. He mirado en todos los cajones y no he encontrado nada fuera de su sitio.

—Un profesional no hubiera dejado pistas —opinó Harry—. En la galería no tienes el mismo sistema de seguridad que en casa. A alguien que sabía lo que hacía no le hubiera resultado difícil colarse.

Arcadia frunció el entrecejo.

—¿De verdad crees que alguien puede haberse colado en mi

despacho sólo para robarme un boli con la cara de Elvis? No tiene sentido.

—Lo del boli podría ser un accidente o un error —dijo Harry—. Puede que no tenga nada que ver. Los de la limpieza podrían haberlo roto y tirado a la basura.

—Tienes razón —coincidió Arcadia, tratando de sonreír—. Por lo que no hay motivo para pensar que alguien se haya colado en mi despacho por la noche. No es más que fruto de nuestra imaginación, Harry, estoy segura.

Él no sonrió.

—A principios de semana, cuando sentías que alguien te vigilaba, ¿miraste las caras de la gente que te rodeaba? —preguntó.

—Por supuesto; pero no vi a nadie que se pareciese ni remotamente a... él. —No hacía falta que Arcadia pronunciase su nombre. Harry sabía que se refería a Grant.

—¿Viste más de una vez a alguien a quien no conocieras? —preguntó.

Arcadia pensó un instante. Le vino a la mente la imagen de una anciana con una bolsa y una cámara de fotos.

—Ha sido una semana muy ajetreada en Fountain Square —dijo—; muchos turistas de aquí para allá. Vi a muchos de ellos más de una vez, pero ninguno me pareció sospechoso.

—¿Algún coche?

—¿Quién se fija en los coches?

—Pues yo —dijo Harry—. Piensa en ello, cariño. Aunque no lo recuerdes, tuviste esa sensación de miedo por algo que percibiste. Así es como funciona.

—¿Como funciona qué?

—El miedo. Lo tuviste porque viste algo o a alguien que te dio mala espina. Tal vez no lo hayas pensado, pero hay algo dentro de nosotros que siempre se mantiene alerta.

Harry sabía lo que se hacía, se dijo Arcadia, y se reclinó en la silla. Trató de recordar los coches que había visto en los últimos días.

—No tengo mucha memoria en lo que se refiere a coches —dijo al cabo con tono de disculpa.

—Pues piensa en gente —sugirió Harry.

La imagen de la anciana mirando el escaparate de la galería le vino de nuevo.

—Había una mujer —dijo lentamente—. Puede que la viera dos o tres veces.

—Descríbela.

—De eso se trata; no sé por qué se me ha quedado grabada. No tenía pinta de peligrosa que digamos. Debía de tener unos ochenta años. Llevaba un gran sombrero y unas de esas gafas de sol enormes que la gente lleva sobre las gafas normales. No era más que una turista, Harry.

—¿Qué más?

Harry hubiera sido un buen interrogador, pensó Arcadia; era muy insistente.

Bebió un sorbo de martini y trató de pensar con calma. En los viejos tiempos había trabajado en el frenético mundo de las finanzas. Cada vez que ella tomaba una decisión se ponían en juego millones de dólares. En ese mundo, Arcadia había llegado a ser muy buena detectando patrones y tendencias en la bolsa. Se había preparado para percibir aquellas pequeñas señales que aparecían antes de que una empresa se fuera a pique, y había aprendido a observar anomalías en las relaciones de los miembros de las juntas directivas de otras empresas.

Sin ir más lejos, si se había dado cuenta de las intenciones de Grant a tiempo, había sido gracias a su habilidad para detectar pequeñas anomalías en el constante ir y venir de información con que trabajaba cada día. Tal vez aquél era el momento de volver a aplicar sus viejos conocimientos.

—La vi dos veces —dijo—, ambas delante del escaparate de la galería. Recuerdo haber pensado que aquella cámara de fotos no era precisamente de usar y tirar, y las dos veces que la vi iba con la misma bolsa, de color azul y blanco, de una tienda de ropa de Fountain Square.

Harry tardó unos segundos en contestar.

—Vale —dijo.

Arcadia enarcó las cejas.

—Vale qué.

—Vale, ahora vamos a hablar con Truax.

—Es la una y media de la madrugada; Ethan y Zoe deben de estar dormidos.

—No es culpa nuestra que esos dos se acuesten temprano.


Ethan consiguió dormirse profundamente, pero volvió a soñar con Nightwinds.

*Caminaba por la casa abriendo cada puerta con la que se encontraba, inspeccionando cada habitación. Sin embargo, Zoe no estaba en ninguna de ellas. Tenía que estar allí; la posibilidad de no encontrarla lo desesperaba.*

*Gritó su nombre, ansioso por explicarle, por suplicarle, por hacerla entender; pero las palabras se perdieron en los interminables pasillos de la noche rosa.*

*Finalmente llegó a la sala donde había tenido lugar aquel horrendo crimen, el único lugar de la casa que parecía molestar a Zoe. Abrió las puertas poco a poco, preparándose para lo que pudiera encontrar, y se asomó.*

*Zoe estaba de pie en las sombras, junto a la pequeña barra de mármol. Simon Wendover, sentado en una de las butacas de terciopelo, miró a Ethan por encima del hombro y sonrió.*

*—Estás muerto —dijo Ethan.*

*Wendover se echó a reír.*

*—Ése es tu problema, no el mío. Ambos sabemos que siempre me verás en tus sueños de vez en cuando —dijo.*

*Ethan se dio la vuelta y miró a Zoe.*

*—Acompáñame —dijo.*

*—No —contestó ella, sacudiendo la cabeza.*

*—Te va a dejar, igual que todas las otras —dijo Wendover con una sonrisa socarrona—. Siempre ha sido así y lo seguirá siendo; tú las rescatas y luego ellas te abandonan.*

*Ethan siguió mirando a Zoe.*

—*Tú eres diferente* —*le dijo.*

—*¿Tú crees?* —*repuso ella.*

*Wendover soltó una risilla.*

—*¿Cómo es posible que ame a un hombre con tu pasado? Eres un perdedor, Truax. No lograste salvar a tu hermano; no pudiste conservar ninguno de tus matrimonios anteriores; no conseguiste sacar tu empresa adelante; pasaste meses investigándome y aún así fui declarado inocente.*

*Ethan tenía que sacar a Zoe de aquella sala. Trató de entrar pero algo lo detuvo, como si hubiera topado con una pared invisible.*

*Zoe lo miraba con aquellos ojos suyos tan misteriosos.*

—*Lo siento, Ethan, pero no puedes entrar aquí. Hay una barrera psíquica. No puedes pasar porque no crees en el rollo de lo sobrenatural.*

*La risa de Wendover resonó en las sombras.*

—Ethan. Ethan, despierta.

Aquella voz; tan cerca...

Abrió los ojos. Zoe estaba mirándolo, nerviosa.

—No pasa nada —dijo ella, masajeándole el hombro—. Sólo ha sido una pesadilla.

—Ya, sólo una pesadilla —contestó él, frotándose la cara con una mano y haciendo un esfuerzo por respirar con normalidad. Cuando se sintió mejor, se incorporó y apoyó los pies en el suelo.

Zoe se arrodilló detrás de él y le masajeó los hombros.

—Espero que no te haya pegado la costumbre de tener pesadillas. No será algo contagioso, ¿verdad?

—Lo dudo —respondió Ethan, disfrutando del masaje de Zoe. No deseaba otra cosa que poder relajarse bajo la suave presión de aquellos dedos, pero la tensión provocada por el sueño se lo impedía.

—¿Quieres contarme el sueño? —le preguntó Zoe en voz baja.

Ethan creyó oír la risa de Wendover a lo lejos.

—Era algo extraño —dijo.

Zoe dejó de mover las manos.

—A mí me van las cosas extrañas, ya lo sabes —dijo ella, volviendo a masajearle.

Ethan sintió un gran alivio.

—¿Ethan?

—Estábamos en Nightwinds, pero la casa parecía más grande —dijo él, como ausente—. Había pasillos y habitaciones infinitas.

—Probablemente redecorar todas las habitaciones de la casa te ha causado la pesadilla.

—Tal vez. —Era consciente de que Zoe trataba de tranquilizarlo, pero no funcionaba. Estaba demasiado alterado. No tenía por qué contarle más, se dijo. Sin embargo, era como si una especie de imán le sonsacara las palabras—. Tú estabas en algún lugar de la casa, pero no podía encontrarte.

—Ya. La decoradora escurridiza que no contesta las llamadas de su cliente —murmuró Zoe.

—Finalmente, descubrí que estabas en la sala de cine—. Ethan dudó un instante y se encogió de hombros—. Fue entonces cuando me despertaste.

—Te movías mucho, como si tratases de abrirte paso a través de algo.

Ethan parpadeó.

—¿Te he hecho daño? —preguntó.

—No; sólo me has despertado —dijo Zoe, y siguió trabajándole los hombros—. ¿Estás seguro de que no había algo más en el sueño que te inquietase?

Ethan volvió a escuchar la risa de Wendover desde algún lugar entre las sombras.

En ese preciso instante sonó el teléfono. Zoe se detuvo de nuevo. Ethan miró el reloj: eran las cuatro menos diez de la madrugada. Las llamadas telefónicas a esas horas no solían ser precisamente para dar buenas noticias.

—Yo contesto —dijo Ethan. Y al auricular—: Aquí Truax.

—Soy Harry. Tenemos un problema. Estamos en la entrada de Casa de Oro. ¿Podemos pasar?

# 24

Ethan se sentó en el sofá y observó cómo su esposa servía el té que había preparado para los cuatro. Zoe se había recogido el cabello y puesto unas zapatillas negras de ballet y una bata azul marino que llevaba atada a la cintura.

Él se había puesto un pantalón y una camiseta y tenía el rostro más áspero de lo habitual, ya que a Zoe no le agradaba su costumbre de afeitarse antes de acostarse.

Arcadia y Harry, sin embargo, eran almas nocturnas. A pesar de que pasaba de la una y media de la madrugada, tenían un aspecto de lo más elegante. Arcadia llevaba un vestido largo y estrecho del color de un pálido amanecer desértico, y Harry, aunque lucía una camisa estampada con palmeras y tablas de surf, estaba sorprendentemente apuesto.

—Vamos a ver —dijo Ethan, apoyando los codos en los muslos y enlazando las manos entre las rodillas—. ¿Viste a la misma anciana del sombrero y las gafas de sol dos veces en dos días y perdiste el bolígrafo que Harry te regaló? ¿Eso es todo?

—No creo que sea como para preocuparse, ¿verdad? —dijo Arcadia con tono de disculpa—. Lo siento. Ha sido idea de Harry venir a verte.

—Y ha sido muy buena idea —dijo Zoe—. Si relacionamos a la viejecita con la inquietud que padeciste a principios de semana, no hay para menos.

Ethan frunció el entrecejo.

—Nadie me ha dicho que Arcadia estuviese inquieta a principios de semana.

—Estaba un poco nerviosa porque Harry se había ido y, bueno... —explicó Arcadia, y las uñas pintadas de plateado le brillaron cuando cogió su taza—. Pero se me pasó, así que no vi la necesidad de explicarlo.

—Por lo que a mí respecta, lo que más me preocupa es la cuestión de la cámara —dijo Zoe—. Según has dicho, no sólo era cara sino también el tipo de cámara que llevaría un fotógrafo profesional, no una turista de esa edad.

—Lo del bolígrafo puede no significar nada —dijo Harry—, pero si alguien está vigilando a Arcadia, sería lógico pensar que podría haber entrado en su despacho. Tal vez ese alguien usó el bolígrafo para abrir un cajón y se rompió, y supuso que era mejor librarse de él que dejarlo tirado por ahí.

—Era un boli barato —añadió Zoe—. Debió de pensar que nadie notaría su ausencia.

Ethan miró a Arcadia.

—¿Has observado algo más que te haya llamado la atención? ¿Alguna otra cosa que hayas echado en falta? —dijo.

Zoe, que estaba a su lado, se puso tensa. No dijo nada, pero Ethan vio que la taza le temblaba ligeramente entre los dedos. «¿Qué diablos está pasando?», pensó.

—No —respondió Arcadia—. Y lo he comprobado.

Ethan se volvió hacia Harry.

—¿Y en el apartamento? —preguntó.

—Nada —contestó Harry—. Si alguien hubiera burlado el nuevo sistema de seguridad me habría dado cuenta.

—De acuerdo. —Ethan cogió la libreta y el bolígrafo que había dejado encima de la mesita—. Esto es lo que hay: puede que alguien esté vigilando a Arcadia. Y de ser así, tal vez tenga relación con Grant Loring.

—Que se supone que está muerto, cosa que nunca he acabado de creerme —comentó Arcadia—. Ésa es sin duda la peor posibilidad, pero también cabe que los federales me hayan descubierto.

Harry miró a su mujer.

—¿Piensas que están desesperados por encontrarte? —preguntó.

Arcadia suspiró.

—Sinceramente, no creo que sea tan importante para ellos. Pero supongo que han de creer que si Grant sigue vivo yo podría llevarles hasta él.

—Pero no puedes —replicó Zoe—. No tienes ni idea de dónde está. Además, esta posibilidad implica que los federales te suponen con vida.

Arcadia se encogió de hombros.

—Vale. Hagamos un alto en el camino —propuso Ethan, tomando notas—. Lo mejor que podría pasar es que fueran los federales. Pero no parece cosa de ellos.

Harry encogió los hombros.

—¿Lo dices por lo de la anciana con la cámara? —preguntó.

—Sí. No es el estilo de los federales. Suelen usar tecnología avanzada, además de poner micrófonos a la gente y grabar conversaciones. —Miró a Arcadia—. Supongo que nadie te ha preguntado recientemente por tu pasado, ¿no?

—No —contestó ella frunciendo el entrecejo—. Tienes razón; es probable que no se trate de los federales, lo cual nos lleva a Grant o a uno de sus socios.

—Por fortuna para ti, tu compañero es un guardaespaldas de élite —dijo Ethan—, y tienes un amigo que es un detective de primera. Harry y yo nos repartiremos el trabajo. Él se encargará de cuidar de ti mientras yo me dedico a despejar algunas incógnitas. También necesitaremos que Singleton nos ayude con la parte informática.

Zoe miró a su marido.

—¿Crees que Harry debería llevarse a Arcadia fuera de la ciudad mientras llevas a cabo la investigación? —le preguntó.

—Es una opción.

—Ni hablar —saltó Arcadia—. Si Grant me ha encontrado a pesar de mi nueva identidad, puede encontrarme donde sea. Desaparecer unos días sólo retrasaría lo inevitable. Prefiero enfrentarme a él ahora y acabar de una vez por todas.

Harry asintió.

—Hay que decir algo a favor de que se quede en Whispering Springs —comentó—. Es un lugar relativamente pequeño, y es nuestro terreno. Por aquí nos movemos mucho mejor que Loring.

—Además, las cosas han cambiado bastante en las últimas semanas —señaló Arcadia—. Ahora tienes conexiones con la policía local, Ethan. Conoces a gente de Radnor.

—Ninguno de esos contactos servirá de nada si alguien pretende meterte una bala en el cuerpo —repuso Ethan sin inmutarse—. Harry es bueno, pero nadie es perfecto.

Arcadia sostenía su taza con las dos manos y observaba el fondo como si fuera a predecir el futuro en el poso del té.

—No lo sé con certeza —dijo con cautela—, pero no creo que contrate a alguien para matarme.

Todos la miraron.

—¿Por qué? —preguntó Ethan.

—Por dos razones —contestó Arcadia—. Primero, porque Grant es un estratega; eso era lo que le permitía dirigir su imperio financiero. Y no es la clase de persona que cambia su modo de ser; de hecho, es casi obsesivo cuando se trata de planificar algo. Recuerda que tiene un motivo para ser prudente. Lo último que querría es darles a los federales o a sus antiguos asociados una pista para que piensen que todavía está vivo.

—Tienes razón —dijo Zoe.

—Sería más apropiado de él atropellarme o provocar un misterioso incendio para matarme —dijo Arcadia.

Ethan vio que Harry apretaba los dientes, un gesto que lo inquietó.

—¿Cuál es la segunda razón? —preguntó Ethan.

—Antes de desaparecer, me hice con una especie de póliza de seguros.

—¿De qué tipo?

—Tengo algo que Grant quiere —reconoció Arcadia, dejando la taza en el platito—, y la única forma que tiene de conseguirlo es preguntándome dónde está.

Nadie dijo nada. Ethan observó la expresión de Zoe, mezcla de preocupación y curiosidad, y se dio cuenta de que Arcadia no le había contado todos sus secretos.

—Cuando comprendí que lo mejor era esfumarme —continuó Arcadia con calma—, hice algunos arreglos. Deposité dinero en diversas cuentas bajo varias identidades y traté de borrarme del mapa ingresando en Candle Lake. Cuando Zoe y yo escapamos, cambié de nombre una vez más.

—Sigue —pidió Harry en voz baja.

—Sin embargo, tomé otra precaución. Grant guardaba todo lo que consideraba importante en un archivo secreto que no sabía que yo conocía. Mucha de la información que había allí era de carácter financiero, cosas que podrían haberlo llevado a la cárcel unos cuantos años. Pero, como supe más tarde, también había algo más peligroso. Conseguí dar con la contraseña, lo copié todo y luego lo escondí.

—Cuéntame qué era —jadeó Ethan.

—Detalles sobre varias estafas que Grant le hizo a unos tipos que no son tan benévolos como los federales cuando se trata de su dinero —dijo Arcadia, tensa—. Hacia el final de nuestro matrimonio, descubrí que había estafado a gente realmente peligrosa. Si llegasen a descubrir que Grant está vivo y que les ha robado tantísimo dinero, seguro que querrían vengarse.

Harry silbó.

—Si Loring sigue vivo no descansará hasta destruir la copia que hiciste de aquel archivo.

—Como he dicho —continuó Arcadia—, escondí la copia del archivo; pero no se lo dije a Grant. Pensé que ya tendría tiempo de hacerlo. Estaba tratando de decidir mi próxima jugada, cuando él intentó matarme.

—¿Cómo? —preguntó Ethan.

—Trató de fingir un accidente. Ya sabéis, a Grant le gusta ese tipo de cosas. Tenía una cita con un cliente que vivía en las afueras de un pueblo, en la montaña. Grant sabía que la carretera que yo debía tomar reseguía la orilla de un lago. Me esperó y me sacó de la carretera, haciéndome caer al agua desde una altura considerable.

—Dios mío —dijo Zoe, y acarició a su amiga en el hombro.

Harry estaba estupefacto.

Ethan no dijo nada y siguió tomando notas.

—Era de noche y llovía mucho —prosiguió Arcadia—. Por suerte, el coche cayó en una zona poco profunda del lago. Conseguí salir por la ventanilla y cuando emergí me aferré a una ramas. Eso fue probablemente lo que me salvó la vida.

Ethan dejó de escribir.

—¿Loring no te encontró?

—No. Supe que era él cuando bajó del coche y los faros lo iluminaron. Tenía una linterna, pero no pudo verme porque me escondí entre las ramas. Pensé que iba a morir de hipotermia.

Harry apoyó una mano en la rodilla de Arcadia y se la apretó ligeramente.

—Cuando se marchó, salí del agua y encontré una cabaña abandonada en la que pasé la noche. Por la mañana, decidí que lo mejor era desaparecer hasta que la policía atrapase a Grant.

—Pero eso nunca sucedió —observó Harry.

—No, porque Grant se marchó del país a la mañana siguiente. Dos semanas más tarde fue dado por muerto en un accidente de esquí en Europa.

—¿Por qué no acudiste a los federales? —preguntó Ethan.

—La verdad, no creí que fueran capaces de protegerme de Grant. Sin embargo, hice público lo del archivo que había escondido.

—¿Cómo? —quiso saber Harry.

—Envié varios correos electrónicos a la prensa económica, en los que contaba cómo, antes de morir, la esposa de Grant Loring había copiado los archivos privados de su marido. Di a entender que la trágicamente desaparecida señora Loring había puesto a buen recargo dichos archivos, pero que, por desgracia, se había llevado el secreto a su tumba submarina.

Harry ladeó la cabeza ligeramente.

—¿Tumba submarina? —repitió.

Arcadia enarcó las cejas.

—¿Crees que suena demasiado literario para la prensa especializada?

—No, qué va; es perfecto. Tumba submarina. Sí, me gusta; seguro que lo publicaron.

—Pues sí —confirmó Arcadia—. Y también la prensa normal. Ésa era mi intención. Sabía que, allá donde estuviese, Grant leería los periódicos, vería los informativos y trataría de averiguar por Internet si habían encontrado mi cuerpo y se habían tragado lo de su muerte. Mi estrategia no me iba a proporcionar una protección total, claro, pero dispondría de un as si a Grant se le ocurría buscarme.

Ethan releyó las notas que había tomado.

—Bien; esto es lo que vamos a hacer —anunció—. Supondremos que Loring está vivito y coleando y que, por tanto, constituye una amenaza para Arcadia. Pero recordad que es sólo una suposición.

—O sea que estamos dando palos de ciego —observó Zoe.

Ethan se encogió de hombros.

—Quizás —admitió.

Zoe carraspeó.

Ethan conocía aquel sonido. Su mujer lo emitía cada vez que iba a contarle algo que a él no le agradaría oír.

—¿Qué ocurre? —le preguntó.

—No estoy segura de lo que pueda significar —dijo Zoe, pronunciando cada palabra con cuidado—, pero creo que hay algo que deberíais saber.

—Pues dilo ya —murmuró Ethan—. No me gusta el suspense.

Zoe miró a Arcadia, pero Ethan no logró interpretar el mensaje que se transmitían. Luego Zoe cruzó los brazos y lo miró con los ojos entornados.

—Esta tarde sentí algo en el despacho de Arcadia —dijo por fin.

—Zoe... —susurró Arcadia con sorpresa—. ¿Por qué no me lo has dicho?

—Es difícil de explicar —reconoció Zoe.

173

Harry pareció muy interesado.

—Vale —dijo Ethan—. Te escuchamos. ¿Qué te sugirió tu intuición?

—De eso se trata —murmuró Zoe—; no estoy segura de lo que me dijo. Por eso no te lo comenté, Arcadia; pero sí sé una cosa: sentí lo mismo que ayer en la biblioteca de La Casa Soñada por los Diseñadores.

—Sigue —pidió Ethan.

—Fue algo muy leve —dijo ella, encogiéndose de hombros—, como pequeñas huellas. Sin embargo, me tiene preocupada porque sólo he percibido esa clase de energía en otra ocasión...

—¿Cuándo? —preguntó Harry.

—Una noche en que estaba recorriendo los pasillos de Candle Lake —contestó Zoe, mirando de nuevo a Arcadia—. Venía del pabellón H.

—Mierda —masculló Arcadia en voz baja.

Ethan miró a Harry, que sacudió la cabeza en silencio. Era evidente que, para él, aquello tampoco tenía sentido.

—¿Queréis explicarnos qué era lo que tanto os asustaba del pabellón H? —les urgió Ethan.

Zoe suspiró, por lo que su marido supo que se estaba preparando para revelar algo que le costaba un gran esfuerzo admitir.

—Ya sabéis que Candle Lake es una clínica mental privada para ricachos —dijo—. Se fundó como un lugar donde, por un precio más que considerable, la gente adinerada pudiera ingresar a sus parientes con enfermedades mentales y problemas psicológicos.

Ethan asintió.

—Eso ya lo sabíamos —dijo—. Sigue.

—Pues el pabellón H era donde estaban alojados los locos de atar.

—Locos de atar —repitió Ethan—. No suena nada bien.

—Zoe se refiere a los pacientes potencialmente peligrosos —explicó Arcadia—, los que estaban locos de verdad, los que ponían los pelos de punta al personal del hospital.

—Vaya, vaya —murmuró Harry—. Después de todo, los ricos

no son tan distintos, ¿eh? Pero ¿qué hay de esa extraña sensación que tuviste en el despacho de Arcadia y en la biblioteca de la casa, Zoe?

—Empiezo a creer que esa energía psíquica tan rara fue dejada por Lindsey Voyle —dijo Zoe.

—Genial —dijo Ethan—. Lo que faltaba; una decoradora diabólica.

# 25

Singleton estaba en su cubículo, absorto en la pantalla del ordenador, cuando alguien entró en la tienda. Era Bonnie, y traía consigo unos cuantos megavatios del sol de mediodía.

—¿Singleton?

—Aquí estoy —respondió él, tratando de ignorar la excitación que sintió de repente.

«Tranquilízate, tío —se ordenó—. Te ve como a un amigo, no como a un amante. No la fastidies.» Se apartó del ordenador, se quitó las gafas y se puso de pie.

—Debes de estar hecho polvo —dijo Bonnie desde la puerta, tendiéndole un vaso de plástico con el logotipo de uno de los cafés de Fountain Square—. Tengo entendido que Ethan te llamó a las tres de la madrugada para que comenzaras a trabajar en el problema de Arcadia. Creí que no te iría mal un poco de cafeína.

—Creíste bien —dijo él, y cogió el vaso, le quitó la tapa y bebió un buen trago de café. Suspiró de placer—. Gracias. Lo necesitaba. Por suerte para Ethan, es mi amigo y un cliente ocasional.

No tenía sentido contarle a Bonnie que, cuando había contestado el teléfono aquella madrugada y oído la voz apremiante de Ethan, el pánico se había apoderado de él. Por un instante, había temido que fuesen malas noticias sobre ella o sobre alguno de los chicos. Su mundo había estado a punto de desmoronarse.

Pero cuando supo que la llamada no tenía relación con Bonnie, Jeff o Theo, se sintió tan aliviado que inmediatamente le sobrevino un sentimiento de culpa. Después de todo, Arcadia le caía bastante bien. Era una amiga, y el saber que corría peligro no dejaba de preocuparle. Sin embargo, la preocupación que pudiera sentir por ella no se asemejaba al terror que habría experimentado si Bonnie o uno de sus hijos hubiera estado en peligro. «Reconócelo, Cobb; estás coladito por ella», pensó.

Bonnie extrajo un envase de plástico de otra bolsa de papel.

—¿Qué tenemos ahí? —preguntó Singleton.

—Atún.

Él cogió el envase y lo abrió, ansioso.

—Emparedado de atún, mi favorito —dijo.

Bonnie soltó una risita.

—Ya lo sé; te traiga lo que te traiga, siempre me dices que el de atún es tu favorito.

—Es que es así —dijo él, llevándose a la boca una de las mitades del sándwich.

Bonnie sonrió, contenta, y miró cómo Singleton devoraba el emparedado.

—Por lo visto, Jeff y tú tuvisteis una charla el otro día —comentó.

—¿Te lo ha dicho él?

—Me ha dicho que le explicaste que no tiene que sentirse mal por no recordar exactamente qué aspecto tenía Drew; que, pase lo que pase, nunca olvidará a su padre.

Singleton sintió una punzada en el estómago, y supo que no tenía nada que ver con el sándwich. La expresión seria de Bonnie y su tono le hicieron perder el apetito. Temió que ella pensara que él se había excedido al tener esa charla con Jeff.

—Tal vez me extralimité —dijo, dejando el sándwich en la mesa—. Mira, Bonnie, perdona si me he metido en lo que no me concierne.

—Por favor, no tienes por qué disculparte; no quería decir eso. —Bonnie se acercó y le tocó el brazo—. Lo que trato de decirte es que te agradezco mucho que hayas hablado con Jeff. No había comprendido qué iba mal este año. Pensaba que tal vez estaba repitiendo lo que había sentido el primer noviembre después de que Drew falleciera. El psicólogo ya me había advertido que podía pasar.

Singleton observó la mano de Bonnie, sus dedos apoyados suavemente en su antebrazo, justo debajo de la manga de la camisa tejana que llevaba. Le causaba tanta impresión tenerla tan cerca que tuvo que hacer un esfuerzo por respirar.

—Es difícil para un chico de su edad explicar lo que siente —dijo—. Maldita sea, es difícil hasta para un hombre.

—Lo sé. Crees que conoces a tus propios hijos, pero ellos también guardan cosas dentro, como todo el mundo. Tienen inquietudes de las que no se ven capaces de hablar. Nunca había pensado que a Jeff le preocupara olvidarse de su padre.

Singleton, conmovido, cerró su manaza sobre la mano de Bonnie sin pararse a pensar en la intimidad de aquel gesto.

—Por el amor de Dios, Bonnie —dijo—, no te culpes por no haberte dado cuenta de ello. Sé que crees que debes resolver todos sus problemas por él, pero la verdad es que está creciendo y necesita hacer algunas cosas a su manera.

—Pero si sólo tiene ocho años.

—Sí, pero se está convirtiendo en un hombre y, de alguna manera, él lo sabe, como también sabe que le han puesto el listón muy alto.

—¿A qué te refieres?

—Me refiero a su padre y a Ethan.

Bonnie cerró los ojos un instante. Cuando los abrió de nuevo, lo vio todo más claro.

—Sí, entiendo lo que quieres decir.

—Jeff tiene mucho con lo que lidiar, y ha comenzado por afrontar lo que más le duele.

—¿Te refieres a la muerte de su padre? Sí, lo sé, pero...

—No —dijo Singleton en voz baja, tratando una vez más de dar con las palabras adecuadas—. No sólo es eso. Mira, la actitud de Jeff este mes no se ha debido sólo a la pérdida de su padre. El verdadero problema ha sido que olvidarse de él significaba traicionaros a ti y a Ethan, los dos adultos a los que más quiere en el mundo.

—La traición es un concepto demasiado complicado para un niño de ocho años —dijo Bonnie, inmóvil.

—Lo sé, pero lo cierto es que Jeff está comenzando a consolidar su código propio, bajo el que vivirá el resto de su vida. Traicionar a la gente que ama es algo malo, y lo sabe. Así que se asustó cuando pensó que tal vez eso era lo que sucedía y que no podía hacer nada por impedirlo.

—Pero no nos estaba traicionando.

—Ya, pero él no lo entendía. Necesitaba hablar con alguien que se lo explicara, pero ese alguien tenía que ser una persona que no pudiera sentirse ofendida.

—Tú —dijo Bonnie, conteniendo las lágrimas—. No sé cómo agradecértelo, Singleton.

Él sintió un molesto calor en el rostro y se maldijo por ruborizarse.

—No es para tanto —dijo, quitándole hierro al asunto—. Somos amigos, ¿no?

Para su sorpresa, la expresión de Bonnie se nubló.

—Exacto —contestó ella—. Amigos —repitió y, soltando la mano de Singleton, se dirigió hacia la salida—. Será mejor que me vaya. Buena suerte con la investigación.

Cuando se hubo cerrado la puerta, las sombras invadieron nuevamente la librería.


Ethan oyó que alguien subía por las escaleras. El sonido de los pasos retumbaba en el pasillo que conducía a su oficina. Debía de tratarse de un hombre, y no parecía de muy buen humor.

Apartó las notas que había tomado hacía media hora, después de su charla con Singleton, se cruzó de brazos y esperó.

Los pasos se detuvieron brevemente ante la puerta de Investigaciones Truax. Ethan tuvo la sensación de que, fuera quien fuese, probablemente tenía dudas sobre si contratar un detective privado o no.

En esa situación, un empresario inteligente hubiera abierto la puerta y hubiese tratado de parecer simpático. Sin embargo, en ese momento Ethan estaba desbordado de trabajo, así que permaneció sentado. Con un poco de suerte, aquel cliente indeciso daría media vuelta y se iría.

Pero la puerta se abrió.

Estaba claro: las desgracias nunca vienen solas.

El hombre entró en la oficina. Ethan lo vio por el espejo estratégico. Era un tipo atlético, de mandíbula cuadrada, pulcro y rubio. Su atuendo era el típico de la gente adinerada de Arizona: pantalones a medida caros, camiseta tipo polo y mocasines. Tenía pinta de haber sido capitán del equipo de fútbol de su instituto, haber invitado al baile de graduación a la chica más popular del colegio y luego haberle bajado las bragas. Después, en la universidad, seguro que se había hecho miembro de la fraternidad adecuada, de la que había sido elegido presidente, y había salido con un montón de chicas rubias y pechugonas.

Se trataba de Nelson Radnor, el pez gordo de la competencia, Sistemas de Seguridad Radnor.

Ethan se recostó en la silla y apoyó los pies en la esquina del escritorio.

—¿Qué puedo hacer por ti, Radnor?

Nelson entró en el despacho y miró en derredor con expresión de desagrado.

—Pensaba que tu nueva esposa era decoradora —dijo.

—Pues sí, pero mi oficina es cosa mía.

—Ya lo veo.

—Un hombre tiene que poner ciertos límites en su lugar de trabajo. Siéntate.

Nelson observó las sillas que había delante del escritorio de Ethan, pero no hizo ademán de sentarse. Se acercó a la ventana.

—He oído que me has robado uno de mis mejores clientes —dijo, mirando la calle como si esperase ver algo interesante.

180

«Ése no era el motivo de su visita», pensó Ethan; Nelson no sonaba lo bastante cabreado.

—Te equivocas —respondió—. Yo no te he robado a Valdez. No tengo la capacidad ni el tiempo para ocuparme de un sistema de seguridad como el suyo. Vino a verme para que averigüe qué falla.

—Claro; así que vas a hacer una inspección y luego redactarás un informe que dirá que mis hombres han cometido algún fallo, ¿verdad?

—¿Es eso lo que ha ocurrido?

—Tal vez. O puede que alguien que contratamos no pudiera resistir la tentación cuando entró en el almacén de Valdez —dijo Nelson, mirándolo por encima del hombro—. Sea lo que sea, hará quedar mal a mi empresa.

—No será por mucho tiempo. El mercado de la seguridad en Whispering Springs es todo tuyo; todo el mundo lo sabe. Yo sólo he ocupado el huequecito que quedaba libre.

—No era así cuando estabas en Los Ángeles —repuso Nelson, impertérrito—. Allí jugabas en primera división. Tal vez aspires a algo más aquí en Whispering Springs.

—No negaré que tengo algunas aspiraciones —dijo Ethan, arrellanándose un poco más en la silla y contemplando sus zapatillas de deporte—, pero no precisamente hacerle la competencia a Radnor. Yo me dedico a cosas más pequeñas, a trabajos de un solo hombre que requieren un toque más personal. Sabes tan bien como yo que no te interesa ese segmento del mercado.

Radnor se dio la vuelta y lo observó. Luego hizo un movimiento con los hombros, como si quisiese estirar los músculos.

—Es gracioso que menciones lo del toque personal —dijo finalmente, con tono taciturno pero firme—. Da la casualidad de que tengo un trabajo para ti.

Fuera lo que se fuese, Ethan sabía que no sería nada bueno. Ya tenía suficientes casos entre manos como para aceptar otro que lo complicase aún más.

—Te agradezco que hayas pensado en mí —dijo—, pero en este momento estoy bastante ocupado.

—No tengo dónde escoger —murmuró Nelson—. Necesito a alguien como tú; eres el único que puede ayudarme.

—Alguno de tus empleados podrá ocuparse, ¿no?

—No quiero que nadie sepa de esto —reconoció Nelson bruscamente—. Por eso recurro a ti.

—Te lo agradezco, pero...

—Creo que mi mujer tiene un amante —soltó Nelson sin más dilaciones.

Lo que faltaba; de todos los detectives de la ciudad, ¿por qué Nelson había tenido que acudir a él? Sin embargo, ése era precisamente el problema, claro. En Whispering Springs sólo había dos empresas dedicadas a la investigación privada.

Ethan quitó los pies del escritorio, dándose tiempo, e irguió la espalda. Dudó un instante mientras buscaba una respuesta apropiada. Por desgracia, no había frases tópicas para aquella situación en particular; lo sabía por experiencia.

—Si te sirve de algo, sé lo que se siente —comentó.

Nelson se dio la vuelta, al parecer sorprendido.

—¿En serio? Pero si sólo llevas casado... ¿cuánto? ¿Un mes y medio? Vaya...

A Ethan le sentó como un tiro que Nelson diese por sentado que Zoe tenía un amante. Una cruda imagen de Zoe en brazos de otro hombre ocupó su mente un segundo, hundiéndolo anímicamente. Tuvo que hacer un esfuerzo para volver a la realidad.

—No estoy hablando de Zoe —dijo—. Me refería a una... relación anterior.

—Ya. Ahora recuerdo haber leído en algún sitio que has estado casado varias veces.

—¿Lo leíste en algún sitio? —preguntó Ethan, extrañado.

—Te he investigado un poco —reconoció Nelson, y se puso a pasearse por el despacho. Se detuvo frente al dibujo de una casa hecho por Theo—. Encontré lo de tus tres anteriores esposas, pero nada de hijos.

—Tal vez porque no tengo —dijo Ethan, impertérrito—. Ese dibujo es de mi sobrino.

Nelson se acercó a la biblioteca y cogió un libro al azar. Ethan reconoció la portada, negra y roja; se trataba de un volumen sobre casos de asesinato en San Francisco en el siglo XIX.

Nelson pasó las páginas sin prestar atención.

—¿Cuál de tus mujeres anteriores te engañó? —preguntó.

Ethan sabía seguro que habían sido las dos últimas, y todavía sospechaba de la primera. El líder de la secta por el que lo había abandonado no tenía pinta de demasiado casto. Sin embargo, no veía motivo alguno para dar más explicaciones. No estaba de humor para contarle sus intimidades a Nelson Radnor.

—He dicho que entendía por lo que estabas pasando —dijo, cogiendo su taza y dándose cuenta de que el café ya estaba frío—, no que te iba a contar la historia de mi vida. —Volvió a dejar la taza sobre el escritorio—. ¿Por qué no vas al grano y nos ahorras tiempo a ambos?

—Muy bien —contestó Nelson, cerrando el libro para devolverlo a su sitio—. Quiero contratarte para que descubras con quién se está viendo.

—No.

—Maldita sea, no te estoy pidiendo un favor. Te pagaré lo que me pidas.

—No.

—Vale, pues te pagaré el doble de lo que me pidas.

—Olvídalo.

—Me he dado cuenta de algo —dijo Nelson entre dientes—. Sale los martes y los jueves. También he mirado los movimientos de nuestra cuenta corriente; saca dinero todas las semanas, desde hace un mes.

—He dicho que no.

Nelson dio tres zancadas y se plantó frente al escritorio de Ethan.

—No puedo recurrir a mis hombres —dijo, visiblemente enfadado—. En menos de un minuto se enteraría todo el mundo. No puedo permitírmelo.

—No voy a aceptar este trabajo —insistió Ethan—. Odio los casos de divorcio, y más cuando el cliente es un amigo o un colega.

—Esto no es algo personal; no es más que un trabajo.

—Los casos de divorcio nunca son sólo un «trabajo». Sabes tan bien como yo que, por mucho que el cliente desee saber la verdad, nunca le resulta agradable que se la digan.

—Yo no soy un cliente normal; soy un profesional. Si averiguas el nombre del capullo que se acuesta con mi mujer, no te echaré la culpa.

—Por supuesto que lo harás. Es más, nunca podrás olvidar el hecho de que haya fotografiado a tu esposa entrando en un motel con otro hombre.

Nelson pareció desconcertado. Abría y cerraba la boca compulsivamente.

—No tienes que ponerte dramático conmigo —dijo cuando consiguió recobrar la compostura.

Ethan veía que el pobre hombre estaba deshecho; Radnor amaba a su mujer.

—¿Le has preguntado dónde va los martes y los jueves?

—No —respondió Nelson, sacudiendo la cabeza enérgicamente—. Se inventaría algo, como que va al gimnasio o la peluquería, y no quiero oírlo. Necesito saber la verdad.

Ethan comprendió que le daba miedo hablar con su esposa.

—Mira —dijo con su tono más amable—, tengo la intención de trabajar en esta ciudad durante mucho tiempo, lo cual quiere decir que tú y yo nos encontraremos a menudo. Habrá otros roces como éste con Valdez, nos veremos en los restaurantes y en las gasolineras...

—¿Y?

—Pues que eso no supondrá un problema si seguimos como hasta ahora. Como bien has dicho, somos profesionales; podemos permitirnos el competir de vez en cuando. Sin embargo, todo se enturbiaría si fuera yo quien te confirmase que tu mujer se ve con otro.

Nelson se lo quedó mirando unos instantes.

—Hablas en serio, ¿verdad? —dijo al fin—. No vas a aceptar el trabajo.

—Exacto.

Nelson miró alrededor con desdén.

—A juzgar por tu despacho, no te vendría mal aceptarlo.

—Es posible —dijo Ethan, encogiéndose de hombros—, pero no me moriré de hambre sin él.

—No, claro. Supongo que sabes apañártelas muy bien tú solito —repuso Nelson, tenso—. ¿Qué opina Zoe de que juegues en segunda división?

Aquella pregunta era un golpe bajo.

—Bueno, yo diría más bien que abarco un segmento del mercado que tú has dejado libre.

—Ya; así que no te importa que ya no seas el triunfador que eras en Los Ángeles, ¿eh?

—Zoe cree que ser detective es mi vocación.

—Lo ve de forma romántica, ¿verdad?

—Supongo.

—Yo también solía tener una visión romántica de la profesión —dijo Nelson, y echó otro vistazo alrededor—. Cuando comencé, pensaba que sería fantástico tener un despacho como éste y una secretaria bonita e inteligente en la recepción. Ya sabes, tener clientas misteriosas y acostarme con alguna de ellas.

—Acostarse con una clienta suele ser un error.

—Dímelo a mí; ¿cómo crees que conocí a mi mujer? Supongo que ya sabes lo que pasa cuando te lías con una clienta. Dicen que fue así como conociste a Zoe.

Ethan no respondió. De todas formas, Nelson no parecía esperar una respuesta, pues se volvió y se marchó.

Ethan se quedó sentado, escuchando el pesado andar de Radnor y pensando que ambos habían infringido una regla sagrada de su profesión.

Si pudiese retroceder en el tiempo, ¿se acostaría con Zoe, que técnicamente era una clienta? ¿Se inventaría una excusa para llevarla al altar tan rápidamente? Y ¿se esforzaría en darle una oportunidad a un matrimonio que parecía condenado al fracaso, sabiendo el riesgo que conllevaba?

Sin duda.

# 26

A las cinco y media de la tarde Ethan se desperezó, cogió su libreta y bajó a hablar de nuevo con su asesor.

Entró en la librería de su amigo y encontró a Singleton en su cubículo, inclinado sobre el ordenador.

—¿Duermes o trabajas? —le preguntó, apoyándose en el marco de la puerta—. Te pago para que me ayudes, no para que eches cabezaditas.

—Es propio de cualquier buen asesor quedarse dormido en el trabajo —repuso Singleton, quitándose las gafas y masajeándose las sienes—. Pensé que lo sabías. Además, la mitad de las veces que entro en tu despacho tienes los pies sobre el escritorio.

—Eso es porque estoy pensando.

—Pensando, ¿eh? —Se apartó del ordenador y se volvió hacia Ethan—. Y ¿has llegado a alguna conclusión?

Ethan abrió su libreta.

—Lindsey Voyle tiene toda la pinta de ser quien dice ser. Treinta y nueve años; estuvo casada con un productor que se divorció de ella el año pasado para casarse con una aspirante a actriz veinte años más joven.

—Vaya, qué notición.

Ethan prosiguió:

—Lindsey y su marido llevaban una vida de lo más glamurosa: fiestas, preestrenos, actos de beneficencia...

—Venir a Whispering Springs debe de haber sido como retroceder un par de peldaños en su carrera. ¿Tiene mucho trabajo como decoradora?

—Qué va —dijo Ethan, pasando una página de la libreta—. En algún momento fue la diseñadora de moda en Los Ángeles. Decoró las residencias y las oficinas de varias estrellas. Por lo visto, lo del divorcio fue algo desagradable, incluso para el mundillo de Hollywood; pero consiguió bastante pasta como para comprarse una casa en el desierto y montar un nuevo negocio. No hay indicios de que haya tenido problemas económicos o con la ley, y tampoco hay huecos misteriosos en su historial.

—Bueno, veo que tu parte no ha sido muy difícil —repuso Singleton, tamborileando con los dedos el borde del teclado—. La mía ha sido un poco más complicada.

—Eso es porque eres un asesor caro que se lleva una pasta por ocuparse de cosas difíciles. ¿Ha habido suerte?

—He contactado con nuestro viejo amigo, el Mercader.

El Mercader era el misterioso personaje que, a través de Internet, les había vendido a Zoe y Arcadia sus nuevas identidades tras su fuga del manicomio.

—¿Y bien? —preguntó Ethan.

—Me ha asegurado que nadie ha penetrado en su sistema. Me ha dicho que, si alguien ha dado con Arcadia, no ha sido gracias a él.

—Pero...

Singleton suspiró y dijo:

—El Mercader es bueno, pero siempre hay alguien mejor, y no hay ninguna identidad falsa que sea perfecta. Que se lo pregunten si no a todos los tipos que no han sobrevivido al programa de protección de testigos del gobierno.

—Ya. —No iba a ser tan fácil descubrir la verdad—. Además, hay otras maneras de encontrar a una persona, aparte de introducirse en el sistema del tipo que le vendió la identidad falsa.

—Tú debes saberlo mejor que yo —dijo Singleton—; es parte de tu trabajo.

—Grant Loring ganó una fortuna merced a varias estafas bien planeadas —dijo Ethan—. Los tipos como él siempre investigan mucho. Creo que podemos suponer que, en caso de que esté vivo, sabe más de las cuentas secretas de Arcadia de lo que ella cree.

—Bueno, al menos tenemos algo a nuestro favor. El Mercader me debe una, y me ha dicho que hará algunas investigaciones por su cuenta. Es probable que él tenga acceso a ciertas fuentes que yo ni siquiera conozco.

Ethan dio unos golpecitos en el marco de la puerta con su libreta.

—Tampoco es que demos palos de ciego —dijo—. Gracias a Arcadia, sabemos muchas cosas sobre Loring. Si está al acecho, dejará alguna huella.

—Arcadia dijo que era un tipo que cuidaba todo al detalle —comentó Singleton.

—De momento no se aloja en ningún hotel de la ciudad; lo he comprobado esta mañana.

—Lo cual nos deja toda el área metropolitana de Phoenix —dijo Singleton, estirando los brazos por encima de la cabeza—. Afortunadamente, como has dicho, gracias a Arcadia tenemos bastante información con la que trabajar. Esta mañana hablé con ella y me dio una lista completa de todas las excentricidades y costumbres de Loring; sé lo que le gusta comer, sus vinos preferidos, la ropa que suele ponerse, los coches, los deportes que practica...

—Una mujer que ha vivido con un hombre sabe muchísimo más sobre él de lo que uno piensa.

—Tal vez porque las mujeres prestan atención a los pequeños detalles que los hombres solemos ignorar. Son ellas las que se preocupan de tu colesterol y de que te controles la próstata.

—Ya —dijo Ethan, pensando en ello—. Ninguna de mis anteriores esposas se preocupó jamás de mi colesterol ni de mi próstata. ¿Crees que tal vez eso indicase que no estaban preparadas para una relación a largo plazo?

—Puede ser. ¿Zoe te ha salido ya con lo de la próstata?

—No, pero esta semana me ha cambiado el protector solar por uno de factor cuarenta y ocho.

Singleton silbó.

—Eso explica que tengas tan buen aspecto.

—Un comentario sarcástico más y no te dejaré jugar con mis nuevas luces de emergencia —le advirtió Ethan, y se volvió para irse, pero se detuvo un instante—. Por cierto, Jeff me ha dicho que tuvisteis una charla. Y creo que se siente mucho mejor; gracias.

—Nos sirvió a ambos —dijo Singleton, mirando la pantalla del ordenador como si hubiera algo realmente interesante en ella—. Obtuve tanto de ella como él.

—Me alegro. ¿Cuándo le pedirás a Bonnie que salga contigo?

—¿No te ibas por ahí a investigar?

—De hecho me iba a casa —repuso Ethan, mirando la hora y yendo hacia la salida—. Zoe me está esperando.

—Tienes suerte —musitó Singleton, tan suavemente que Ethan no lo oyó.

Zoe se encontraba en el pequeño aparcamiento de Casa de Oro cuando Ethan llegó.

Estaba lidiando con el enorme bolso negro que llevaba ese día y con dos bolsas de supermercado a rebosar que trataba de sacar del maletero. La posición en la que estaba, inclinada hacia delante, le proporcionó a su marido una bonita visión de su escultural trasero, cosa que disfrutó mientras se apeaba del todoterreno.

Zoe ya había conseguido coger una de las bolsas con el brazo e iba por la otra, cuando Ethan la alcanzó por detrás.

—Ya me ocupo yo —dijo él.

—¡Ethan! —exclamó ella y, sorprendida, estuvo a punto de golpearse la cabeza con la portezuela del maletero—. No te he oído.

—Eso es porque me he entrenado para moverme con sigilo.

—¿Seguro? —dijo ella, mirándole los pies—. Yo creo que ha sido porque llevas zapatillas.

—Éstas no son unas simples zapatillas —contestó Ethan, cogiendo la bolsa que Zoe sostenía con el brazo—. Son zapatillas de atletismo de alta tecnología.

—Ah, claro; eso lo explica todo.

Ethan sacó la otra bolsa y esperó a que su mujer cerrase el maletero, para luego caminar juntos hasta el portal de hierro verde.

—¿Y bien? —preguntó Zoe, sacando su llavero del bolso para abrir el portal—. ¿Cómo te ha ido hoy? ¿Has descubierto algo más sobre Lindsey Voyle?

—Sé que no quieres creerlo, pero parece ser exactamente quien dice ser: una decoradora de Los Ángeles que se ha divorciado hace poco y que acaba de montar un negocio en Whispering Springs.

—¿Y no te parece extraño que alguien de Los Ángeles haya elegido una ciudad pequeña para comenzar de nuevo?

Ethan se limitó a mirarla. Ella frunció el entrecejo y dijo:

—Vale, tú también eres de Los Ángeles y viniste aquí a comenzar de nuevo. ¿Lo pillas ahora? Eso prueba mi teoría, ya que tu pasado no es muy normal que digamos...

—En eso llevas razón...

—Así pues, en el fondo no crees que Lindsey Voyle esté libre de polvo y paja, ¿verdad?

—Cariño, te juro que lo he contemplado desde todos los enfoques posibles. Hasta que se mudó aquí, se había pasado la vida decorando las casas de las estrellas de Hollywood y bebiendo champán del caro con los ricos y famosos. No hay ningún misterio. Además, recuerda que tú misma dices que en casos como éste mi intuición no suele fallar.

—Ya —admitió Zoe a regañadientes, dándose por vencida.

Ethan le tomó la barbilla con delicadeza y la besó cariñosamente. Cuando notó que la boca de Zoe se ablandaba un poco, se apartó.

—Ten un poco de fe en tu detective, ¿vale? —le pidió.

—Vale —contestó ella, esbozando una lánguida sonrisa.

Siguieron andando.

—No he descubierto nada realmente interesante sobre tu archienemiga —dijo Ethan—, pero hoy he recibido una interesante visita de la competencia.

—¿De Nelson Radnor? —Zoe miró a su marido con cara de preocupación—. ¿Por lo de Valdez? Ya me imaginaba que se iba a enfadar.

—No lo bastante; me ha ofrecido trabajo.

Zoe hizo una mueca.

—¿Te ha vuelto a ofrecer un puesto en Radnor? No me sorprende. Le vendrías muy bien a su empresa. Supongo que has dicho que no, ¿verdad?

—En realidad quería que vigilase a su mujer; cree que tiene un amante.

—Madre mía —soltó Zoe, y se detuvo en seco—. Te has negado, ¿no?

—Oye, sólo porque sea del sur de California no quiere decir que tenga el cerebro de un surfista. Le he dicho que no acepto casos de divorcio, y menos si se trata de un colega.

Zoe se estremeció y siguió caminando rápidamente.

—Te hubiera puesto en una situación terriblemente incómoda. Ya tuviste bastante con lo de Katherine Compton y Dexter Morrow. Imagínate lo que pasaría si descubrieses que la mujer de Radnor tiene un romance con otro hombre; a Nelson no le haría ninguna gracia que le dieras la noticia.

—Eso mismo le he dicho; no le ha gustado, pero creo que lo ha comprendido.

Se detuvieron de nuevo, esta vez frente a la entrada del edificio de apartamentos.

Una vez dentro, la puerta del despacho de Robyn Duncan se abrió de repente, como si ésta los hubiera estado esperando. Ethan se percató de que el habitual desenfado de la administradora se vio menguado en cuanto lo vio a él. Definitivamente, la tenía tomada con Zoe.

«Mantente al margen —se dijo Ethan, sin detenerse—; ésta no es tu guerra.»

—La estaba esperando, señora Truax —dijo Robyn, tratando de sonar amable—. Hay un problema con la cerradura de su apartamento.

Ethan se detuvo y se dio la vuelta.

—A la cerradura no le pasa nada —contestó Zoe sin detenerse—. Funciona perfectamente.

—Me temo que no —dijo Robyn—. No he podido abrirla con mi llave maestra.

—Eso es porque he cambiado la cerradura —respondió Zoe, adelantando a Ethan.

—En el reglamento del edificio pone bien claro que el administrador debe tener acceso a cualquier apartamento —arguyó Robyn—. Es una simple cuestión de seguridad.

—Al antiguo administrador no le importó que cambiase la cerradura.

—El antiguo administrador ya no trabaja aquí. —Robyn carraspeó—. Teniendo en cuenta la poca atención que prestaba a los detalles, seguramente ni siquiera se dio cuenta de que usted había cambiado la cerradura.

«Es verdad», pensó Ethan, pero prefirió mantener la boca cerrada.

—Yo le alquilé el apartamento al antiguo administrador, y doy por sentado que los acuerdos a los que llegué con él siguen vigentes —dijo Zoe, y se detuvo en mitad de la escalera para mirarla—. Consideraré cualquier intento de modificarlos como una violación de mis derechos de inquilina. Si insiste, tendré que consultarlo con mi abogado.

—No hay necesidad de meter a su abogado en esto —dijo Robyn al punto—. Estoy segura de que podemos solucionarlo. No me importa que haya cambiado la cerradura, pero necesitaré una copia de la llave.

—Me niego en redondo.

Lo último que Ethan quería era intervenir en aquella conversación, pero ya no tenía elección.

—¿Podría decirme cómo sabe que Zoe cambió la cerradura? —le preguntó.

—Pues porque intenté abrirle la puerta al técnico —contestó Robyn, poniéndose a la defensiva—. A pesar de todo, en adelante agradecería que me avisasen cuando alguien venga a reparar algo o a hacer alguna entrega a su apartamento.

Zoe apretó con fuerza el asa de su bolso y miró a Ethan, alarmada.

—¿Nos está diciendo que esta mañana alguien le pidió entrar en el apartamento de mi esposa?

—Efectivamente. Como acabo de decirles, aunque no estaba enterada, pensé que les haría un favor si le dejaba entrar. Pero mi llave maestra no abrió la cerradura.

—¿Quién era? —preguntó Ethan.

Robyn frunció el entrecejo.

—El técnico que iba a reparar el televisor, por supuesto. Llegó a mediodía. Ha sido una suerte que me encontrase en mi despacho. Mi horario figura bien claro en la puerta. Suelo cerrar de doce a una para comer, pero tuve que atender una llamada y...

—Hoy no esperábamos a ningún técnico —dijo Ethan.

Robyn se quedó boquiabierta y pestañeó un par de veces. Luego trató de justificarse.

—No puede ser; tenía un formulario debidamente cumplimentado.

—¿Iba a dejar entrar en mi apartamento a un completo desconocido? —dijo Zoe, indignada—. ¿Qué clase de administrador es usted?

—Nunca dejaría entrar a nadie en ningún apartamento sin que yo lo acompañase —replicó Robyn, ofendida—. Mi política es muy estricta en cuanto a las reparaciones a domicilio. Si el inquilino no está en casa, me quedo con el técnico en cuestión hasta que acabe. Es por eso que esta clase de cosas deben ser avisadas con antelación.

—Descríbame a ese hombre —dijo Ethan, tratando de que su tono no sonase amenazador, lo cual no le resultó fácil.

Robyn parpadeó varias veces, consciente de que había metido la pata.

—Bueno, tenía aspecto de... de técnico —dijo—. Iba de uniforme y llevaba una caja de herramientas y varios formularios.

—¿De qué color tenía el pelo? —le preguntó Zoe—. ¿Era alto o bajo?

—¿Qué edad cree que tenía? —preguntó Ethan.

—¿El pelo? —repitió Robyn, retrocediendo con nerviosismo hacia su despacho—. No me fijé.

—¿Largo o corto? —insistió Ethan.

—Corto —respondió Robyn, retrocediendo un paso más—. Creo; no estoy segura. Llevaba puesta una gorra.

—¿Le dijo su nombre? —preguntó Ethan.

—No —contestó Robyn, y tragó saliva—. Creo que lo llevaba bordado en el uniforme, pero no lo recuerdo. Era algo largo.

—¿Y el nombre de la empresa? —preguntó Zoe.

—No me acuerdo. —Robyn suspiró; comenzaban a brillarle los ojos.

Maldición, estaba a punto de ponerse a llorar, pensó Ethan.

—Cálmese. Sólo tratamos de saber cómo era. Por lo visto, debió de ser un ladrón que, sabiendo que no estábamos en casa, pretendió convencerla para que le dejase entrar en el apartamento y así robar el televisor o el ordenador.

Robyn palideció.

—Nunca permitiría que ocurriese algo así —aseguró.

—¿Se fijó en su vehículo? —preguntó Ethan.

—No.

—Supongo que ahora entiende por qué prefiero no darle una llave —dijo Zoe, dándose la vuelta para seguir subiendo—. Vamos, Ethan; necesito un trago.

—Si recuerda algo en particular de ese hombre, hágamelo saber, Robyn.

—¿Por qué? —preguntó ella sin comprender nada.

—Porque me gustaría encontrarlo y preguntarle qué demonios pretendía.

—Puede que no fuese un farsante. Tal vez se equivocó de dirección.

—Nunca se sabe —contestó Ethan, subiendo las escaleras—. Si era un ladrón, es posible que vuelva a intentarlo con otro apartamento. Después de todo, ahora ya sabe que usted está dispuesta a abrirle la puerta.

Robyn prorrumpió en sollozos, se volvió sobre los talones y corrió hacia su despacho. Una vez dentro, cerró de un portazo.

Zoe llegó al rellano y se dio la vuelta con una expresión de culpa en el rostro.

—Hemos sido un poco duros, ¿no crees? —le dijo Ethan—. Tal vez deba ir a hablar con ella.

—Olvídalo —dijo él, dirigiéndose al apartamento—. Merece sentirse mal.

—Supongo que sí —admitió Zoe, siguiéndolo—. Oye...

—¿Qué?

—¿Estás pensando lo mismo que yo? ¿Que tal vez ese tipo no fuera un simple ladrón? ¿Que tal vez tenga que ver con lo de Arcadia?

—Sí, se me ha pasado por la cabeza —contestó Ethan, esperando a que ella abriese la puerta—. Llamaré a Harry y Arcadia y les contaré lo ocurrido.

Una vez en el apartamento, Ethan dejó las bolsas de la compra en la cocina y sacó su teléfono móvil.

—Si esto tiene relación con Arcadia —dijo Zoe—, ¿por qué querría ese hombre entrar en nuestro apartamento?

—Quizá porque sabe que sois buenas amigas. Tal vez quería más información sobre Arcadia y supuso que podría conseguirla aquí.

Zoe metió la mano en una bolsa y sacó un cartón de leche. Parecía pensativa.

—Esta vez ha sido un hombre, no una anciana con sombrero y cámara de fotos. Si Loring está detrás de todo esto, es evidente que cuenta con más de un compinche.

—A menos que el técnico fuera Loring disfrazado.

—Dios mío, no lo había pensado. Ojalá orejas de elfo nos hubiera dado una descripción más detallada.

—El típico testigo. No estaba prestando atención —comentó Ethan, llevándose el teléfono al oído.

Zoe soltó una risita burlona.

—Todo lo que le preocupaba era que yo no hubiera seguido sus benditas reglas.

Ethan observó cómo Zoe abría la nevera y metía dentro el envase de leche. La etiqueta no le resultaba familiar.

—¿Qué diablos es eso? —preguntó, mientras esperaba a que Harry cogiese el teléfono.

—Leche de soja —contestó ella, volviéndose para sacar una bolsa de brócoli de la bolsa de la compra—. Se supone que es buena para el colesterol y para la próstata.

—¿En serio? —dijo Ethan. De repente veía el futuro con mejores ojos. Zoe se estaba preocupando por su colesterol y su próstata, sin duda una buena señal.

Todavía estaba sonriendo cuando Harry contestó.

# 27

Más tarde, cuando hubieron recogido la mesa y puesto los platos de la cena en el lavavajillas, Zoe sirvió dos copitas de brandy y las llevó a la sala.

Ethan estaba hablando por teléfono de nuevo, esta vez con Singleton. Ya era la quinta o sexta llamada de la noche.

Zoe dejó las copas sobre la mesa y observó la expresión seria y concentrada de su esposo. Hablaba con Singleton en aquel tono tan reposado y monocorde que usaba cuando estaba inmerso en una investigación. Irradiaba una especie de fuerza, de energía contenida y completamente bajo control.

A Zoe le sorprendía su resistencia. Cualquiera en su lugar hubiera estado extenuado; ella, por lo menos, lo estaba. No habían dormido nada desde que, por la madrugada, Harry y Arcadia habían llamado a su puerta. Sin embargo, mientras ella se había pasado el día pensando en su amiga y tratando de imaginarse cómo encajaba Lindsey Voyle en todo aquello, Ethan no había parado de trabajar ni un momento. Tal vez esa tónica de trabajo era justo lo que necesitaba Ethan para quitarse de la mente los malos recuerdos que le traía noviembre.

—De acuerdo; llámame si te enteras de algo más —dijo Ethan.

Colgó y apuntó algo en un papel antes de fijarse en el brandy—. Gracias, cariño.

—De nada —contestó Zoe, y, sentándose en el sofá enfrente de Ethan, estiró las piernas sobre los cojines—. ¿Qué te ha dicho Singleton?

—El Mercader ha vuelto a contactar con él —dijo Ethan, reclinado en la silla—. Ha encontrado a un tipo de la competencia que tal vez sea el que le haya vendido a Loring su nueva identidad.

—Eso es un paso adelante. Si nos enteramos de la nueva identidad de Loring, será muy fácil dar con él.

—No necesariamente. Puede que haya vuelto a cambiar de identidad para buscar a Arcadia —dijo Ethan, y tomó un sorbo de licor—. Pero esa información no nos vendrá nada mal, por supuesto.

—¿En qué estás pensando?

Ethan apoyó la cabeza en el respaldo de la silla.

—Estoy pensando que damos por sentado que es Loring quien está persiguiendo a Arcadia, pero ¿y si no es así?

—Tú mismo dijiste que eso era lo más lógico.

—Y lo sigo creyendo. —Ethan la miró a los ojos—. Pero hay otras posibilidades —dijo, girando la copa entre las manos—. Me refiero a esa sensación que tuviste en la Casa Soñada por los Diseñadores y en el despacho de Arcadia.

A Zoe se le hizo un nudo en el estómago. La copa que sostenía estuvo a punto de caérsele al suelo. Con cuidado, la colocó sobre la mesilla.

—¿Qué tratas de decirme, Ethan? ¿Que esas sensaciones no eran sólo fruto de mi imaginación?

—Exacto —contestó él, y bebió más brandy—. A menos que tú creas que lo imaginaste.

—Pues no —dijo Zoe, nerviosa.

—Te creo. No sé qué fue lo que percibiste en esos sitios, pero no pongo en duda tu... eh... intuición.

Zoe no dijo nada. Estaba demasiado cansada para discutir sobre sus poderes psíquicos; eso era lo último que ambos necesitaban aquella noche.

Se quedaron callados un momento, bebiendo el brandy y dejando que el silencio los envolviera. Para cambiar de tema, Zoe pensó en la conversación que mantenían cuando Robyn los había interrumpido con la historia del falso técnico.

—Todavía no puedo creer que Nelson Radnor te haya pedido que siguieses a su mujer —dijo—. Tiene un montón de detectives a su cargo.

—No quiere que intervenga nadie de su plantilla porque teme que el rumor corra como la pólvora.

—Ya, debe de ser bastante molesto que tus propios empleados hablen de que tu mujer tiene un amante. —Zoe suspiró—. De todas formas, ¿no crees que es un poco raro que quiera contratar a alguien para ese trabajo? O sea, es su esposa, y él es un detective con experiencia. ¿Por qué no se encarga él mismo? ¿Por qué hacer partícipe a otro de su situación personal?

Ethan observó su copa de brandy.

—Quiere una respuesta —dijo al cabo—, pero eso no significa necesariamente que desee ver a su mujer saliendo de un hotel con otro. Eso sería... algo muy duro para cualquier hombre.

Zoe pensó en los tres anteriores matrimonios de Ethan. Era de suponer que, en una o dos de aquellas relaciones fallidas, uno de los cónyuges había tenido algún desliz; pero ella estaba segura de que no había sido Ethan.

Para alguien casado cuatro veces, Ethan estaba sorprendentemente chapado a la antigua en lo referente al honor, el compromiso y la fidelidad.

—Si fuera al revés —dijo Zoe en voz baja—, también sería muy difícil para una mujer ver a su marido salir de un hotel con otra.

—Pero hay gente que necesita saberlo —dijo Ethan, dejando sobre la mesa la copa de brandy, vacía—, así que acude a detectives privados.

—Pues yo creo que tú no contratarías a otro detective. Si necesitases averiguar la verdad, lo harías por ti mismo; no dejarías que otro hiciera el trabajo sucio por ti.

—No. No lo haría.

Había algo raro en esa respuesta. Zoe no logró identificarlo, pero, fuese lo que fuese, le preocupó.

Al cabo de unos segundos de un silencio incómodo, se le ocurrió algo que la perturbó tanto que escupió sin querer el sorbo de brandy que acababa de tomar.

—¿Ethan?

—¿Sí?

—No estarás insinuando lo que creo que estás insinuando, ¿verdad? No puedo creer que... —Hizo una pausa, incapaz de decir lo que tenía en mente. Tuvo que hacer un gran esfuerzo para pronunciar las palabras—. No estarás insinuando que crees que tengo un romance con otro hombre, ¿no?

A Ethan la pregunta pareció resultarle apabullante, como si Zoe le hubiera pedido que le explicara en una sola frase el origen del universo.

—No —contestó, mirándola de forma fría y serena.

A ella le pareció una respuesta sincera que no dejaba lugar a dudas.

—Bueno, es un alivio —dijo, cogiendo la copa para beber un fortalecedor sorbo de brandy—. Por un momento pensé que la visita de Radnor te había metido esa idea en la cabeza.

—Tú no me engañarías con otro.

A Zoe la conmovió la seguridad con que Ethan lo dijo.

—Y tú no me engañarías con otra. Parece que es algo que tenemos en común, ¿eh?

—Pues sí, en eso sí que estamos de acuerdo.

El corazón volvió a darle un vuelco; era la segunda vez en cinco minutos. ¿Qué pasaba ahora? Se sentía como si estuviera en una especie de montaña rusa invisible. Carraspeó y dijo:

—Para el éxito a largo plazo de una relación de pareja es vital que los cónyuges tengan una ética similar.

Genial; sonaba como la cita de un libro de psicología conyugal. «Las diez reglas de la doctora Zoe para un matrimonio maravilloso.»

Ethan la miró burlón.

—Lo creas o no, ya había llegado a esa conclusión —reconoció.

Aquello era la gota que colmaba el vaso.

—Ethan, ¿qué te ocurre? Estás raro.

—Lo siento —dijo él, frotándose la nuca—. Ha sido un día muy largo.

Zoe bajó los pies al suelo.

—Hemos quedado en que no te engaño con nadie, así pues, ¿qué es lo que te preocupa? Sé que tiene que ver con nosotros, no con lo que le pasó a tu hermano ni con lo que le pasa a Arcadia. Cuéntamelo.

—Hay veces que un hombre prefiere no oír las respuestas a sus preguntas —dijo él.

—Haz un esfuerzo, Ethan; por favor. No puedo soportar que haya secretos entre nosotros. —Por un instante, Zoe pensó que su marido se negaría.

—Muy bien —dijo él finalmente—. Me pregunto si te arrepientes de haberte casado conmigo.

—¿Qué?

—Que tal vez sientas que debes seguir porque te hice prometerme que harías lo posible para que lo nuestro funcionara, y tú eres de la clase de personas que cumplen lo prometido.

Zoe no se lo podía creer. Era lo último que hubiera esperado escuchar de él.

—¿De dónde has sacado la idea de que tengo dudas sobre nuestro matrimonio? —repuso con un susurro.

—De la manera en que a veces pareces encerrarte en ti misma y alejarte de mí —contestó Ethan, impertérrito—. Cada vez lo haces más a menudo, sobre todo cuando hablamos de lo que sientes cuando entras en ciertas habitaciones.

—Ethan, yo...

Zoe no sabía qué decir. No tenía ni idea de cómo enfrentarse a esa cuestión. Ethan estaba en lo cierto. Ella estaba cada vez más frustrada por el hecho de que él no creyera en sus poderes psíquicos. Sin embargo, ¿qué derecho tenía ella a obligarlo a creer en algo que la mayoría de la gente inteligente y racional hubiera considerado, en el mejor de los casos, un autoengaño y, en el peor, una estafa?

—Tengo la impresión de que si no acabo aceptando que posees un sexto sentido, será imposible sacar nuestro matrimonio adelante —dijo Ethan—. ¿Tengo razón?

A Zoe la invadió una extraña sensación de pánico. Aquél no era ni el momento ni el lugar para aquella conversación. Tenían otros problemas más urgentes que resolver. «Vale, esperaba posponer esto un tiempo más... bueno, indefinidamente —pensó Zoe—. ¿Y qué? No quiero perder a este hombre. Lo amo.» Ethan no era de esos que van por la vida posponiendo lo inevitable.

Zoe se cogió las rodillas y tuvo que tragar saliva para sincerarse.

—Si no acabas aceptando esa parte de mi ser —dijo con calma—, temo que te resultará imposible vivir conmigo. Al menos como esposo. Tal vez podríamos ser amantes e ir tirando, pero el matrimonio es otra cosa.

—¿Otra cosa?

Zoe sintió un dolor agudo en el pecho. Había cruzado los dedos con tanta fuerza que los nudillos se le habían vuelto blancos.

—Ethan, yo ya he vivido un matrimonio en el que tuve que esconder esa parte de mí. Yo quería mucho a Preston, pero era consciente de que él nunca habría aceptado que yo tenía poderes psíquicos. Habría temido por mi salud mental y me habría hecho examinar por médicos y especialistas. La tensión de nuestro matrimonio se habría vuelto insoportable.

—¿Nunca se lo contaste?

Zoe negó con la cabeza.

—No quise hacerle cargar con ese peso, porque sabía lo terrible que sería para él. Para nosotros. Me costó muchísimo fingir que era una mujer... normal. Luego, cuando él murió, comencé a despertarme por las noches y a preguntarme si... si... —Cerró los ojos, tratando de no llorar.

—Si vuestro matrimonio habría tenido éxito en caso de que Preston no hubiera muerto y tú le hubieses contado la verdad.

Zoe asintió y las lágrimas afloraron a sus ojos. «Por favor —pensó—, ahora no.» Lo último que deseaba era montar una escena. Irritada, se secó las lágrimas con el dorso de la mano. «Respira

—se dijo—; actúa con normalidad. Puedes hacerlo. Has fingido toda tu vida.»

Sin embargo, no quería fingir nada con Ethan.

Cuando consiguió recobrarse un poco, abrió los ojos y vio que Ethan la estaba mirando con intensidad.

—Y te sentiste culpable —concluyó él.

—Creo que, tarde o temprano, habría tenido que contarle la verdad —reconoció ella—. No es el tipo de secreto que se puede mantener para siempre; no en un matrimonio.

Ethan se puso de pie, se acercó al sofá, se agachó y abrazó a Zoe.

—Por si no lo habías notado, hay una diferencia muy grande entre nuestro matrimonio y el tuyo con Preston —le dijo, levantándole la barbilla para mirarla a los ojos—. El hecho de que creas que tienes poderes psíquicos no es ningún secreto para mí, ¿recuerdas?

—Lo sé, pero viene a ser lo mismo, porque no me crees.

—Pues yo creo que no tiene nada que ver. Sé que estás convencida de que tienes esos poderes. Yo, simplemente, creo que posees una intuición superior al resto de la gente. Sin embargo, dejando a un lado cómo interpretemos cada uno esa capacidad tuya, quiero que te quede claro una cosa: yo no creo que tengas que ver a ningún médico. Tú no estás loca.

—Ethan... —susurró ella.

Él la besó, disipando cualquier duda que ella pudiera tener y, de paso, dejándola sin aliento.

—Has tenido algunas experiencias muy desagradables por culpa de tu intuición —añadió él—, por eso crees que no eres normal.

—Tienes razón —dijo Zoe, abrazándose a sí misma—, no soy normal.

—Bueno, qué diablos, yo tampoco. Ya te dije que era todo lo contrario de mi hermano Drew. Él lo hacía todo bien; superaba todas las expectativas. Siempre fue a más, desde la guardería hasta que llegó a presidente de la empresa en que trabajaba, y por el camino tuvo tiempo de casarse con la mujer que amaba y de tener dos hijos maravillosos.

Sí, pero Drew había sido asesinado a sangre fría, pensó Zoe, y .

Ethan había tenido que hacerse cargo de su familia y conseguir que se hiciera justicia.

—Sé lo que tratas de hacer —murmuró—, pero no es necesario.

—Yo, en cambio —prosiguió él—, lo he hecho todo mal. No acabé la facultad, me he casado cuatro veces y mi empresa fue a la bancarrota, dejando una deuda multimillonaria. Mi vida ha sido una seguidilla de fracasos.

—¡Basta! —exclamó ella, cogiéndole por las manos—. No digas eso; tú no eres un fracasado.

—Y tampoco pienso que estés loca porque creas en lo sobrenatural —continuó él.

—Ethan...

—Te quiero más de lo que nunca he querido a nada ni a nadie en mi vida.

Antes de que Zoe pudiera responder, Ethan la besó de nuevo, esta vez no para hacerla callar sino llevado por un deseo que le surgió de lo más profundo de su ser, una avidez visceral que hizo temblar a Zoe.

La desesperación que había sentido hacía sólo un momento se evaporó bajo el abrasador fuego de la pasión. Zoe era consciente de que el deseo que se había despertado entre ambos no iba a resolver sus problemas, pero era una droga potentísima que les haría olvidar por unos momentos las inquietudes y preocupaciones.

Se besaron con ardor y Zoe notó la erección de su esposo. El hecho de saber el deseo que ella despertaba en él la excitaba, la hacía sentirse poderosa. Lo abrazó por el cuello sin despegar su boca de la de él.

Ethan la sujetó por la nuca y exploró su boca profundamente. Por un instante Zoe pensó que él trataba de parecer peligroso; pero no, Ethan no estaba actuando en absoluto. Había algo de verdadero depredador en su interior y eso le provocaba una sensación increíblemente erótica, porque ella sabía que, aunque él era un cazador nato, era su cazador. Podía confiar en él de una manera en que nunca había confiado en nadie.

Zoe metió las manos por debajo de la camiseta negra de Ethan y le hincó las uñas en su musculoso pecho. Él contuvo la respiración un instante, para luego soltar el aire con un gruñido de indisimulado placer.

A Zoe le pareció que la habitación daba vueltas a su alrededor y, cuando el mundo dejó de girar, se encontró tumbada sobre la alfombra. Ethan estaba encima de ella, inmovilizándola con una mano y una pierna. Con la otra mano le desabrochó la blusa y el sujetador, para luego pasar a los pantalones y las bragas.

Ethan colocó una pierna entre las de ella y la movió hacia arriba, separándole los muslos hasta que tuvo la rodilla bien apretada contra Zoe. Ella sabía que ya estaba mojada y que él lo notaba.

Zoe deslizó las manos por las costillas de Ethan, que se inclinó sobre ella y le tomó un pezón con la boca, para luego buscar su sexo con los dedos. El delicioso movimiento de su mano, junto a la succión que ejercía sobre el pecho, hizo que Zoe moviese las caderas buscando aliviar su creciente excitación, pero sólo consiguió que ésta se hiciera más intensa.

Una energía imparable le recorrió el cuerpo, provocándole una lujuriosa sensación de completo desenfreno. Ethan la hacía soltarse en más de un aspecto. Además de poder discutir con él sobre si ella tenía o no poderes psíquicos, también él podía desatar el lado más furiosamente sexual de su ser, una faceta que había ignorado hasta que se habían conocido. Su vida sexual podía dividirse en dos etapas: antes de Ethan y después de Ethan.

El sexo antes de Ethan había resultado agradable, pero no particularmente extraordinario. Sin embargo, el sexo después de Ethan había cambiado por completo lo que ella entendía por tener buen sexo; era una experiencia ardiente, intensa y excitante. Sólo con Ethan se había percatado de que poseía una naturaleza sorprendentemente apasionada. Ese descubrimiento la había impactado más, y de manera más extraña, que el saber que tenía poderes psíquicos, algo de lo que había sido consciente toda su vida.

Ethan introdujo dos dedos dentro de ella. Zoe se estremeció y tensó el cuerpo. Él la besó. Ella bajó la mano, le desabrochó los pantalones y tomó en su mano la voluptuosa erección de su esposo.

—Quiero tenerte dentro —musitó, tratando de guiarlo con la mano—. Ahora.

La risa de Ethan fue como la áspera lengua de un gato contra su piel.

—Aún no —respondió—. Primero quiero que me muestres cuán fuerte y rápido te gusta.

Ella esbozó una sonrisa, sintiéndose infinitamente misteriosa y seductora.

—Sucede que a veces me gusta lento y suave —dijo.

—No hay inconveniente —respondió Ethan, y los ojos le brillaron.

Zoe se frotó contra los dedos de él, decidida a conseguir lo que ansiaba. Se movió una y otra vez, arqueándose, alimentando el placer creciente que se arremolinaba en su bajo vientre. La presión del pulgar de Ethan contra su clítoris no disminuía un ápice.

Cuando ya no pudo más, lo rodeó con las piernas y apretó los muslos contra él, notando cómo Ethan iba perdiendo el control.

Él le susurró al oído palabras sensuales y provocativas, llevándola al límite.

Zoe no aguantaba más.

Entonces Ethan hizo que ambos se volvieran y él apoyó la espalda contra el suelo. Totalmente excitado, observó cómo su esposa, a horcajadas, bajaba lentamente sobre él, y, sujetándola por las nalgas, la embistió hacia arriba con fuerza. Ella sucumbió a la primera penetración, dejando que el clímax la engullera como una ola gigante.

—Zoe... —murmuró Ethan, apretándole las nalgas.

Todo su cuerpo se tensó, y siguió embistiéndola hasta casi perder el conocimiento.


Al cabo de un buen rato fueron al dormitorio. Zoe estaba tan cansada que no tuvo fuerzas ni para ponerse un camisón, así que se metió directamente entre las sábanas. Ethan hizo lo propio y la abrazó.

Ella notó cómo él se quedaba dormido casi de inmediato; el remedio mágico de Ethan para el insomnio había vuelto a funcionar a las mil maravillas.

Sin embargo, no surtió el mismo efecto en ella. Aunque estaba exhausta permaneció despierta, pensando en el pasado y en el presente. Aquella noche no habían conseguido resolver nada. Ethan seguía sin creer que ella tuviera poderes psíquicos, pero al menos no pensaba que estuviese loca. Zoe se sentía confundida.

Lo cierto era que con Ethan todo era diferente, no sólo el sexo.

Se acurrucó contra él, disfrutando de la seguridad que le proporcionaban la fuerza y el calor de su cuerpo.

Al cabo de un momento se durmió.

Fue una buena noche. No tuvo ningún sueño.

# 28

A las seis y media de la mañana siguiente, Zoe vertió un poco de leche de soja sobre una ración extra de muesli y puso el tazón enfrente de Ethan, que no dejaba de repasar su libreta de notas.

Zoe se sentó a su lado y le entregó sus vitaminas de cada mañana.

—¿Cuáles son los planes para hoy? —preguntó.

—Los mismos de ayer. Seguir investigando.

Zoe abrió el bote de los comprimidos de calcio.

—Se me ha ocurrido una idea —dijo.

—¿Sí? —Cogió la cuchara sin levantar la vista de la libreta.

—Todavía tenemos dudas con respecto a la implicación de Lindsey Voyle, ¿no?

Ethan detuvo la cuchara encima del tazón de muesli y miró a Zoe con cara de fastidio.

—Ya te he dicho que he investigado a esa mujer desde seis perspectivas distintas, cariño. Está limpia. No hay nada que la relacione con Loring ni con ninguna de las personas que figuran en la lista de sus socios y enemigos que nos dio Arcadia.

A Zoe le irritó su tono lógico y razonable. Si querían que aquel matrimonio funcionase, Ethan iba a tener que aceptar que una noche de buen sexo no bastaba para que ella se retractara de sus opiniones.

—Mi intuición psíquica percibió algo en dos lugares donde Lindsey Voyle había estado recientemente. No creo que sea una coincidencia —dijo. Sabía que parecía obstinada, incluso testaruda, pero no pensaba cejar.

—Conque intuición psíquica, ¿eh? —dijo Ethan, esbozando una sonrisa—. ¿Así has decidido llamarlo?

—Se me ocurrió hace unos minutos, mientras preparaba el desayuno. Me parece el justo medio, ¿no crees?

—Ajá. Bueno, lo llames como lo llames, no creo que nos ayude a resolver este caso. Repito que no hay nada que relacione a Lindsey con Arcadia.

—Lo sé; pero tal vez yo pueda descubrir algo.

—Esperaba que lo dijeses.

Zoe sonrió con dulzura.

—Oye, puede que, después de todo, tú también tengas poderes psíquicos.

—No.

—No ¿qué?

Ethan la miró de forma inquisitiva.

—No vas a hacer lo que sea que quieras hacer en casa de Lindsey —contestó.

—Sólo quiero echar un vistazo.

—Ni hablar.

—Sería fácil entrar en su casa de forma legítima. Es una de las clientas habituales de Arcadia y seguro que ella podría ayudarme. Sólo echaría un vistazo, no correría ningún riesgo.

—No me lo creo.

Zoe tomó una cucharada de cereales.

—Lo digo muy en serio, Zoe. Yo estoy a cargo de esta investigación, así que las cosas se hacen a mi manera, ¿entendido?

—Es una actitud un poco intransigente, ¿no crees?

—Tal vez, pero no me preocupa. Me gusta estar al mando —respondió Ethan, llevándose a la boca una cucharada de cereales. Comenzó a masticar pero se detuvo bruscamente. Miró el muesli con cara de asco—. ¿A qué demonios sabe esto?

—Tiene leche de soja —contestó Zoe tranquilamente—. Le tomarás el gusto con el tiempo.

Ethan acabó de masticar lo más rápido que pudo, tragó y cogió el vaso de zumo de naranja para casi vaciarlo de un solo trago. Luego observó el contenido del tazón como si fuera veneno.

—Me dijiste que era buena para el colesterol y para la próstata, ¿verdad?

—Lo leí en un artículo de periódico.

—Pues sabe a rayos —repuso él, revolviendo los cereales con la cuchara.

—Dale una oportunidad. Si no le coges el gusto en unos días, podemos volver a la leche normal.

Ethan arrugó la nariz y tomó otra cucharada.

—No es que me preocupe mucho mi colesterol —reconoció—, pero todo sea por tener bien la próstata.


Zoe bajó poco después de las ocho; Robyn Duncan la estaba esperando.

—Buenos días, señora Truax —dijo con su habitual simpatía—. ¿Le importa pasar un momento a mi despacho?

—Lo siento —respondió Zoe, aferrando su bolso anaranjado y yendo hacia la puerta—. Tengo una cita.

—Sólo será un momento. Es muy importante.

—De verdad no tengo tiempo.

—Me temo que he recibido quejas de un vecino —le soltó Robyn en un tono que no presagiaba nada bueno.

Zoe se detuvo a un paso de la puerta y se volvió lentamente.

—¿Qué clase de quejas? —preguntó.

Robyn carraspeó.

—El señor Hooper me llamó esta madrugada para decirme que unos ruidos procedentes del piso de al lado lo habían despertado. Él vive en el 1.º B, el apartamento situado detrás del suyo, ya lo sabe.

—Sé perfectamente dónde vive Hooper.

—Me dijo que, al principio, pensó que se trataba de un intruso. Luego pensó que usted y el señor Truax debían de estar cambiando muebles de sitio; pero más tarde llegó a la conclusión de que los sonidos indicaban que... bueno, que estaban llevándose a cabo actividades de naturaleza íntima.

—Ya veo; así que eso dijo Hooper, ¿eh?

—Estaba bastante enfadado. Pretendía que yo interviniese para así poder seguir durmiendo; pero yo no quise molestarla a esas horas, así que le dije que hablaría con usted por la mañana.

«Maldito chivato», pensó Zoe.

—Hooper tiene mucha cara —respondió.

—Como inquilino que es, tiene todo el derecho a vivir libre de ruidos a horas impropias.

—Al infierno con los derechos de Hooper. Por si aún no lo sabe, él es quien no aplasta las cajas de cartón antes de meterlas en el contenedor de basura.

Robyn se quedó boquiabierta.

—¿Está segura? —preguntó—. Habían despegado las pegatinas con los datos personales de las cajas, por eso no pude identificar a quien las tiró al contenedor sin aplastar. Sin embargo, me cuesta creer que se trate del señor Hooper. Es uno de los inquilinos más pulcros y serios del edificio. Siempre paga el alquiler puntualmente. Nadie se ha quejado nunca de él.

Zoe ya se estaba sintiendo culpable. No estaba bien fastidiar a un vecino, pensó. Era una regla tácita.

—Bueno, tal vez no haya sido él —repuso—. Creí que se trataba de las cajas de su ordenador, pero bien podían ser de otra persona.

Robyn irguió los hombros.

—Hablaré con el señor Hooper de inmediato y llegaré al fondo de esto.

Qué diablos, pensó Zoe, el daño ya estaba hecho.

—Hágalo —dijo, dándose la vuelta y abriendo la puerta—. Y puede decirle que no lo habría delatado si él no se hubiese chivado primero.

—Por el amor de Dios, habla como si este lugar fuera una cárcel.

—Y aquí tenemos al alguacil.

—Ya le he dicho mil veces que solamente trato de...

—De hacer su trabajo. Sí, ya me lo ha dicho varias veces.

—Las reglas están para hacer de Casa de Oro un lugar más agradable para todos los inquilinos.

Zoe salió a la calle y se aseguró de cerrar la puerta bien fuerte.

Probablemente, al día siguiente habría una nueva regla sobre no dar portazos.


Poco después de las nueve sonó el teléfono en el despacho de Ethan.

—Investigaciones Truax —contestó.

—Estoy intentando localizar al señor Ethan Truax; es importante.

—Soy yo.

—Perfecto. Me llamo Branch. Trabajo para Pinturas Hull. Mi jefe ha sido subcontratado por Treacher. Me encontré con usted y su esposa el otro día en su casa. Estaba recogiendo unas herramientas, ¿recuerda?

A Ethan le vino a la mente la imagen del musculoso pintor que se habían encontrado en Nightwinds.

—Sí, lo recuerdo.

—Bueno, lamento decirle que tiene un problema en su casa.

Hablar de decoración de interiores era lo último que necesitaba ese día. Tenía otras prioridades.

—Mi esposa es la que se encarga de la decoración —dijo—. Si tiene alguna duda, hable con ella.

—Bueno, yo diría que es más que un problema.

—¿A qué se refiere?

—Fui a recoger el pulverizador que me dejé el otro día, porque Treacher quiere que lo utilicemos en otra obra.

A Zoe no le iba a hacer ninguna gracia saber que Treacher se iba a llevar el pulverizador antes de haberlo usado en Nightwinds.

—Siga —dijo Ethan.

—Y me encontré con la puerta principal de la casa abierta. Al principio pensé que mi jefe había mandado a alguien a buscar el pulverizador y que éste había olvidado cerrar con llave.

Ethan se puso de pie poco a poco, sintiendo cómo se le formaba un nudo en el estómago.

—Vaya al grano, Branch.

—Bueno, no estoy seguro porque todo está cubierto con sábanas, pero creo que tal vez alguien haya entrado a robar.

—¿Dónde está ahora, Branch?

—En la furgoneta, delante de la casa.

—No se mueva de ahí.

—Ya he echado un vistazo y no hay de qué preocuparse. Quienquiera que haya estado aquí ya se ha ido.

—Quédese fuera y no toque nada.

—Tranquilo. Mire, no estoy seguro de que hayan forzado la cerradura. A lo mejor alguien se olvidó de cerrar con llave.

—Estaré ahí en quince minutos.

—Muy bien. Aquí le espero.

—Gracias. Le debo una.

Ethan colgó y salió de la oficina. Cuando llegó abajo, se detuvo en la librería de Singleton.

—Me voy a Nightwinds —le dijo—. Acaba de llamarme uno de los pintores porque cree que alguien ha entrado en la casa.

—¿Te acompaño?

—No; puedo ocuparme solo. Seguramente no es nada, pero será mejor que lo compruebe. Sigue trabajando en lo de Loring. Si averiguas algo más, llámame.

—Claro.

Ethan se dirigió presuroso al todoterreno y se puso al volante. Debía de ser cosa de críos, se dijo. Gracias a Dios que había tapado la piscina.


Llegó a Nightwinds en menos de un cuarto de hora y aparcó detrás de la furgoneta. No había señales de Branch.

La puerta seguía abierta. Subió los escalones y echó un vistazo dentro. Branch tenía razón; no había signos de que hubieran robado. Todo parecía estar en su sitio.

—¿Branch?

—¡Aquí, en la piscina! He encontrado un par de latas de cerveza vacías.

Vaya. Últimamente todo el mundo quería ser detective.

Ethan cruzó el salón. Una de las puertas cristaleras de la parte posterior estaba abierta. Branch estaba fuera, junto a la piscina.

Había algo que no cuadraba.

El agua cristalina y agitada de la piscina brillaba al sol.

«Vale, ése es el primer problema», pensó. Él había cubierto la piscina como precaución antes de que los pintores empezaran a trabajar, pero la pesada lona de plástico estaba amontonada en medio del jardín.

Branch estaba en el otro extremo de la piscina. Iba vestido con un mono blanco y llevaba la misma gorra que el día que lo había visto por primera vez. Tenía los anchos hombros ligeramente encorvados, y un rodillo en la mano derecha.

Ethan se percató de que el tipo no tenía ni una sola mancha de pintura en el mono. Tragó saliva.

Echó un vistazo alrededor.

Las tumbonas rosas y las sillas, también rosas, estaban en su sitio de costumbre, a la sombra del toldo. La puerta de la pequeña caseta que albergaba la maquinaria de la piscina estaba cerrada.

Branch lo miró, al otro lado del agua agitada, con una mueca de recelo en el rostro.

—Pensé que iba a esperarme en la furgoneta —dijo Ethan.

—Supuse que no pasaría nada si echaba un vistazo aquí fuera. Por lo visto, han sido unos críos que querían darse un chapuzón —contestó Branch.

El cemento rosa que rodeaba el borde de la piscina estaba seco, salvo en un punto. Ethan se acercó lentamente a Branch y se detuvo a unos pasos de él.

—No creo que hayan sido unos críos —dijo.

Pensó en la pistola que se dejó en su despacho. Había sido un error, pero de momento todavía podía ver las manos de Branch; ambas.

El agua de la piscina seguía agitada. Era un momento de tanta nitidez que casi resultaba dolorosa. No era la primera vez que Ethan experimentaba esa especie de realidad agudizada, como si algo fuera a explotar si alguien hablaba muy alto o se movía bruscamente.

Branch aferró el mango del rodillo con más fuerza.

—Falsa alarma —dijo.

—¿Dónde encaja usted en esto, Branch?

De repente, todos los músculos del hombre se pusieron en tensión. A Ethan le sorprendió que no le reventaran las costuras del mono.

Branch frunció el entrecejo.

—¿De qué está hablando? —soltó.

—¿Trabaja para Loring?

No pareció que el nombre le sonase.

—No conozco a nadie llamado Loring. Ya se lo dije, trabajo para Hull, que ha sido contratado por Treacher.

—¿Qué tal si llamamos a Hull para que lo confirme? —propuso Ethan.

Branch se abalanzó sobre él sin pensárselo dos veces. Se movió tan rápido que Ethan se dio cuenta de que estaba entrenado en el combate cuerpo a cuerpo.

Branch blandió el rodillo para golpear a Ethan, pero éste le adivinó la intención y se lanzó a un lado. Un instante antes de que el rodillo le alcanzase, Branch perdió el equilibrio por la inercia de su impulso, pero lo recuperó de inmediato. Se movía con la agilidad de una bailarina de ballet.

Ethan rodó por el suelo intentando chocar con las piernas de su atacante para derribarlo, pero éste pegó un salto por encima de Ethan y descargó el rodillo sobre él. Ethan se protegió con las manos y el rodillo le dio en los antebrazos. Branch volvió a levantarlo y se lo estampó contra las costillas. El impacto fue tan fuerte que Ethan exhaló con brusquedad. Ciego de dolor, rodó por el suelo tratando de esquivar el siguiente golpe y se detuvo justo en el borde de la piscina. El agua seguía agitándose y brillando al sol.

215

Branch decidió que el rodillo era más una carga que otra cosa, lo tiró al suelo y se abalanzó contra su objetivo. Ethan consiguió ponerse de rodillas justo cuando le iba a dar una patada. Se hizo a un lado, pero la bota le alcanzó en el hombro y lo tumbó de espaldas contra el cemento.

Cogió a Branch por el pantalón. El hombre se revolvió para lanzarle otra patada, pero Ethan tiró con fuerza y le hizo perder el equilibrio.

Entonces reunió fuerzas y consiguió propinarle una patada en la rodilla. Branch retrocedió, tratando de recuperar el equilibrio, pero fue en vano.

Pegó un alarido y cayó hacia atrás, agitando los brazos inútilmente.

El grito cesó en cuanto tocó el agua. De inmediato sufrió una serie de violentas convulsiones y al punto se quedó inerte, con la cabeza hacia abajo.

Ethan, ignorando el tremendo dolor en el hombro y las costillas gracias al torrente de adrenalina que le inundaba la sangre, se puso de pie y fue corriendo a la caseta de la maquinaria.

La caseta estaba abierta, lo cual no le sorprendió. Entró y vio que la caja de distribución de corriente también había sido forzada y manipulada. Eso tampoco le extrañó.

Cortó la corriente, apagando toda la maquinaria que alimentaba las bombas, el calentador y las luces de la piscina.

Lo que sí le sorprendió fue descubrir que aún conservaba el teléfono móvil en el bolsillo de la camisa. Llamó al número de emergencias mientras volvía rápidamente hacia la piscina.

—Tengo una persona ahogada —le dijo al operador, y sin más le proporcionó las señas de la casa. De ese modo se evitaría ciertas preguntas y la ayuda acudiría mucho más rápido.

Miró a Branch, que flotaba boca abajo cerca de la escalera de la piscina, y volvió a guardarse el teléfono en el bolsillo, haciendo caso omiso de lo que le decía el operador. Se agachó y lo cogió por la espalda del mono. Aunque acababa de cortar la corriente, suspiró aliviado en cuanto tocó al hombre y no le dio un calambre. La gente no se preocupaba mucho por la electricidad hasta que le ocurría algo desagradable con ella, pensó.

Branch pesaba mucho. Probablemente ya estaba muerto. Ethan afirmó un pie en el escalón superior y sacó al grandullón del agua. Seguramente no iba a servir de nada, pero se puso a hacerle el boca a boca.

Justo cuando la ambulancia estaba llegando, se percató del pequeño tatuaje que Branch tenía debajo del cuello.

# 29

—Branch está vivo, pero los médicos dicen que ha estado en coma profundo —anunció Ethan, y se dejó caer en los cojines que Zoe había colocado en su delicado sofá—, lo que significa que no podremos interrogarlo.

Zoe, Arcadia y Harry estaban instalados en el saloncito. Zoe tenía la mirada sombría. Arcadia parecía aún más hastiada de lo habitual, incluso algo displicente, pero Ethan sabía que estaba igual de nerviosa que Zoe.

Harry, por su parte, tenía el mismo aspecto que siempre, como si se dedicase a cavar tumbas.

—¿Cuál es tu opinión al respecto? —preguntó—. ¿Tiene esto algo que ver con Arcadia?

—No lo sé seguro —contestó Ethan—, pero no se me ocurre ningún motivo por el que Branch haya tratado de matarme en mi propia piscina.

—¿Por qué iba nadie a querer matarte? —preguntó Arcadia.

—Tal vez se trate de Dexter Morrow —dijo Zoe—. Quizá quiera vengarse.

—Qué va —contestó Ethan. No podía estar totalmente seguro, pero su instinto le decía que Morrow no tenía nada que ver—. No dudo que esté furioso conmigo, pero no lo considero capaz de algo así sólo porque le fastidié su chanchullo.

—Sigues pensando que no es peligroso —insistió Zoe—, pero la otra noche trató de agredirte. Evidentemente es una persona violenta.

—Lo que pasó en Las Estrellas fue una lamentable coincidencia —dijo Ethan—. Morrow estaba bebido, me vio y se le cruzaron los cables. Lo de la piscina ha sido distinto. Estaba cuidadosamente preparado.

—Ethan tiene razón —opinó Harry—. Tiene pinta de ser un trabajo por encargo.

Zoe abrió los ojos como platos.

—¿Estás diciendo que alguien contrató a Branch para que matase a Ethan?

—Tranquila, cariño —dijo Ethan, mirando a Harry con un ceño de advertencia—. Es sólo una manera de hablar. Lo has malinterpretado.

—Yo no he malinterpretado nada —replicó Zoe, y se puso de pie con los brazos en jarras—. ¿Qué demonios está pasando aquí? —preguntó a Harry.

Harry miró a Ethan, que se encogió de hombros. El daño ya estaba hecho.

—Cabría la posibilidad de que esto tenga algo que ver con la investigación que Ethan llevó a cabo tras la muerte de su hermano —contestó Harry con sorprendente tacto.

Zoe tragó saliva.

—No tiene sentido. Ethan, tú me dijiste que tanto Simon Wendover como el asesino que contrató para matar a tu hermano habían muerto.

—Y es verdad.

Harry se arrellanó en su silla y estiró las piernas.

—La cuestión es que en el curso de la investigación Ethan consiguió cabrear a más de uno.

—Y piensas que una de esas personas intenta vengarse de él, ¿es eso? —preguntó Zoe, tensa.

Harry hizo crujir sus esqueléticos dedos.

—Es una posibilidad. Aunque, conociendo a mis antiguos jefes, no los creo capaces de asesinar a nadie.

—¿Por qué no? —quiso saber Arcadia.

—Son hombres de negocios —contestó Harry—. Se dieron por satisfechos cuando llevaron a Investigaciones Truax a la bancarrota, y no les costó ni un centavo. ¿Por qué se iban a arriesgar asesinando a Ethan?

—Y ¿por qué venir por mí ahora, cuando no hay dinero en juego? —añadió el aludido.

Arcadia cruzó las piernas.

—Siento estropearos el momento, pero no olvidemos que la policía aún no está segura de lo que ha ocurrido hoy —dijo—. Todavía están investigando. Quizá Branch sea sólo un psicópata obsesionado con Ethan por razones que nunca sabremos.

Zoe compartió la opinión de su amiga.

—Tienes razón. Puede que Branch no sea más que un perturbado, lo cual explicaría las malas vibraciones que percibí en tu despacho y en La Casa Soñada por los Diseñadores.

—¿Sí? —dijo Harry, escéptico—. Y dime, ¿qué hacía en esos lugares si estaba persiguiendo a Ethan?

—Buena pregunta —admitió Zoe.

—Un psicópata es un loco —comentó Arcadia—. No piensa de la misma forma que nosotros. Tal vez Branch quería saber más de Zoe porque es alguien cercano a Ethan.

—Toda esta especulación no nos llevará a ningún sitio —dijo Ethan, tratando de ignorar el agudo dolor que sentía en las costillas—. Ciñámonos a lo que sí sabemos.

—Y lo que sabemos —dijo Harry— es que Branch ha intentado matarte. También sabemos que pretendía simular un accidente. Eso no es algo propio de un chalado.

Arcadia se encogió de hombros.

—A saber qué lógica sigue un loco.

—El detective Ramírez hizo un par de observaciones interesantes —dijo Ethan—. Después de acribillarme a preguntas, se entiende.

—Como si tú tuvieras alguna culpa por lo sucedido —comentó Zoe, visiblemente molesta—. Por su tono de voz, Ramírez parecía creer que tú lo habías montado todo sólo para fastidiarle.

—Bueno, hay que ponerse en su lugar —dijo Ethan—. Después de todo, lo de hoy ha ocurrido sólo unas semanas después del incidente en que nos vimos involucrados tú y yo el mes pasado. Todavía debe de estar estresado.

—¿Que él está estresado? ¿Y qué hay de nosotros? Somos nosotros los que casi no lo contamos, no él.

Era verdad. A Ethan le sorprendió no haberlo visto antes con ese enfoque. Tendría que haberse dado cuenta de que el estrés que ella había soportado el mes anterior había sido mucho peor de lo que él pensaba. Era una mujer con agallas, pero, como todo el mundo, tenía un límite. Había estado al borde de la muerte hacía sólo unas semanas. Y eso era algo que marcaba.

Tal vez sus percepciones en el despacho de Arcadia y en La Casa Soñada por los Diseñadores eran una especie de reacción retardada al trauma que había vivido. No era descabellado pensar que, dado que estaba convencida de sus poderes psíquicos, su imaginación hubiese transformado la ansiedad en una extraña experiencia extrasensorial.

Sin embargo, ya tendría tiempo de pensar en ello. Volvió a centrarse.

—Ramírez me dijo —prosiguió— que con sólo provocar un cortocircuito es muy difícil que el agua hubiera estado electrificada. Por lo que creo que Branch tuvo que haber hecho algo más.

—¿A qué te refieres? —preguntó Zoe.

—Mañana haré que un electricista inspeccione los cables que van a las luces que hay bajo el agua. Sospecho que Branch los manipuló.

—Lo cual indicaría que se trataba de un profesional —murmuró Harry.

Ethan asintió, por mucho que le pesara. Zoe cerró los ojos y cuando volvió a abrirlos su mirada era mucho más clara y decidida.

—¿Crees que aquella anciana, la de la cámara, era más que una inocente turista? —preguntó Arcadia, agitando una pierna.

—Puede que sí —contestó Ethan—. Y puede que no. Si Branch trabajaba para alguien, es posible que su misión fuese reunir información sobre mí antes de pasar a la acción. Y eso incluye a mis amigos y a mis asociados.

Zoe se estremeció.

—Por lo que es probable que la muy bruja nos sacara fotos a todos —dijo.

—Salvo a Harry —observó Ethan—. Ha estado fuera de la ciudad las últimas dos semanas.

Se hizo un breve silencio. Todos lo miraron.

Harry enarcó una ceja.

—¿Y?

—Pues que si Branch confiaba en esa mujer para recopilar información —dijo Ethan— y ella no pudo dar contigo porque estabas fuera de la ciudad, quienquiera que esté detrás de todo esto no sabe nada de ti.

Harry esbozó su sonrisa de enterrador.

—Y eso me convierte en tu comodín.

—Tal vez.

—¿Quieres que hable con mis colegas de Los Ángeles? Alguno de ellos podría decirme el nombre de alguien que esté muy, pero que muy cabreado contigo por lo que pasó después de que asesinasen a Drew.

—Te lo agradecería —dijo Ethan. El dolor que sentía en las costillas era cada vez más fuerte. Estiró un brazo para alcanzar el bote de pastillas que había sobre la mesita.

—No te muevas —dijo Zoe, poniéndose de pie con presteza.

Solícita, abrió el bote y dejó caer dos pastillas en la palma de la mano de Ethan, que se las llevó a la boca y cogió el vaso de agua que le tendió su mujer. Luego le arregló los cojines mientras él tragaba los antiinflamatorios.

Le resultaba novedoso tener a una mujer que se ocupara tanto de él, y tenía que reconocer que le gustaba. Además, lo más probable era que la situación sólo fuese a mejor. Zoe todavía no había visto los hematomas en todo su esplendor.

Ethan trató de imaginarse qué nueva medida de seguridad tomaría Zoe después de aquello. Tal vez la próxima vez que fuese a salir del apartamento se encontraría con un casco o unas rodilleras esperándolo en la mesita del recibidor.

Sin embargo, a pesar de la satisfacción que le producía saber lo mucho que ella se preocupaba por él, todavía tenía presente aquella sensación fría y gris, sólo que había sido eclipsada temporalmente por la adrenalina y la distracción provocadas por el caso. Cuando las cosas volvieran a la normalidad, Ethan sabía que se despertaría una mañana y se daría cuenta de que nada había cambiado. La espada de Damocles todavía pendería sobre su cabeza.

Arcadia se apoyó en el respaldo de su silla.

—Agradezco que te preocupes por mí, Ethan —dijo—, pero creo que ahora está claro que el objetivo eres tú. Y por tanto eres tú quien necesita protección, no yo.

—Tienes razón —dijo Zoe, entusiasmada.

Probablemente pensaba que, dadas las circunstancias, Harry era mucho mejor que la leche de soja y que la protección solar de factor cuarenta y ocho, supuso Ethan. Tenía razón.

Harry asintió.

—Las damas tienen razón —dijo.

—Puede —concedió Ethan—, pero no puedes protegerme y a la vez ser mi as en la manga. Necesito que te mantengas en la sombra hasta que sepamos de qué va todo.

—Parece que está bastante claro —dijo Harry—. Alguien ha tratado de matarte, y se supone que volverá a intentarlo.

—Sí, pero no ahora mismo. Con Branch en coma, quienquiera que lo enviase tendrá que rediseñar su plan.

Harry volvió a asentir.

—Sí, estoy de acuerdo. Puede que dispongamos de algo de tiempo.

—¿Cuán seguros podéis estar de eso? —preguntó Zoe, acomodando un cojín a la altura de los hombros de Ethan.

Harry se encogió de hombros.

—Bueno, para empezar, le va a costar dar con otro matón.

Zoe receló y Arcadia frunció el entrecejo.

—¿Estás seguro de eso, Harry?

—A pesar de cómo lo muestren en las películas —dijo él con ironía—, los tipos como Branch no crecen en los árboles.

Volvió a hacerse un breve silencio.

—¿Qué pasa? —dijo Harry—. ¿Acaso pensabais que no tengo sentido del humor?

Arcadia le acarició la mano con ternura.

—Nunca dejas de sorprenderme.

—Eso que has dicho es interesante —comentó Ethan.

—¿Qué? ¿Que los tipos como ése no son fáciles de encontrar? —preguntó Zoe.

—No, mujer. Seguramente hay miles de matones dando vueltas por ahí que estarían encantados de matar a alguien por unos pavos, pero encontrar a uno que sepa simular un accidente y que haya sido entrenado en el combate cuerpo a cuerpo, vamos, a un profesional, no es tarea fácil.

—¿En qué estás pensando? —preguntó Harry.

—En que no sería mala idea averiguar más cosas sobre Branch —contestó Ethan, y cogió su libreta de la mesa, arrepintiéndose cuando al punto sintió una punzada en las costillas. Pero como Zoe lo estaba mirando, se hizo el macho—. También pienso que sería buena idea hacer algo en vez de quedarnos sentados esperando que la policía lo averigüe.

—¿Cómo piensas investigar a Branch? —preguntó Harry—. Dijiste que todo lo que tenía encima era un carné de conducir falso con una dirección falsa de Phoenix.

—Pero también tenía un tatuaje poco común. Se lo dibujé a Singleton para que lo busque por Internet. Y vi que en la furgoneta había más bebidas energéticas. En la mochila tenía la dirección de una tienda de nutrición de Phoenix. Supongo que empezaré por ahí.

# 30

Caminaba por Nightwinds, buscándola. Abrió la puerta de la sala, pero no estaba allí.

Salió fuera y se sumió en la oscuridad de la noche. Ella estaba junto a la piscina, contemplando el agua. Cuando se fijó en él, esbozó una sonrisa triste y sacudió la cabeza.

—No puedes venir aquí —dijo—. Hay una barrera psíquica.

Esta vez no iba a dejar que eso lo detuviera. Siguió andando hasta que estuvo junto a ella.

—Eso no importa —dijo él.

—Sí que importa. No puedes sentirla porque no crees en ello, pero yo sí.

Las luces debajo del agua estaban encendidas. Simon Wendover flotaba en la superficie, boca arriba. Wendover soltó una carcajada.

—Puede que se quede a tu lado un tiempo, pero acabarás perdiéndola, como a las demás —le aseguró.

—No me importan las demás —dijo él—. Solamente Zoe.

Wendover esbozó una sonrisa.

—No te preocupes, no estarás solo. Yo apareceré de vez en cuando para hacerte compañía. Nunca te librarás de mí.

Se despertó de repente, nervioso, como siempre que su subconsciente registraba un sonido extraño procedente de algún lugar de la casa. Se quedó quieto, escuchando atentamente, pero sabía que se había despertado por culpa del sueño, no porque alguien anduviese sigilosamente por el apartamento.

Zoe estaba a su lado, dormida, moviéndose levemente. Le rozó la pierna con los pies y él quiso abrazarla, pero tuvo miedo de despertarla. Si ella se enteraba de que había tenido otra pesadilla, comenzaría a hacerle preguntas.

Al cabo de un momento se dio cuenta de que la adrenalina liberada por el sueño iba a tardar en desaparecer. Podía sentirla recorriendo su cuerpo, haciéndolo sentir inquieto. Tenía que levantarse.

Apartó las sábanas y se puso en pie, tratando de no molestar a Zoe.

Tanteó en la oscuridad hasta dar con los pantalones y consiguió llegar a la puerta antes de que ella hablara.

—¿Ethan?

Se detuvo.

—Voy por un vaso de agua. Duérmete. Ahora vuelvo.

Como de costumbre, Zoe no le hizo caso. Ethan oyó el roce de las sábanas y luego cómo avanzaba por la alfombra hasta él.

—¿Qué ha pasado? —preguntó ella, descolgando la bata del perchero y siguiéndolo por el pasillo—. ¿Otra pesadilla?

—Sí.

Ethan entró en la cocina y se detuvo para ponerse los pantalones. Se cerró la cremallera y fue hasta la alacena, sin encender la luz. La luz de la luna entraba por la ventana inundándolo todo de un fantasmagórico brillo plateado.

Cogió un vaso y abrió el grifo.

—¿Por qué no me lo cuentas? —pidió Zoe.

Su voz sonó afable, pero impregnada de aquella determinación tan suya y que Ethan conocía muy bien. Esta vez, Zoe no iba a dejarlo escapar. Debía de estar maldito, pensó. De repente creyó oír la risa de Wendover en algún lugar entre las sombras.

Se sentó a la mesa y pensó en sus opciones, por cierto bastante limitadas. Podía contarle una mentira que Zoe se creyese por un tiempo, o podía contarle la verdad.

Nunca se le había dado bien mentir.

—Salíais tú y Simon Wendover —dijo.

Zoe se sentó frente a él, mirándolo de forma inexpresiva.

—¿Los dos? ¿Juntos? ¿Cuál era la conexión?

—No estoy seguro —respondió Ethan, rodeando el vaso con ambas manos—. Wendover suele aparecer en mis sueños, sobre todo en noviembre, para recordarme que él me hizo cruzar una línea.

Zoe se limitó a esperar a que prosiguiese.

—Cuando eso ocurre ya no puedes dar marcha atrás. Nada vuelve a ser lo mismo.

Ella le apretó una mano. Ethan tenía los dedos fríos.

—Estaba obsesionado —continuó—. Mi anterior esposa me decía que estaba loco y tenía razón. Creía que lo único que podía mantenerme cuerdo era la venganza. Sin embargo, ahora me doy cuenta de que lo que realmente quería era ser absuelto por no haber sabido proteger a mi hermano pequeño. Ni que decir tiene que no lo he conseguido.

Zoe le apretó la mano más fuerte.

—Incluso por aquel entonces ya sabía que la venganza no me proporcionaría paz interior —concluyó Ethan.

—Si pudieras retroceder en el tiempo, ¿volverías a vengarte?

Ethan pensó en cómo se había sentido el día que Simon Wendover salió sonriente del juzgado.

—No —admitió—, pero Wendover fue declarado inocente porque yo no conseguí mantener al asesino con vida lo suficiente para que declarase en el juicio. La cagué, y todo se fue al garete.

—Se suponía que era la policía la que debía proteger al asesino, no tú.

—No importa. Wendover se lo cargó y ahí acabó todo —dijo Ethan, agradeciendo el calor que desprendían las manos de Zoe—. Maldita sea, no he debido contártelo. No quiero que sea una carga para ti.

—Ya me lo imaginaba —dijo Zoe—. Lo supe desde que Bonnie

me contó lo de la muerte de Wendover en un extraño accidente de barco.

—Nunca me lo has comentado —dijo Ethan, enlazando los dedos con los suyos.

—Entiéndelo, cariño. Me duele saber cuánto debió costarte hacer lo que hiciste. Sé que no podías parar hasta lograr que se hiciera justicia. Harías lo mismo por Theo, por Jeff, por Bonnie o por mí. Es algo propio de ti. Creo que lo he sabido casi desde que te conocí. Sólo lamento que tengas que vivir con todas esas pesadillas y esos malos recuerdos.

—Puedo soportarlo —dijo él con sinceridad—. No es eso lo que más me preocupa.

—¿Qué es lo que más te preocupa? —preguntó, sin soltarle la mano.

—Que nunca seré la clase de hombre amable e inocente que una vez amaste. Nunca seré otro Preston Cleland. Nunca podré librarme de mi pasado.

—No me importa —aseguró Zoe, inclinándose y apretándole la mano tan fuerte como él apretaba la suya—. Tú no eres el único al que ha cambiado su pasado. Yo también soy una persona distinta. Si hasta estoy convencida de tener poderes psíquicos, ¿recuerdas? ¿Te preocupa pensar que una vez perdiste un poco el control? Bueno, pues yo tengo un historial médico que prueba que estoy como una cabra.

—Zoe...

—Créeme; después de lo que pasé en Candle Lake, no soy la misma que se casó con Preston. La mujer que soy ahora te ama, Ethan.

Fue como si la noche suspirara a su alrededor. Ethan dejó que las palabras y la mirada de Zoe lo penetraran, hasta que las sintió instalarse en su corazón. Al cabo de un rato ya no oyó la risa de Wendover.

# 31

El electricista se llamaba Jim. Era un hombre corpulento, con la seguridad propia de alguien que conoce bien su oficio.

Estaba junto a la piscina con Ethan. Juntos inspeccionaban la lámpara hermética e impermeable que Jim había extraído de una de las paredes de la piscina; tenía un trozo de cable colgando.

—¿Qué fue lo que le llamó la atención? —preguntó Jim.

—Intuición de detective.

Jim enarcó las cejas.

—¿Algo no tenía buena pinta?

Ethan asintió.

—Había asegurado la lona que cubría la piscina con un candado. Tengo dos sobrinos pequeños, así que he de tomar precauciones. Cuando vi que la lona no estaba, me dije que algo iba mal. También me pareció raro encontrar al mismo pintor en dos ocasiones solo en la casa.

—¿Cómo se dio cuenta de que el tipo había saboteado la electricidad?

—Cuando me dirigía hacia él vi un charco de agua en el cemento, justo a la altura de esta lámpara —dijo Ethan, mirándola—; y no había salpicaduras en ningún otro lado. Eso no cuadraba. Cuando los niños se zambullen en una piscina suelen mojarlo todo.

Jim soltó una risilla.

—Es lo que los tipos como usted llamarían un indicio, ¿no? —dijo.

—Exacto. No suelen aparecer muy a menudo, así que suelo estar atento.

—Suerte que se dio cuenta de éste —dijo Jim, y le enseñó el cable que colgaba de la lámpara—. Este corte es reciente. Dejó el cable expuesto al agua y provocó un cortocircuito, convirtiendo la piscina en una trampa mortal.

Ethan observó el corte más de cerca.

—¿Cómo puedo demostrarle a la policía que es reciente? —preguntó.

—Los hilos de cobre no están corroídos en absoluto —dijo Jim, doblando el cable para mostrarle el interior—. Si hubieran estado expuestos mucho tiempo al agua clorada de la piscina se habrían vuelto verdes.

—Entiendo —dijo Ethan, impresionado por los conocimientos de Jim—. Bien pensado.

—Bueno, es mi trabajo.


Singleton oyó a Ethan bajar las escaleras y se asomó por la puerta de la librería.

—¿Te vas a Phoenix? —preguntó.

—Sí —contestó Ethan, consultando su reloj de pulsera—. Zoe se viene conmigo. No quiero dejarla aquí sola; Harry y tú tenéis mucho que hacer ahora mismo.

—Este asunto se está complicando cada vez más.

—Ya me he dado cuenta.

# 32

Zoe esperó dentro del todoterreno a que Ethan saliera de la tienda de nutrición. Por la ventanilla vio cómo su marido hablaba con un dependiente joven que, visto su musculatura, probablemente tomaba esteroides para desayunar, almorzar y cenar.

Habían salido de Whispering Springs poco después de que Ethan confirmase sus sospechas con el electricista. El viaje a Phoenix había durado una hora larga, y habían necesitado otra media hora para atravesar la ciudad y llegar al centro comercial donde se encontraba la tienda.

Zoe tenía la incómoda sensación de que el tiempo se estaba acabando, y estaba bastante segura de que Ethan sentía lo mismo.

Vio cómo Ethan sacaba unos billetes de su cartera. Era buena señal, pensó. El chico debería haberle proporcionado información valiosa.

Al cabo de un momento, Ethan salió de la tienda y volvió al coche.

—¿Qué te ha dicho? —preguntó Zoe—. ¿Te ha dado alguna dirección?

—No —contestó Ethan, y puso el vehículo en marcha para salir del aparcamiento—. Lo único que sabe es que Branch pagaba siempre en efectivo y que nunca dijo cómo se llamaba, pero lo ha reconocido en cuanto se lo he descrito.

—Eso no nos sirve de mucho.

Ethan esbozó una sonrisa de satisfacción.

—Hay algo que sí puede sernos útil.

—¿Qué?

—El dependiente me ha dado las señas de los gimnasios de la zona, y lo cierto es que no hay demasiados en esta parte de la ciudad.

—¿Cómo puedes saber si Branch iba a un gimnasio de por aquí?

—No es seguro, pero parece razonable que fuera a uno que tuviera a mano. Él no era de la ciudad; ¿para qué conducir kilómetros todos los días si podía ahorrárselo?

—Venga, Ethan. ¿Crees que Branch iba a preocuparse por ir al gimnasio mientras pensaba cómo acabar contigo?

—Los tipos como él se ponen un poco locos si no van al gimnasio regularmente.

Locos; eso encajaba con la nueva teoría de Zoe. Tenía sentido que John Branch pudiera ser el origen de aquella inquietante energía psíquica con la que ella se había topado recientemente.


El odioso pitido de la alarma del reloj digital acabó por desconcentrar a Shelley Russell, que se apartó del ordenador a regañadientes.

Era la hora de comer y de las pastillas del mediodía.

—Sí, sí, ya te oigo —dijo, y cerró la pantalla del ordenador portátil y se quitó las gafas.

Se puso en pie y gimió un poco cuando sus hombros y rodillas protestaron. La artritis la estaba matando. No debería pasarse tanto tiempo delante del ordenador, pensó. Cualquier día iba a tener que comprar una silla anatómica.

Fue al cuarto de baño y se miró en el espejo. No le gustó lo que vio. Tenía el cabello prácticamente liso; ni rastro de la última permanente. Tendría que pasarse por la peluquería esa misma tarde, justo después de revisar las notas sobre el caso de Whispering Springs.

Abrió el cajón y sacó la cajita de plástico que contenía las pastillas de toda la semana. Sacó las del compartimento «mediodía» y llenó un vaso de agua. Tragó las pastillas, fue por el bocadillo de queso y tomate que tenía guardado en la neverita y volvió al escritorio.

Había algo extraño en aquel caso. Se había convertido en uno de esos trabajos que la mantenían despierta casi toda la noche.

Maldición, parecía como si no hubiera dormido bien en años. Sin embargo, las dos últimas noches no había padecido su insomnio habitual. Sólo se despertaba de madrugada cuando su subconsciente trataba de indicarle que estaba pasando por alto algo importante.

Puso a hacer más café. Iba a ser un día muy largo y probablemente una noche aún más larga. No sería la primera vez que le tocaba pasar la noche en su despacho.

Volvió a sentarse frente al ordenador y se puso a comer el bocadillo. Leyó lo escrito en la pantalla mientras esperaba que el café acabara de hacerse. «¿Qué habría hecho si Branch no hubiera trabajado para los federales?», pensó. «Pues mucho más», se dijo. Para empezar, habría investigado a fondo a todos los individuos implicados en el caso.

Era terrible lo rápido que uno dejaba de hacer preguntas cuando tenía delante a un tipo que decía trabajar para el gobierno y te restregaba sus credenciales por las narices. El patriotismo era algo que estaba muy bien, pero funcionaba mejor cuando iba mezclado con el sentido común.

El artículo de la edición virtual del *Whispering Springs Herald* se mostró en la pantalla al cabo de unos segundos, justo después de que Shelley hubiera leído las viejas noticias sobre Ethan Truax en los periódicos de Los Ángeles.

Un hombre que ha sido identificado como John Branch estuvo a punto de morir electrocutado ayer por la tarde en la

233

piscina de la casa de Ethan Truax. Branch fue ingresado en estado crítico en el hospital de Whispering Springs, donde permanece en coma. La policía está investigando las causas del accidente.

Las autoridades aseguran que Branch escapó de una muerte segura gracias a la rápida intervención del propietario de la casa, que lo sacó del agua y le practicó los primeros auxilios.

Todavía se desconocen las causas del accidente.

¿Branch en coma? ¿A punto de morir electrocutado en la casa de Truax? ¿Qué diablos estaba pasando? Shelley miró fijamente la pantalla, tratando de enfocar la vista, lo cual no le resultó fácil porque de repente se sentía exhausta. Desde luego, tenía que dormir más.

Se acordó del café. Todavía no se había servido una taza. Necesitaba una dosis de cafeína ya mismo. Sin embargo, cuando miró la cafetera, en el otro extremo de la habitación, le pareció que se encontrara a un kilómetro del escritorio. Se apoyó en los brazos de la silla con ambas manos y se puso de pie.

De repente, cuando se encontraba a medio camino de la cafetera, sintió náuseas. No devolvió el bocadillo, pero poco le faltó. «Mala cosa», se dijo. ¿Serían las náuseas uno de los síntomas de un ataque de corazón? Poco a poco, la sensación fue desapareciendo. Respiró aliviada. Tal vez la mayonesa del bocadillo estaba en mal estado. No recordaba cuándo la había comprado, pero hacía meses, eso seguro.

Consiguió servirse una taza, pero tuvo que hacer un grandísimo esfuerzo para llevársela al escritorio. La mano le temblaba tanto que apenas pudo apoyar la taza sin derramar el café. «Me pasa algo —pensó—, igual que le pasa algo al caso de Whispering Springs. ¿Tendrá algo que ver? No, imposible.» De repente pensó en las notas que había tomado sobre el caso. Necesitaba darles un nuevo repaso.

No, al infierno con eso. Necesitaba ayuda. Volvió a ponerse en pie, tratando de pensar entre la niebla que se estaba formando en su mente. «Debo pedir una ambulancia», pensó. Sin embargo, aquello parecía demasiado complicado. Tal vez lo que necesitaba era un sueño reparador.

Cogió su libreta de notas y trató de concentrarse. Había otro detective involucrado. A juzgar por lo que había leído sobre Truax, era la clase de hombre capaz de arruinar un matrimonio y un negocio multimillonario por conseguir que se hiciera justicia en el asesinato de su hermano. Leyendo las noticias sobre la muerte de Simon Wendover se le había ocurrido que, seguramente, Truax había llevado demasiado lejos su sed de venganza.

Sin embargo, lo comprendía.

De pronto dejó de sentir los pies. ¿Qué diablos...? ¿Se estaría muriendo? Pensó en las pastillas que se había tragado hacía unos minutos. ¿Se habrían equivocado los ineptos de la farmacia? ¿Le habrían dado otros medicamentos? Había oído que esas cosas pasan más a menudo de lo que uno cree.

«Llama a una ambulancia», pensó.

Sin embargo, antes tenía que esconder su libreta. Si no era consecuencia de un error de los de la farmacia, bien podía ser dos cosas, y ninguna de las dos era especialmente agradable. La primera era que le hubiera llegado su hora y que ninguna pastilla pudiera hacer nada por salvarla.

La segunda era que alguien quisiera verla muerta.

Si Truax quisiese respuestas, ¿dónde buscaría?

«Piensa como la anticuada detective que eres —se dijo—. Puede que él también piense como tú.»

Encontró un lugar idóneo, metió el cuaderno dentro y trató de ir hasta el teléfono; pero supo que nunca lo conseguiría.

«Tendría que haber escuchado a mi hija cuando me dijo que me comprara una de esas alarmas de emergencia que se enganchan a la ropa; pero no, no quise reconocer que la necesitaba», pensó.

Tal vez su hija estaba en lo cierto. Tal vez debería haberse jubilado hacía un año.

Cayó de rodillas. Ya no tenía ni idea de dónde estaba el teléfono.

De repente se abrió la puerta del despacho. Una silueta se dirigió hacia ella, pero Shelley estaba tan atontada que no reconoció si se trataba de un hombre o una mujer.

—Necesito ayuda —susurró.

—Lo sé, pero no estoy aquí para ayudarla. He venido por el ordenador y el fichero. Ha hecho un trabajo excelente, señora Russell. Lástima que ahora vaya a morir. Me hubiera encantado recomendarla a otras personas.

Lo último que ella vio antes de perder el conocimiento fue cómo una mano cerraba su ordenador portátil.

La luz se volvió oscuridad y se sumió en el sueño más profundo que jamás hubiera conocido.


Poco después de la una, Zoe y Ethan salieron del quinto gimnasio de la lista. Ella ya estaba perdiendo la esperanza. Tampoco allí conocían a nadie que encajara con la descripción de Branch.

—Maldita sea —dijo Zoe mientras se dirigían al coche—. Así no vamos a ninguna parte.

—No me extraña que Branch no viniera a este gimnasio —dijo Ethan, en tono filosófico—. No es exactamente la clase de lugar en que esperaría encontrarme a un armatoste como él.

—¿En serio? —Zoe siguió la mirada de su esposo y vio a una atractiva joven vestida con un conjunto que daba un nuevo significado a los pantalones cortos—. ¿Por qué lo dices?

—Primero, por la programación continuada de clases de aeróbic —dijo Ethan, abriendo el todoterreno—. No me imagino a Branch ejercitándose con un montón de gente que va al gimnasio básicamente para perder peso.

—Tienes razón —opinó Zoe, pensando en el físico de Branch mientras subía al vehículo y se abrochaba el cinturón de seguridad—. Es obvio que estaba obsesionado con moldear su cuerpo.

—Está —la corrigió Ethan, poniendo el motor en marcha.

Zoe lo miró.

—¿Está qué?

—Que Branch está obsesionado, en presente. Todavía no ha muerto.

—Gracias a ti —murmuró ella.

Ethan no contestó y se concentró en incorporarse al denso tráfico de la ciudad.

—No tenías por qué sacarlo del agua —dijo Zoe al cabo de un momento—. Y menos hacerle el boca a boca. Después de todo, trató de matarte.

—Muerto no me sirve de nada. Si vive, puede que le saque algunas repuestas.

—No tienes que hacerte el detective duro conmigo. Soy tu esposa, ¿no? Lo sacaste de la piscina porque es algo propio de ti salvar gente.

Ethan aferró el volante, mirando al frente.

—No siempre —dijo.

—No, no siempre, pero sí la mayor parte del tiempo, y eso es lo que cuenta.

La próxima parada era el gimnasio Bernard. En cuanto entró por la puerta, Zoe se dio cuenta de que aquel lugar era muy distinto de los anteriores.

El gimnasio Bernard estaba repleto de hombres y mujeres en extremo corpulentos. Las filas de aparatos gimnásticos, grandes y brillantes, se asemejaban más a un ejército de naves extraterrestres.

Zoe trató de pasar inadvertida mientras Ethan hablaba con un hombre gigantesco vestido con una camiseta gris sin mangas y pantalones cortos, aparentemente el recepcionista.

Al cabo de unos minutos, Ethan volvió a sacar unos billetes de la cartera. Cuando se dio la vuelta, tenía la típica mirada del cazador que ha acorralado a su presa. Abrió la puerta para que Zoe saliera primero y fueron al aparcamiento.

—No puedo decir que me guste esto de ser mi propio cliente —reconoció Ethan, guardándose la cartera en el bolsillo.

—Resulta caro no poder cargar los sobornos a la cuenta de otro, ¿eh? Bueno, no esperes mi apoyo. Todavía no he olvidado lo que me cobraste por aquellos imprevistos del mes pasado.

—No puedes olvidarlo, ¿verdad? Ya te lo dije, la buena información cuesta dinero.

—Sí, claro —refunfuñó, subiendo al todoterreno y cerrando la puerta—. ¿Y bien? ¿Has conseguido algo útil?

—Puede —contestó Ethan, poniendo el vehículo en marcha.

—¿Qué quieres decir?

—Quiero decir que el tipo de la recepción ha reconocido a Branch. Me ha dicho que ha estado viniendo unas dos semanas, pero que no lo ha visto ni ayer ni hoy. Dice que pagaba siempre en metálico; le dijo al encargado que no quería hacerse socio porque no pensaba quedarse mucho tiempo en la ciudad.

—Así pues, ha alquilado una habitación por esta zona.

—Eso espero —dijo Ethan, desplegando el mapa de Phoenix y estudiando el área que había marcado con un círculo rojo.

—No me lo digas, déjame adivinar. Vamos a hablar con los encargados de todos los moteles, hoteles y edificios de apartamentos dentro de ese círculo, ¿verdad?

—No del todo. Tenemos una pista. El recepcionista dice que un día de la semana pasada Branch se olvidó parte de la ropa de deporte en casa. Él le ofreció prendas del gimnasio, pero nuestro hombre rehusó, argumentando que prefería usar sus cosas, así que fue a casa, recogió lo que se había dejado y volvió al gimnasio en menos de un cuarto de hora. Era temprano por la mañana, antes de la hora punta.

—Así que, por lógica, el apartamento o el motel no puede estar muy lejos.

—Exacto —dijo Ethan.

—Y ahora, ¿qué?

—Cogemos la guía telefónica y comenzamos a llamar a cada motel y complejo de apartamentos de por aquí cerca.

—Para esto me has hecho venir, ¿no? —resopló Zoe, sacando su teléfono móvil del bolso.

—Brillante deducción, cariño —contestó Ethan, abriendo la guía que había llevado consigo—. Puede que tengas aptitudes como telefonista.

Cuarenta y cinco minutos más tarde, Zoe tuvo éxito. Al cabo de una hora, ella y Ethan se encontraban en el cubículo del encargado de los Apartamentos Paraíso Tropical.

Se trataba de un complejo de una sola planta, en forma de U, construido en torno a una piscina del tamaño de un plato de ducha. Encima de las ventanas de las habitaciones había unos desvencijados aparatos de aire acondicionado. El suelo estaba cuarteado, y la ornamentación paisajística consistía en unos pocos y escuálidos árboles y en un par de cactus plantados en viejas macetas de ladrillo.

El Paraíso Tropical tenía aspecto de haber comenzado como un motel económico rápidamente venido a menos.

—Sí, Branch vive aquí —dijo el encargado, que se había presentado como Joe, rascándose la cabeza a través del peluquín que llevaba puesto—. Dijo que pensaba quedarse un mes. No he vuelto a verlo desde ayer por la mañana. ¿Dicen ustedes que ha tenido un accidente?

—Está ingresado en un hospital de Whispering Springs —dijo Ethan, fingiendo preocupación—. Tengo el número de teléfono si desea interesarse por él, pero no podrá hablar con usted. Se encuentra en coma.

—¿En coma?

—El accidente tuvo lugar en mi casa y, puesto que soy la única persona que le conoce por aquí, me he sentido obligado a recoger sus cosas y llevárselas.

—Pero ¿no le ha dado la llave?

—La llave se perdió mientras lo llevaban al hospital —dijo Ethan y se sacó la cartera del bolsillo—. Por supuesto, me gustaría pagar lo que reste de alquiler. No me gustaría que perdiese la habitación sólo porque está en coma.

El gerente sonrió por primera vez.

Cinco minutos más tarde, se detuvieron delante de la habitación 27. Ethan sacó dos pares de guantes de látex del bolsillo y le entregó uno a Zoe. Se puso los suyos, metió la llave que le había dado el gerente y abrió la puerta.

El apartamento olía a cerrado.

Ethan entró.

Zoe sintió un escalofrío, nerviosa por lo que pudiera encontrarse dentro. Miró la habitación sin llegar a entrar. Todo lo que podía ver era parte de la cama y parte de una alfombra verde y gastada. Desde su posición no percibió ninguna energía psíquica. Sin embargo, en los últimos días ya había tenido más de un susto. Si su última teoría era correcta y John Branch era el origen de aquellas telarañas psíquicas, lo más probable era que se topase con una en esa habitación.

—Vaya, vaya —dijo Ethan en voz baja.

—¿Qué pasa? Por favor, dime que no hay ningún cadáver.

—No hay cadáveres, pero creo que ahora queda bastante claro que todo esto tiene que ver exclusivamente conmigo.

Zoe puso un pie dentro de la habitación. No había paredes chillonas, ni telarañas. Percibió los residuos psíquicos acumulados durante años, como un vapor viejo y deprimente, pero nada más.

En otras circunstancias se hubiera sentido aliviada; sin embargo, ahora las cosas eran distintas. De repente, deseó haberse encontrado con rastros psíquicos de Branch. Eso hubiera respondido a muchas preguntas inquietantes.

Estaba a punto de desconectar sus sentidos de aquellas leves vibraciones, cuando sintió el indicio de algo oscuro y poderoso flotando. No se trataba de una telaraña. Era otra cosa, como un deseo desesperado y malsano que titilaba como una luz de neón.

—Quería algo con todas sus fuerzas —susurró—. Lo necesitaba como una droga.

—A mí, y me quería muerto.

Ethan estaba junto a la mesa de la habitación, ojeando unos papeles.

—¿Qué es eso? —preguntó.

—Echa un vistazo.

Zoe cruzó la habitación y se detuvo frente a la mesa. Eran fotocopias de artículos de periódico, algunos de los cuales databan de tres años atrás. Otros eran más recientes. Todos provenían de periódicos de la zona de Los Ángeles. Zoe observó uno y se quedó helada.

SIMON WENDOVER, FALLECIDO EN ACCIDENTE DE BARCO

El cuerpo sin vida de Simon Wendover, antiguo presidente de una sociedad privada de inversiones, fue encontrado esta mañana flotando frente a la costa de Santa Bárbara. La policía cree que se cayó de su yate hace unos tres días.

Las autoridades del club marítimo donde Wendover tenía anclado su velero han asegurado que solía salir a navegar solo, sobre todo en las noches con luna.

Wendover fue noticia el mes pasado al ser absuelto de los cargos que se le imputaban por planear el asesinato de Drew Truax, director de Industrias Trace & Stone.

El juicio fue seguido de cerca por toda la comunidad financiera del sur de California, porque en él fueron revelados datos relativos a las últimas operaciones de Wendover. El escándalo resultante impactó de forma negativa en varios conocidos inversores y causó un gran revuelo entre los accionistas.

Zoe cogió otra fotocopia, leyó el artículo por encima y se detuvo en el último párrafo:

Las autoridades han afirmado que en la autopsia fueron encontrados restos de droga.

Zoe alzó la cabeza y vio que Ethan la miraba fijamente.

—Wendover estaba metido en el tráfico de drogas —dijo, impertérrito—. Vendía, pero esa vez también consumió.

—Ya veo. Bueno, ya se sabe que es un negocio de alto riesgo.

Zoe echó un vistazo a otro artículo:

Las autoridades creen que la muerte puede haberse debido al consumo de drogas, ya que el cuerpo no presentaba señales de violencia.

—Me interrogaron, pero tenía una coartada sólida como el acero —dijo Ethan.

—Ya lo imagino. —Ethan no era ningún estúpido.

—La policía no tenía ganas de investigar a fondo. Sabía tan bien como yo que Wendover se había librado de la cárcel de milagro.

Zoe dejó el artículo sobre la mesa y cogió otra pila de papeles. Eran copias de fotografías de Ethan aparecidas en la prensa. Muchas lo mostraban entrando en el juzgado, acompañado ocasionalmente por Bonnie. En otras se lo veía bajando de un BMW plateado. En dos estaba saliendo de un espectacular y moderno edificio de oficinas, en cuya pared se leía SEGURIDAD TRUAX en sofisticadas letras metálicas.

—Durante el tiempo que duró el juicio, había periodistas sacándonos fotos todo el tiempo —explicó Ethan—. Incluso llegaron a fotografiar mi oficina y la casa de Bonnie.

Zoe sacudió la cabeza.

—Debió de ser una auténtica pesadilla para vosotros.

—Pues sí —dijo Ethan, dándose la vuelta para observar atentamente la habitación—. Cuando Wendover murió, creí que por fin había acabado todo. Supongo que me equivoqué.

—Si alguien está tratando de vengarse de ti, y si Harry y tú tenéis razón respecto a que no se trata de uno de los inversores que salió mal parado, es que el móvil de esto tiene que ser personal.

—Lo sé.

—¿Y si se trata de algún familiar de Wendover? ¿De alguien que te culpa por su muerte? ¿O de un amigo?

—No se le conocían parientes cercanos ni amigos íntimos —dijo Ethan, y se agachó para echar un vistazo debajo de la cama—. Si buscas la definición de la palabra «solitario» en el diccionario, encontrarás la foto de Simon Wendover. Créeme, he investigado su pasado desde el día en que nació. Su madre era una drogadicta que murió cuando él tenía tres años. Fue criado en varias casas de acogida. No tenía amigos, ni animales de compañía, ni hijos.

—¿No estaba casado? ¿No tenía amantes?

—Wendover siempre tuvo una chica bonita a su lado, pero ninguna le duró demasiado tiempo. Nunca se casó.

Ethan se incorporó y fue hasta el pequeño escritorio que había en el otro extremo de la habitación. Revisó los cajones rápidamente, pero no encontró nada. Luego abrió el armario. Zoe vio camisas y pantalones colgados con precisión militar, y un macuto caqui en el fondo.

—Parece que es un tipo muy ordenado —dijo ella.

—Supongo que le viene del ejército.

—¿Cómo lo sabes?

—Por sus movimientos cuando me atacó.

Ethan registró los bolsillos de las prendas. Como no encontró nada, se agachó y abrió el macuto.

Zoe se acercó y vio que allí tampoco había nada.

—Mmm... —murmuró Ethan, pensativo—. Es curioso que dejase ropa en el armario pero nada en el macuto.

Fue al cuarto de baño.

—Mmm... —volvió a murmurar.

Zoe conocía esa expresión. Estaba claro que había algo que no acababa de convencerle. Zoe se detuvo en la puerta. Sobre el estante había una serie de artículos corrientes para la higiene masculina. La maquinilla de afeitar, la espuma y la pasta de dientes podrían haberse comprado en cualquier supermercado.

—Supongo que no quería dejar pistas —comentó.

—Sí, el lugar está limpio —dijo Ethan, observando la papelera vacía—; pero puede que demasiado.

—Explícate.

—No hay ni un solo papel en la basura, ni siquiera una botella vacía de esos batidos de proteínas a los que, por lo visto, es adicto. Es como si todo hubiese sido ordenado por un robot. No hay nada fuera de sitio, y el escritorio está vacío.

—¿Pero?

Ethan volvió a la habitación.

—Pero estas fotocopias del caso Wendover estaban desordenadas sobre la mesa. Es de suponer que alguien tan obsesivo y preciso como Branch las hubiera apilado con más cuidado.

Zoe pensó en los susurros desesperados que flotaban en la habitación.

—Tal vez quería empaparse de la historia de Wendover una vez más antes de ir por ti. Tal vez revisar todos esos artículos fuera una forma de ponerse en situación.

—Tal vez. —Ethan no parecía convencido del todo—. No se me ocurre qué pinta la anciana de la cámara de fotos en todo esto. Si Branch la mandó a Whispering Springs a investigarme, ¿dónde están las fotos que sacó?

—Buena pregunta. Si de verdad está involucrada en esto, esas fotos deberían estar aquí.

—A menos que se las llevara quienquiera que haya limpiado esta habitación tras la marcha de Branch —dijo Ethan.

—¿Crees que alguien ha estado aquí antes que nosotros?

—No estoy seguro, pero sí, es como si alguien hubiera dejado este lugar listo para ser inspeccionado.

—¿Quién?

—Seguramente la persona que contrató a Branch para que me quitara de en medio.

Zoe se estremeció.

—Me preocupas cuando hablas con esa naturalidad de algo tan macabro.

Ethan recorrió la habitación otra vez, moviendo los muebles, mirando bajo el colchón y tras la cabecera de la cama.

Zoe volvió al escritorio y revisó los cajones una vez más, por si a Ethan le había pasado por alto alguna pista vital. No encontró más que un lápiz y un bloc de notas en blanco, lo cual no fue una sorpresa.

En la primera hoja no había ningún indicio de lo que pudiera haberse escrito en la que faltaba.

Ethan cogió la mesita de noche y la apartó de la pared. Un sobre cayó sobre la alfombra.

Ethan y Zoe se miraron.

—Bueno, bueno; ¿qué tenemos aquí? —dijo Ethan recogiendo el sobre—. Parece que hemos dado con una pista.

—Parece el sobre de una tienda de revelado de fotos —dijo Zoe, excitada por el hallazgo.

—Pues sí, pero está vacío. —Ethan comprobó el nombre y la dirección del laboratorio fotográfico—. Estamos de suerte; es un laboratorio local.

# 33

La placa de identificación en la blusa de la mujer rezaba «Margaret». Aparentaba unos setenta años, por lo que seguramente era una más del montón de jubilados de la zona que, ya por aburrimiento o por causas económicas, había aceptado un trabajo a media jornada y mal remunerado detrás de un mostrador.

—¿Las fotos de aquella mujer alta y de cabello corto rubio platino? —dijo Margaret—. Sí, claro que me acuerdo. Parecía una actriz de los años treinta, las que a mí me gustan. Pensé que tal vez fuera famosa. Le pregunté a Shelley por ella, pero me dijo que no podía contarme nada, que era confidencial. Supuse que era otro de los casos de divorcio a los que suele dedicarse.

—¿Quién es Shelley? —preguntó Ethan con indiferencia, apoyando los codos en el mostrador como si todo le diese igual.

Zoe, que estaba a su lado, esbozó una débil sonrisa. La asombraba la actitud displicente que estaba mostrando Ethan. Como si aquello no fuera grave, como si tuvieran todo el tiempo del mundo. Además, ella estaba tan tensa que si alguien la tirase al suelo rebotaría.

—Shelley Russell es una de nuestras clientas habituales —contestó Margaret, orgullosa—. Es una verdadera detective, ¿sabe? Hemos revelado sus fotos durante años. —Hizo una pausa y frunció el entrecejo—. Por cierto, su cara me resulta familiar. Y la de usted también. —Arrugó la nariz y pareció caer en la cuenta—. Ustedes aparecían en el último carrete que me trajo Shelley.

—Es probable —dijo Ethan.

De repente, la anciana se sintió incómoda.

—Oiga, no será usted el marido o algo así, ¿no?

—Es mi marido —dijo Zoe con tono frío y posesivo—. No el de la rubia platino.

—Vaya, me alegro —dijo Margaret, más relajada—. Por un momento pensé que... Bueno, da igual.

—¿La oficina de Shelley Russell está por esta zona? —preguntó Zoe, antes de que Margaret malinterpretara alguna otra cosa.

—Sí, claro, a unas tres manzanas.

—Gracias —dijo Ethan, enderezándose—. Puede que nos pasemos por allí.

—Eh... ¿por qué? —preguntó Margaret, de pronto intrigada.

—Soy aficionada a las novelas de misterio. Siempre he querido saber qué aspecto tiene la oficina de un detective privado de verdad.

La anciana sonrió.

De vuelta en la calle, a Zoe le pareció que los colores de los coches y los edificios eran más intensos. El cielo del desierto estaba más azul y el sol refulgía con más fuerza. Sintió un leve escalofrío. ¿Sería aquella clase de emociones lo que amaría Ethan de su trabajo? De ser así, se parecía bastante a lo que ella sentía cuando descubría algún tipo de energía psíquica en una habitación.

Cuando se puso al volante, Ethan enarcó las cejas y la miró.

—¿Qué pasa? —preguntó.

—Conque siempre has querido saber cómo es la oficina de un auténtico detective privado, ¿eh? —dijo Zoe.

—A lo mejor saco alguna buena idea para decorar la mía —repuso Ethan.

—Ya. ¿Sabes? Ha sido muy inteligente por tu parte preguntarle a Margaret por unas fotos recientes de una rubia platino con aspecto de haber sido modelo.

—Bueno, sabíamos que la anciana le sacó fotos a Arcadia. Era muy probable que algunas de las reveladas fueran de ella, y hay que reconocer que Arcadia no tiene un aspecto muy corriente que digamos.

Cinco minutos más tarde, Ethan aparcaba delante de un desvencijado edificio de una sola planta. Dos de los tres locales que daban a la calle estaban en alquiler, y tenían todo el aspecto de llevar así mucho tiempo. El tercero tenía las palabras INVESTIGACIONES RUSSELL pintadas en negro en la ventana.

Las persianas estaban bajadas y en la puerta había un cartel de cerrado.

—¿Y ahora qué hacemos? —preguntó Zoe.

Ethan sacó el teléfono móvil del bolsillo y marcó el número que había copiado del listín.

—Está puesto el contestador automático —dijo al cabo de unos segundos. Comprobó la hora—. Son casi las cinco. Es posible que Russell no tuviera nada que hacer y haya decidido cerrar un poco antes.

—¿Y ahora?

—Pues que si quiero ver cómo es la oficina de un detective de verdad, tendré que arreglármelas —dijo Ethan, y volvió a poner el todoterreno en marcha.

—¿Vas a colarte? Ethan, me niego. Es demasiado arriesgado. Ella también es detective, por el amor de Dios. Debe de tener una alarma.

—Puede que sí y puede que no —contestó él, y dio la vuelta a la manzana para aparcar en el callejón trasero.

—Escúchame, Ethan —insistió Zoe, cada vez más nerviosa—. No puedes correr el riesgo de que te detengan, no con todo lo que está pasando en Whispering Springs.

—Tendré cuidado —prometió él, saliendo del vehículo—. Si se dispara alguna alarma, tendremos tiempo de escapar antes de que llegue la policía.

Zoe se desabrochó el cinturón.

—Te acompaño.

—Será mejor que te quedes aquí.

—Si entro contigo, es posible que descubra algo que tú pases por alto.

Ethan frunció el entrecejo. Por un instante, ella temió oír algún comentario irónico sobre tener una ayudante con supuestos poderes psíquicos, pero finalmente él asintió.

—De acuerdo. Toda ayuda es buena.

Había algunos coches aparcados, pero nadie en todo el callejón. Era la clase de barrio en que la gente ponía rejas en las ventanas, así que Zoe no se llevó ninguna sorpresa al ver que la ventanita trasera del despacho de Shelley Russell tenía una.

—Ya te lo advertí —dijo.

—Si sigues haciendo comentarios tan negativos, la próxima vez no dejaré que me ayudes —le advirtió Ethan, girando el picaporte de la puerta trasera.

Increíblemente, la puerta se abrió.

Zoe no se lo pudo creer.

—¿Cómo es posible que una investigadora privada olvide cerrar la puerta con llave? —se asombró.

—Todo el mundo puede tener un despiste.

Zoe reparó en que la ironía del comentario no concordaba con el tono lúgubre empleado por Ethan. El corazón comenzó a latirle más rápido. Ethan abrió la puerta y entró en un pasillo en penumbras. Ella lo siguió, atenta a cualquier energía psíquica que desprendiesen las paredes.

Sintió la clásica mezcla de emociones de bajo nivel, pero nada especialmente turbulento. Hizo caso omiso de ellas y siguió a Ethan, pasando junto a un pequeño lavabo antes de llegar al despacho.

Ethan entró y se detuvo de forma tan brusca que Zoe chocó contra él. Ambos se quedaron mirando a la anciana tumbada en el suelo.

—Dios mío —exclamó Zoe, horrorizada.

—Parece que Shelley Russell ha tenido algo más que un despiste —comentó Ethan, y se agachó junto al cuerpo inerte para buscarle el pulso en el cuello.

Zoe se acercó a él.

—¿Está...?

—No, aún no. Respira, pero muy débilmente. No veo heridas ni signos de violencia. Tal vez haya sufrido un infarto.

A continuación llamó para pedir una ambulancia.

Zoe se arrodilló junto a la mujer y le cogió la mano, percatándose de que tenía los nudillos hinchados por la artritis. Observó su rostro, cargado de arrugas, mientras Ethan, al teléfono, daba parte de la situación.

Cuando colgó, Zoe lo miró.

—Sólo es una viejecita, Ethan —dijo.

—Sí, pero una viejecita muy fuerte.

Ethan se puso de pie y sacó del bolsillo otro par de guantes de látex, que al parecer no se le acababan nunca. Zoe se preguntó si los compraría a granel en una tienda de suministros médicos.

No había nada que pudieran hacer por Shelley Russell mientras esperaban a que llegase la ambulancia, salvo cogerle la mano. Zoe había leído en algún sitio que, a veces, una persona inconsciente podía reaccionar a las voces.

—Aguanta un poco más, Shelley —le dijo con tono firme, y le masajeó los dedos tratando de transmitirle un poco de calor—. La ambulancia está de camino. Te vas a poner bien.

Zoe siguió hablándole en voz baja, mientras Ethan registraba el despacho.

—¿Qué estás buscando?

—Cualquier cosa que me ayude a averiguar quién la contrató para que nos siguiera —contestó él, mirando en un cajón—. No veo ningún expediente que ponga Truax. Supongo que era esperar demasiado.

—Supongo. Nada de esto ha sido fácil. ¿Por qué iba a ser distinto ahora? —dijo Zoe, frotándole la mano a la anciana—. Tienes que ser fuerte, Shelley; tienes que ayudarnos a resolver este caso. Por algo eres detective, ¿no? Aguanta un poco más, para que Ethan y tú podáis descubrir qué está pasando.

—Por lo visto, su especialidad son los casos de divorcio y de personas desaparecidas —comentó Ethan, revisando otro cajón.

—Entonces, ¿por qué la contrataron para hacer esas fotografías?

—La gente que se dedica a seguir a esposas infieles suele ser buena con la cámara —afirmó Ethan—. El cliente siempre quiere fotos.

—Sí, pero es de imaginar que uno de tus antiguos enemigos de Los Ángeles hubiera optado por un investigador de más renombre —opinó Zoe, sin dejar de acariciar los dedos de la anciana—. Por lo que me has dicho, la gente a la que hiciste enfadar eran todos inversores de primera línea. Cuesta imaginar que uno de ellos escogiese a una detective de poca monta como Shelley Russell.

—Tal vez quien la contrató se figuraba que sería más fácil deshacerse de ella cuando todo hubiese acabado. ¿A quién le iba a extrañar la muerte de una anciana?

—Dios mío, ¿crees que han intentado...?

Ethan se encogió de hombros.

—Es una testigo —dijo, cerrando un cajón y mirando alrededor, pensativo.

—¿Qué pasa? —preguntó Zoe.

—No hay ordenador.

—Yo te tenía por un detective a la vieja usanza, pero parece que Shelley Russell se lleva el premio.

—No creo que esté tan anticuada —murmuró Ethan, y Zeo vio que examinaba una hoja de papel.

—¿Qué es eso?

—Un informe que escribió hace poco. Por lo visto, el marido de una clienta estuvo en un motel de Scottsdale con otra mujer.

—¿Y?

—Pues que este informe es de hace tres meses, y fue escrito en ordenador. —Abrió un armario bajo—. Aquí está la impresora. —Cerró la puerta del armario y se quedó de pie, con cara de pocos amigos—. Así que, ¿dónde diablos está el maldito ordenador?

—Tal vez lo tenga en casa.

Ethan negó con la cabeza.

—No lo creo. Me parece que esta mujer se pasaba el día en su despacho —dijo. Volvió al escritorio y encendió la luz. Entonces entornó los ojos y observó la superficie con detenimiento—. Aquí había un ordenador —dijo—. Puedo ver exactamente dónde estaba colocado. Hay una fina capa de polvo en todo el escritorio, menos en este rectángulo.

Ethan se apartó del escritorio y fue al lavabo. Zoe oyó cómo abría una puerta.

—No te preocupes, Shelley; todo saldrá bien —le dijo a la moribunda—. Ya oigo las sirenas. La ambulancia está a punto de llegar.

—He encontrado su bolso —dijo Ethan—. También unas pastillas. Parece que tomaba muchas y de forma regular. Esto podría explicar su estado actual, pero que ocurra justamente ahora me parece demasiada coincidencia.

Las sirenas se oían cada vez más cerca. La calzada se llenó de luces intermitentes. «Ya era hora», pensó Zoe. Shelley respiraba cada vez con mayor dificultad y su pulso se debilitaba.

—No te vayas, Shelley. No dejes que ese cabrón se salga con la suya.

—Maldita sea —murmuró Ethan.

—¿Qué ocurre ahora?

—He encontrado las últimas facturas, pero no hay ninguna a nombre de John Branch.

—Ya ha llegado la ambulancia; gracias a Dios.

Ethan garabateó unas notas a toda prisa.

—He encontrado su dirección en su carné de conducir —anunció—. Tiene ochenta y dos años. Me pregunto si seguiré en el negocio a esa edad.

—Seguirás en el negocio cuando tengas ciento dos —dijo Zoe, cogiendo la mano fría de Shelley con más fuerza, consciente de que la mujer estaba al borde de la muerte—. Aguanta, Shelley. La ambulancia ya está aquí. Todo va a salir bien.

Ethan abrió la puerta y dejó que entrara el personal médico.


Un doctor con cara de exhausto salió de la sala de urgencias.

—Creo que la señora Russell vivirá, gracias a ustedes —dijo—. Se estaba muriendo. Si no la hubieran encontrado no habría pasado de la medianoche.

—¿Dónde está? —preguntó Zoe, casi tan cansada como el médico. Le dolían los hombros y el cuello de la tensión que le suponía sofocar el caótico griterío psíquico que había en la sala de espera.

—Acaban de trasladarla a la UCI. Está estable, y sus constantes vitales se mantienen sorprendentemente bien, teniendo en cuenta su edad y el problema crónico de salud que padece.

—¿Está despierta? —preguntó Ethan.

—No, y si lo estuviera no les permitirían hablar con ella —contestó el médico, y vaciló un instante antes de preguntar—: ¿Son ustedes familia?

—Amigos —dijo Zoe—. El recepcionista nos ha dicho que no tiene parientes en Phoenix. Han contactado con su hijo y su hija, pero ambos viven en otro estado y no llegarán hasta mañana.

El médico asintió.

—Como acabo de decir, salvo que surjan complicaciones, tiene buenas probabilidades de salir de ésta. Este tipo de percances se ve mucho en la gente mayor.

—¿Qué clase de percances? —preguntó Ethan.

—Errores con la medicación, sobredosis accidentales, interacciones imprevistas entre medicamentos... Cuando hablamos de la tercera edad, hablamos de una parte de la población sumamente frágil y que consume una cantidad increíble de medicamentos potentes y sofisticados. No es extraño que surjan problemas de este tipo.

—¿Cree usted que eso es lo que ha pasado? —preguntó Ethan—. ¿Que ha ingerido una sobredosis por accidente?

El médico se encogió de hombros.

—Hay veces en que no es exactamente un accidente —dijo.

—¿Que no es un accidente? —repitió Ethan.

—Seguramente sabrá usted que la depresión es uno de los problemas más comunes entre los ancianos. Acaban cansándose de tantos medicamentos, la vida les parece un problema cada vez mayor, están solos... En ocasiones ya no se ven con ánimo de seguir adelante.

—¿Está hablando de suicidio? —terció Zoe, meneando la cabeza—. No creo que... —Se interrumpió al notar que Ethan la rozaba con el hombro. Carraspeó—. Bueno, ¿quién sabe? —añadió.

—Exacto —dijo el médico—. Cuando se despierte dudo que recuerde lo ocurrido. Seguramente será examinada por un psiquiatra, pero si ha tomado todos esos medicamentos adrede, no creo que lo reconozca. Ése es otro de los problemas de la gente de su edad, que no suelen admitir que están deprimidos, pero la vejez supone para ellos un estigma terrible.

—No son los únicos —dijo Zoe, pensativa—. Yo también sé de estigmas.

El médico la miró con extrañeza.

«¿Cuándo aprenderás a estarte calladita», se reprendió Zoe, y le sonrió angelicalmente.

De repente, una camilla pasó junto a ellos. El enfermero que la empujaba casi corría. A su lado, una enfermera iba sosteniendo una bolsa de plasma. Zoe vislumbró una sábana empapada en sangre y sintió náuseas. Una nueva capa de energía psíquica que se adheriría a las paredes del hospital. ¿Cómo podía nadie trabajar en un lugar así?, se preguntó.

El médico vio la camilla y pareció reaccionar de golpe.

—Tengo que irme —dijo—. Pregunten en recepción y les dirán cómo llegar a la UCI.

—Gracias —dijo Ethan.

El médico salió disparado.

—¿Qué hacemos? —preguntó Zoe.

—Son casi las siete y no hemos comido nada desde el mediodía. Vayamos a picar algo y luego volvamos al despacho de Shelley.

—De acuerdo. Hay un restaurante de comida rápida enfrente del hospital —dijo Zoe, y echó a andar hacia la salida, haciendo un esfuerzo por no correr.

—Espera —dijo Ethan, yendo tras ella—. Podemos ir al bar del hospital.

—No —dijo Zoe con firmeza—. No quiero comer aquí.

De hecho, no tenía intención de pasar un minuto más en aquel sitio si no era absolutamente necesario. Los años de dolor, miedo, esperanza, desesperación y rabia acumulados en aquellas paredes estaban comenzando a derrumbar la muralla psíquica que ella había erigido a su alrededor. Había sido un día muy duro; ya tenía suficiente.

—¿Te encuentras bien? —preguntó Ethan, notando que a su mujer le pasaba algo.

—Me encontraré bien en cuanto salgamos de aquí —contestó Zoe, y empujó las puertas de cristal. Suspiró aliviada al llegar a la calle—. No me gustan los hospitales.

—¿A quién le gustan? —dijo él, resignado.

Al cabo de un rato salieron del restaurante y se dirigieron al todoterreno. Por el camino, Ethan encendió el teléfono y marcó el número de Harry.

Él no creía en sus poderes psíquicos, pensó Zoe, pero había preferido seguirle la corriente porque ella le había dicho que en el hospital se sentía incómoda. No era la primera vez que Ethan hacía algo así. Haciendo una retrospectiva de su corto matrimonio, Zoe tenía que reconocer que su marido estaba continuamente haciendo concesiones a lo que la mayoría de la gente, en el mejor de los casos, hubiera llamado una imaginación demasiado activa.

Lo que otros hubieran considerado un comportamiento extraño y preocupante, Ethan lo aceptaba, simplemente encogiéndose de hombros, como si el hecho de que Zoe afirmase tener poderes psíquicos no fuera más que una excentricidad sin importancia. ¿Cómo podía ser su marido tan condescendiente?

Tal vez era hora de que ella aprendiera a comportarse de la misma manera.

Hacía varios días que se sentía frustrada por la negativa de Ethan a aceptar que ella poseyese poderes psíquicos. Zoe se había dicho que, a menos que él acabase reconociendo ese sexto sentido, su relación de pareja se vería resentida. Necesitaba que su marido admitiese que había algo en ella que la hacía distinta de los demás.

Ahora se preguntó si eso era absolutamente necesario. Ethan la aceptaba como era, sin más, lo cual era sumamente extraño, aunque maravilloso.

Sus pensamientos se vieron interrumpidos cuando Harry contestó.

Ethan le hizo un resumen de lo sucedido.

—Estoy de acuerdo contigo —dijo, abriendo la puerta del todoterreno y poniéndose al volante—; sí, las cosas se están compli-cando. De todas formas, sigue en contacto con tus conocidos de Los Ángeles. Todo apunta a que el objetivo soy yo, no Arcadia. Al pa-recer, su identidad sigue tan segura como siempre, tal como dice el Mercader.

Zoe se abrochó el cinturón de seguridad y trató de aplacar sus te-mores. Arcadia estaba a salvo, pero la situación no había mejorado, porque ahora era Ethan el que estaba en peligro.

—No, nos quedaremos en Phoenix un rato más. —Ethan encen-dió el motor—. Queremos volver al despacho de Shelley Russell. Los médicos creen que ha ingerido una sobredosis accidental de medi-camentos, pero alguien se ha llevado su ordenador, y no hay ningún expediente con mi nombre.

Ethan hizo una pausa. Harry estaba comentando algo. A Zoe le costaba mantener la calma.

—No, tampoco he encontrado nada a nombre de Arcadia —di-jo al cabo Ethan—, pero Russell es, con toda seguridad, la anciana de la cámara y la bolsa que mencionó Arcadia. Vale, de acuerdo; hasta luego.

Ethan marcó otro número.

—Vamos, Cobb, cógelo. —Hizo una pausa—. ¿Dónde te habías metido? ¿En serio? Mierda. Lo siento, tío. He tenido el teléfono apa-gado un rato. No está permitido usarlo en algunas zonas del hospi-tal... No, estamos bien. Es una historia muy larga. Ya te contaré. ¿Qué tienes para mí?

Zoe escuchaba, tensa, la conversación. Una vez Ethan colgó, no pudo contener más la ansiedad.

—¿Y bien? —soltó.

—Se ha metido en algunas páginas de Internet de carácter mili-tar y ha buscado información sobre el tatuaje de Branch. Ha descu-bierto que se trata del emblema de un cuerpo de élite de las Fuerzas Especiales, formado por ex convictos.

—Así que estabas en lo cierto —dijo Zoe—. Branch es un militar.

—Bueno, no exactamente; ya no. Singleton ha accedido a la base de datos de ese cuerpo; se trata de una organización muy pequeña.

Ha usado la descripción de Branch para dar con su ficha. Resulta que el tipo fue seleccionado para el programa de entrenamiento, pero no duró ni un mes.

—¿Por qué?

—Singleton dice que su historial no es muy claro, pero al parecer Branch padece algún tipo de enfermedad mental. Estuvo ingresado en el psiquiátrico de un hospital militar varios meses, y acabaron por expulsarlo del ejército.

—Está loco —murmuró Zoe, pensando en la emoción dominante que desprendía la habitación de Branch, un deseo obsesivo que rozaba la lujuria—. Quería algo desesperadamente.

—Singleton ha dicho que, una vez le dieron el alta, Branch se fue del país y trabajó como mercenario unos años. Volvió a Estados Unidos hace ocho meses, y ahí se acaba su rastro.

—Tal vez debiéramos acudir a la policía y denunciar lo que le ha pasado a Shelley.

—Y ¿qué quieres que digamos? De momento sólo tenemos a una anciana que, según los médicos, tomó demasiadas pastillas. A nadie le ha llamado la atención.

—¿Y las fotos que reveló?

—Russell no cometió ningún delito al sacarlas. Es más, ni siquiera podemos demostrar que fue ella quien las hizo.

Cuando llegaron a la oficina de Shelley era ya de noche. Ethan inspeccionó el viejo Ford que había aparcado en el callejón. Al no encontrar nada sospechoso, entró en la oficina.

Una vez dentro, se detuvo en medio del despacho, inmóvil, y miró alrededor. Zoe se limitó a esperar; ya lo había visto en acción en otras ocasiones. Se preguntó si, de manera inconsciente, Ethan no estaría tratando de percibir la energía psíquica que flotaba en el ambiente. De ser así, estaba segura de que él no la reconocería ni en un millón de años. Cuando ella le había preguntado, alguna vez, qué sentía al realizar aquella especie de ritual, Ethan le contestó que lo único que hacía era comprobar si algo no encajaba.

Al cabo de un momento, Ethan se dirigió al escritorio y observó la taza de café que había encima.

—Preparó una cafetera —dijo—. No es algo propio de alguien que está a punto de meterse una sobredosis de medicamentos.

—No —admitió Zoe—. Y la cafetera está casi llena. Sólo se sirvió una taza y ni siquiera pudo tomar un sorbo.

—Debió de desmayarse justo después de servírsela. El hecho de que la cafetera esté llena indica que tenía intención de trabajar un rato —comentó Ethan, acercándose a la encimera para observar con detenimiento la vieja cafetera—. Está apagada.

—Tal vez cambió de opinión y decidió irse a casa.

—Entonces ¿por qué se sirvió una taza? —repuso Ethan, sin dejar de examinar la cafetera—. Vamos a ver: prepara el café, se sirve una taza y la lleva al escritorio, pero nosotros la encontramos caída a medio camino. O sea que por alguna razón decidió volver a apagar la cafetera. ¿Por qué?

—¿Qué te parece tan raro?

—Que es lo único en esta habitación que no encaja —dijo Ethan, y levantó la cafetera. Silbó suavemente—. Justo lo que pensaba. Shelley Russell, eres más dura de lo que yo creía.

—¿Qué has encontrado?

Ethan le mostró el objeto escondido bajo la cafetera.

—Su libreta.

—¡Uau! ¿Quién dice que no tienes poderes psíquicos?

# 34

El uniforme le quedaba grande y la gorra olía al sudor de otra persona, pero ambas cosas cumplirían su función.

Grant Loring se encontraba resguardado en el estrecho callejón que separaba la librería de una tienda de ropa, y no quitaba la vista de la entrada de la galería Euphoria.

Eran las ocho pasadas. La Fiesta del Otoño estaba en pleno auge, por lo que la tarde había sido una auténtica pesadilla. Se había visto obligado a escuchar grupo tras grupo de escolares que cantaban y actuaban en el escenario instalado en Fountain Square. Las voces agudas y chillonas de los niños le habían provocado dolor de cabeza. Las risas y las conversaciones de la gente habían aumentado el nivel de decibelios un poco más. Y si aquel trencito cargado de niños histéricos pasaba junto a él una vez más, se sentiría tentado de hacerlo descarrilar.

Miró la ventana de la galería. La muy zorra le estaba mostrando un collar a un cliente. Su ayudanta, una mujer de pelo corto, también estaba ocupada con otra persona.

Durante toda la tarde había entrado y salido gente del local. Al parecer, a su mujer no le iba mal el negocio. Si algo podía decirse de aquella zorra, era que tenía un talento natural cuando se trataba de ganar dinero. Ese talento era lo que la había hecho tan útil en el pasado.

Por fin, su plan iba a tener éxito. Sí, Branch la había cagado al no lograr matar a Truax, pero aun así el objetivo principal se había cumplido. Habría sido mejor que aquel detective hubiese muerto, pero el hecho de que estuviera en Phoenix, mordiéndose la cola una y otra vez, funcionaba igual de bien. En caso de que Truax diese con el apartamento de Branch, todos los indicios señalarían a Los Ángeles. Si, además, conseguía llegar al despacho de Shelley Russell, se encontraría sólo con una anciana que había tomado demasiados medicamentos.

Era el momento de hacerse con aquella malnacida y largarse. Grant había decidido llevar a cabo la parte final de su plan aquella misma noche para así contar con la cobertura de la multitud y el ruido.

Solamente necesitaba encontrarse a solas con ella tres o cuatro minutos. Habría podido atraparla media hora antes, cuando la zorra había ido al aseo de señoras que había en la otra punta de Fountain Square, pero aquel cadáver ambulante la había acompañado hasta la puerta, y la había esperado para llevarla de nuevo a la galería.

A Grant le preocupaba que Russell no le hubiera entregado ninguna foto ni ningún informe sobre aquel esqueleto viviente. Menuda incompetente.

Pero el tipo no tenía pinta de suponer un gran problema. Probablemente no era más que un contable mal pagado, o tal vez el director de una funeraria, a juzgar por su aspecto. Aparte de aquel breve viaje al aseo de señoras, se había pasado toda la tarde sentado en el banco que había enfrente de la galería Euphoria, haciendo llamadas; muchas llamadas telefónicas. Tal vez era un corredor de apuestas.

Lo que estaba claro era que el gusto de su esposa por los hombres había cambiado. O eso, o es que había elegido a un amante situado en las antípodas de la clase de hombre que antes solía atraerle, por la misma razón que había adoptado una nueva identidad y una nueva forma de vestir. La muy tonta había tratado de reinventarse porque sabía que él seguía vivo y que algún día iría por ella.

Se estaba haciendo tarde. No iba a haber muchas más oportunidades de atraparla, así que no podía esperar más. Tenía que pasar a la acción.

Estaba tan ansioso por acabar de una vez y volver a desaparecer que ya casi podía saborear el triunfo.

Ethan se sentó en la silla de Shelley Russell y se sintió como en casa. El crujido de la silla era justo el adecuado. Russell guardaba un montón de notas y libretas en un cajón, y un buen puñado de bolígrafos en una bandejita encima del escritorio. Todo lo que había encima de él estaba cuidadosamente ordenado.

—Creo que vosotros dos tenéis más de una cosa en común —comentó Zoe—. Incluso sus notas se parecen a las tuyas —dijo, apoyándose en el hombro de Ethan para tener una mejor visión—. Son como jeroglíficos.

—Cualquiera que toma muchas notas acaba por inventar su propia manera de abreviar —contestó Ethan con aire ausente—; pero ella se aseguraba de escribir cada nombre en su totalidad, y apuntaba muchísimos números. ¿Ves? Este de aquí es el de la matrícula de la furgoneta de Branch.

—¿Para qué querría la matrícula de un cliente?

—Yo también lo hago. Es un procedimiento habitual. Cuanto más sepas de tu cliente, mejor.

—Me reconforta oír eso —dijo Zoe, y se sentó en la esquina del escritorio—. Si lo hubiera sabido antes de contratarte, seguramente habría acudido a Radnor.

—Ya, pero piensa en todo el buen sexo que te hubieras perdido.

—Bueno, tal vez tengas razón.

Lo siguiente que le llamó la atención a Ethan fue la palabra «federal», subrayada dos veces.

—Branch le dijo que era un agente del FBI —comentó—. Seguramente pensó que eso evitaría que Shelley le hiciera demasiadas preguntas.

Zoe tragó saliva.

—¿Crees que es posible que seas el objetivo de algún tipo de investigación federal? Tal vez por eso alguien te quiere muerto, para que no puedas hablar con los federales.

—Tranquila —dijo Ethan—. Si ése fuera el caso, ahora mismo estaríamos rodeados de agentes del FBI. —«Supongo», añadió para sus adentros, haciendo una pausa para seguir leyendo—. Parece que Branch no le explicó demasiado bien para qué quería contratarla. Se aseguró de que podía confiar en ella y de que mantendría la boca cerrada.



—Gracias por la información, Carl —dijo Harry desde el banco, mirando a Arcadia a través de la ventana, mientras acababa de hablar con su antiguo socio de Los Ángeles—. Considera pagado con creces aquel favor que te hice.

Harry colgó, sin perder a Arcadia de vista ni por un instante.

Seis semanas atrás, antes de llegar a Whispering Springs para echarle una mano a Truax, se hubiera reído ante la posibilidad de que tipos como él pudieran tener tanta suerte. Muchas cosas habían cambiado en su vida desde que había llegado a aquella ciudad. Ya nada volvería a ser como antes.

Al otro lado de la ventana, Arcadia estaba sonriéndole a un cliente. Un calor que todavía le resultaba extraño y ajeno le recorrió el cuerpo.

Trató de centrarse en los viandantes, especialmente en los que se detenían más de lo normal y en los que desaparecían entre la multitud con demasiada facilidad.

Observó a un guardia de seguridad que estaba a punto de meterse en un estrecho callejón que había entre dos tiendas cercanas. En la espalda del uniforme tenía impreso el logotipo de Sistemas de Seguridad Radnor, y el tipo tenía la gorra calada casi hasta los ojos. Era la tercera vez en la última media hora que aquel guardia se metía en ese callejón.

Los guardias de seguridad lo ponían nervioso. Por un lado, era muy fácil pasarlos por alto, y, por el otro, la mayoría llevaba un juego de llaves.

Miró una vez más en dirección a la galería Euphoria. Como Arcadia y su ayudanta estaban ocupadas con varios clientes, se levantó y fue andando hacia la entrada del callejón.

De repente oyó el silbato del trencito, que se acercaba por su derecha.

—¡Atención! —gritaba el conductor, un hombre corpulento que parecía embutido a la fuerza en la pequeña cabina del vehículo—. ¡Dejen paso al Expreso de Fountain Square!

Harry se hizo a un lado rápidamente, pero el tren estuvo a punto de aplastarle el pie izquierdo. El conductor sonrió con malicia, mientras los niños chillaban y aplaudían. Hizo sonar el silbato de manera triunfal y se dirigió a la fuente. Los chavales saludaron a Harry.

Cuando el último vagón hubo pasado, el guardia de seguridad había desaparecido en el oscuro pasaje.

A Harry se le tensó la nuca.

Corrió hasta el callejón y se detuvo en la entrada, tratando de ver entre las sombras. Las luces que iluminaban el paseo no penetraban demasiado en el callejón. Durante unos segundos, fue como si estuviera ciego.

Entonces vio algo que se movía al final del pasaje. Era el guardia de seguridad, que sostenía la mano levantada. Harry se dio cuenta de que tenía algo, pero no pudo distinguir qué.


Arcadia oyó sonar el teléfono. Observó el aparato que tenía más cerca y se dio cuenta de que era la línea privada.

Echó un vistazo alrededor. Molly estaba atendiendo a un cliente que se interesaba por un bol de cerámica hecho a mano. Y había otros cuatro clientes esperando su turno.

Arcadia le dedicó una sonrisa a una mujer que acababa de comprar un carísimo anillo y le entregó la bolsa plateada de la tienda, con el artículo dentro.

—Muchas gracias —le dijo—. Sé que disfrutará mucho llevándolo.

El teléfono volvió a sonar.

—Sin duda —contestó la mujer, que cogió la bolsa y se dirigió a la salida.

El teléfono sonó por tercera vez. Muy poca gente tenía el número de su línea privada. Zoe era una de ellas, y estaba en Phoenix. Tal vez tenía noticias que darle.

No quería contestar allí, donde todos pudieran oírla, así que fue a toda prisa a su despacho.

Justo cuando estaba abriendo la puerta, una mano le tapó la boca, a la vez que notó el cañón de una pistola contra el cuello.

Arcadia giró la cabeza levemente y pudo ver un rostro familiar bajo una gorra. Grant la había encontrado.

El pánico se apoderó de ella. Comenzó a temblar.

—Intenta algo, mi querida esposa, lo que sea, y disparo al primero que aparezca —le advirtió Grant. Arcadia no lo dudó ni por un instante—. Te conozco, zorra —le espetó con frialdad—. No dejarás que muera nadie si puedes evitarlo, ¿verdad? Iremos a la parte de atrás —añadió, mientras le tapaba la boca con cinta adhesiva—. Si haces algún ruido y alguien acude, lo mato. Por cierto, la pistola tiene silenciador.

Arcadia pensó en la pistola que había comprado precisamente para una ocasión así. Estaba en su casa guardada bajo llave, justo donde no servía para nada.

Grant la sacó a empujones por la puerta trasera. El callejón llevaba a otro pasaje y al aparcamiento para los empleados, y unos macetones con arbustos servían de valla decorativa entre el callejón y el otro pasaje.

Arcadia albergó cierta esperanza. Aquel pasaje casi nunca estaba desierto. Era utilizado por los empleados de las tiendas, que incluso de noche iban allí a fumarse un cigarrillo. Algunos de los adolescentes que trabajaban en los restaurantes de comida rápida solían reunirse detrás de los contenedores de basura para cosas que sin duda horrorizarían a sus padres. Además, casi siempre había algún vagabundo que se instalaba allí a beber vino barato.

Arcadia oyó voces procedentes del otro lado de los arbustos y se percató de un ligero olor a marihuana. ¿Cómo creía Grant que iba a sacarla de allí sin que nadie se diese cuenta?

Entonces vio un amplio carrito de la limpieza delante de ella, lleno de escobas y fregonas.

—Te meterás ahí dentro y te quedarás agachada —ordenó Grant—. No te dispararé a menos que no me dejes elección, porque prefiero mantenerte con vida para que me digas dónde tienes ese archivo que me robaste; pero si no me queda más remedio, juro que te mataré.

Arcadia caminó hacia el carrito y trató desesperadamente de pensar en algo.

Cuando estuvo junto a él, Grant sacó un cubo de la parte delantera y lo puso del revés en el suelo para que Arcadia lo usase como escalón.

—Sube, vamos, maldita sea.

El interior del carrito estaba vacío. Había el espacio justo para esconder a un adulto de rodillas. Se desesperó. Nadie se fijaría en un conserje y en su carrito.

—Métete dentro —la urgió Grant.

Encima del carrito había una caja de cartón llena de rollos de papel.

Disimulando a duras penas lo nerviosa que estaba, pasó una pierna por el borde del carrito y se tambaleó un poco. Al recobrar el equilibrio y pasar la otra pierna, con la sandalia golpeó la caja de cartón, que cayó del carro esparciendo los rollos de papel por el suelo.

—Zorra estúpida. Agáchate —dijo Grant, levantando la voz.

Grant no estaba tan calmado como ella suponía, lo cual fue una sorpresa, ya que siempre había sido un hombre muy frío y seguro de sí mismo. Aquella noche, sin embargo, parecía ansioso.

Se agachó dentro del carrito y Grant tapó el hueco con un plástico. El olor a basura, combinado con el miedo, casi la hizo vomitar.

Al cabo de un instante, el carro se puso en marcha. Arcadia pensó que todavía tenía una pequeña posibilidad de salvarse. Era evidente que Grant tenía prisa, porque ni siquiera se había molestado en recoger los rollos de papel higiénico.

¿Cuánto tardaría Harry en ir a ver qué pasaba?

Oyó las voces de dos personas que estaban junto a los contenedores.

—Será mejor que volvamos al trabajo —dijo una de ellas. No se le oía demasiado bien—. Ya sabes cómo se pone Larry si tardamos en volver del descanso.

El otro le contestó algo, pero Arcadia no lo entendió.

El carro entró en el otro pasaje.

# 35

Ethan seguía estudiando las crípticas notas de Shelley Russell.

—El hecho de que Branch le exigiera mantener todo en secreto la ponía nerviosa —dijo—. Casi puedo ver cómo agitaba el pie mientras esperaba a que el tipo llegase para decirle exactamente lo que ella tenía que hacer.

Ethan pasó la página y de repente leyó un nombre que lo dejó helado.

—¡Mierda! —exclamó. Cogió su teléfono móvil a toda prisa y marcó el número de Harry.

—¿Qué pasa? —preguntó Zoe, levantándose del escritorio para ver qué había visto su marido—. ¿Has encontrado para quién trabajaba Branch?

—No. He encontrado el nombre del objetivo.

—Baje el brazo ahora mismo —ordenó Harry desde la boca del callejón.

—Oiga, que sólo estoy tomando un trago.

El guardia parecía achispado, pero podía ser una treta.

—Venga hacia aquí con las manos sobre la cabeza.

—Joder. ¿Es usted poli o algo así?

—Algo así.

El guardia comenzó a caminar hacia él.

—¿Va de paisano? —preguntó—. ¿Qué está pasando aquí? ¿Se lo va a decir a mi jefe? No lo haga, por favor. Necesito este trabajo.

—Tírala.

—Vale, vale, cálmese. Haré lo que usted diga —dijo el guardia, y dejó caer el objeto que sostenía en una mano.

La botella se hizo añicos contra el suelo. Un fuerte olor a vino invadió el callejón.

—Qué desperdicio —dijo el guardia de seguridad.

Harry oyó sonar su teléfono móvil. La tensión que sentía en la nuca era cada vez más molesta, como si alguien le estuviese clavando agujas.

— Lo siento —le dijo al guardia. Se volvió y echó a andar hacia la galería. Cogió el teléfono—. Stagg —dijo con un gruñido.

—¿Dónde estás?

Harry reconoció la voz de Ethan, serena, incluso demasiado. Eso significaba que había un problema.

—En Fountain Square —contestó—. ¿Qué pasa? ¿Has descubierto al tipo que contrató a Branch para matarte?

—No estoy seguro de qué significó el incidente de mi piscina, pero Arcadia ha sido siempre el objetivo.

—Maldición. Loring.

—Eso parece.

Harry echó a correr, sorteando a la multitud. Ya podía ver el escaparate. Molly estaba tras el mostrador, y había dos o tres clientes dando vueltas por la tienda, contemplando los artículos expuestos.

No parecía que nada fuese mal.

Entonces se dio cuenta de que no veía a Arcadia.

«Tranquilo —se dijo—, seguro que está en su despacho.»

—Te llamo cuando la haya encontrado —le dijo a Ethan.

Harry colgó y se precipitó hacia la tienda. Molly y los clientes se llevaron un buen susto cuando abrió la puerta de golpe.

—¿Dónde está? —le preguntó a la chica.

—¿Arcadia? —dijo Molly, y lo miró como si se hubiera convertido en una especie de monstruo horripilante—. Eh... bueno, estaba en su despacho atendiendo una llamada. Supongo que...

Harry ya no escuchaba. Atravesó la galería en estampida y cruzó el pasillo en dirección al despacho.

Allí no había nadie.

Por primera vez en muchos años volvió a sentir miedo de verdad.

«Cálmate —ordenó—. Si pierdes los nervios ahora lo lamentarás.»

Apartó las cortinas que llevaban al almacén de la galería y encendió la luz. La puerta que conducía al pasaje estaba cerrada, pero no con llave.

Molly llegó corriendo y se detuvo en la entrada del almacén.

—¿Algo va mal? —preguntó.

—Sí. Llama a seguridad y diles que un hombre ha secuestrado a Arcadia, y luego llama a la policía.

—Dios mío.

—Corre, maldita sea. ¡Vamos, muévete!

La mujer se precipitó hacia el teléfono más cercano.

Harry fue hasta la puerta trasera y salió al estrecho callejón que llevaba al otro pasaje.

La luz de la tienda iluminó levemente el callejón y Harry vio que el suelo estaba lleno de unos cilindros blancos.

Papel higiénico.

Nadie prestaba atención a la gente vestida de uniforme. Si eso podía aplicarse a los guardias de seguridad, muchísimo más a un conserje.

Atravesó el callejón corriendo y entró en el pasaje, que estaba prácticamente a oscuras, iluminado por una farola que había en la entrada del aparcamiento para los empleados.

Harry oyó el sonido distante de un carrito en movimiento. El traqueteo de las ruedas resonaba en el aparcamiento.

Se quitó los zapatos, temiendo que el sonido de sus pasos alertase a Loring.

Una vez descalzo, corrió hasta los dos contenedores y se detuvo en la sombra que éstos proporcionaban.

Distinguió una parte del aparcamiento y a un hombre de gorra que empujaba un carrito de la limpieza hacia una furgoneta sin distintivos.

Tenía que ser Loring, y le ofrecía un blanco perfecto. Pero ¿y si no lo era? ¿Y si se trataba de un honesto conserje que volvía a su casa después de una larga jornada de trabajo? ¿De un hombre que tal vez tenía mujer e hijos?

Harry mantuvo la pistola pegada al costado y se apartó del contenedor. Comenzó a acercarse a la furgoneta zigzagueando entre los coches estacionados.

—¡Loring! —gritó.

El conserje se detuvo de golpe e hizo ademán de darse la vuelta, con una mano levantada. No tenía por qué tratarse de Loring, pensó Harry. Cualquiera que se encontrase en un aparcamiento desierto y poco iluminado se sorprendería al oír que alguien gritaba un nombre.

De repente, la luz se reflejó en lo que el conserje tenía en la mano, y Harry vio que era una pistola

Un pedazo de plástico salió volando de encima del carrito y Arcadia surgió como una diosa vengativa, al parecer dispuesta a lanzarse contra Loring.

Grant reaccionó deprisa. Se hizo a un lado y disparó.

Harry oyó cómo los disparos daban en el radiador del coche que tenía a su izquierda.

Fue como si el mundo se moviese en cámara lenta, como se suponía que pasaba cuando te veías envuelto en una situación de riesgo. Ya no sentía ninguna emoción; ni rabia, ni pavor ni pánico.

Sólo estaba haciendo su trabajo.

Harry levantó su pistola, apuntó y apretó el gatillo.

Loring se tambaleó un instante y luego se derrumbó sobre el asfalto. Ya no se movió.

# 36

Cuarenta y ocho horas más tarde, Ethan apoyó los antebrazos en el lateral de la cama de Shelley Russell, mirando a la anciana. Zoe estaba del otro lado, mientras que Harry y Arcadia se encontraban a los pies de la cama.

Teniendo en cuenta por lo que había pasado la pobre mujer, se la veía bastante bien. Les había contado que le iban a dar el alta por la mañana, pero que ya no podía esperar más a que le contaran toda la historia.

Ethan la comprendía muy bien; a fin de cuentas, él también era detective privado.

—¿Así que Loring ha muerto? —preguntó Shelley.

—Murió en la ambulancia, camino del hospital —contestó Arcadia—. Pero habló con Harry y conmigo en el aparcamiento, mientras venía la ambulancia. Sabía que no lo iba a conseguir, así que no tenía nada que perder.

—¿Cómo te encontró?

Arcadia suspiró.

—Por desgracia, Grant sabía más de mis cuentas corrientes de lo que yo creía. Tenía el número de una que yo suponía secreta, y de vez en cuando le echaba un vistazo. Hace un mes saqué dinero de esa cuenta.

Shelley asintió.

—Y te descubrió.

—Sí, pero la nueva identidad de Arcadia era muy creíble —dijo Ethan—. Loring necesitaba estar seguro antes de hacer nada. También quería hacerse una idea de la nueva vida de Arcadia. Sus amigos, sus socios... ese tipo de cosas. No se atrevió a acercarse a ella hasta que estuvo seguro del todo.

—Así que usó a John Branch para que me contratara para sacar esas fotos.

—Pretendía mantenerse oculto el máximo tiempo posible —le explicó Zoe.

—Grant tenía muchos enemigos —dijo Arcadia—. Entre ellos, Hacienda y el FBI. No quería arriesgarse a ser visto en suelo estadounidense si podía evitarlo.

—Ahora entiendo por qué necesitaba esas fotos —dijo Shelley—. Tenía que estar seguro de que realmente eras su esposa. Lo que no entiendo es por qué le ordenó a Branch que matara a Truax.

—El plan original de Loring era que Branch atrapase a Arcadia —dijo Harry—; pero, después de que usted nos sacase esas fotos a todos nosotros, creyó que Ethan podía suponer un problema.

—Ser un problema es una de las muchas capacidades profesionales de mi marido —comentó Zoe con orgullo.

Ethan se encogió de hombros, en señal de modestia.

Arcadia carraspeó.

—Después de haber investigado a Ethan, Grant decidió modificar sus planes. Siempre se le dio muy bien hacer ajustes estratégicos sobre la marcha. Pensó que liquidando a Ethan mataría dos pájaros de un tiro. No sólo se libraría de la única persona que podría ir tras él en caso de haberme secuestrado, sino que también haría que la atención de la gente se centrase en otra persona, con lo cual nadie sospecharía de él.

—¿Qué hay de Branch? —preguntó Shelley.

—Ha salido del coma esta mañana —contestó Harry—. Al principio sólo accedió a decir su nombre, su rango y su número de serie, pero el detective Ramírez acabó por convencerlo de que estaba metido en un buen lío y Branch comenzó a desembuchar. Por lo visto, creía realmente que estaba trabajando para una agencia gubernamental supersecreta. Aún no ha superado el que lo expulsaran de aquella unidad militar de élite en la que quiso ingresar. Estaba obsesionado con demostrarse a sí mismo que podía hacerse cargo de una misión.

—Grant tenía pensado deshacerse de Branch y de usted para cubrirse las espaldas, Shelley —dijo Arcadia.

—Bueno, conmigo casi lo consigue —repuso la anciana, haciendo una mueca—. Los médicos han llegado a la conclusión de que alguien vació una de mis cápsulas y la rellenó con una dosis de alguna droga de diseño. Combinada con mis otros medicamentos, me habría matado si Truax y Zoe no me hubiesen encontrado.

Zoe le acarició la mano.

Shelley miró cómo Zoe tocaba sus dedos. Frunció el entrecejo, pensativa.

—Tengo el vago recuerdo de un sueño que debí de tener cuando estaba inconsciente. Alguien no paraba de pronunciar mi nombre y de decirme que tenía que aguantar.

—Era Zoe —dijo Ethan, mirando a su mujer al otro lado de la cama.

La tensión que le provocaba estar en aquel hospital comenzaba a resultarle insoportable. Él lo notó en la tirantez que había en sus ojos y su boca. Tenía que sacarla de allí cuanto antes.

—¿Qué vas a hacer con ese archivo que tienes escondido? —le preguntó Shelley a Arcadia—. Al parecer, todavía podría ser peligroso.

Harry resopló.

—Se lo hemos dado a los federales esta mañana.

—Harry pensó que sería la mejor manera de acabar con esta situación —comentó Arcadia—. Mi intención era utilizarlo como seguro para protegerme de Grant en caso de que siguiera vivo. Ahora ya no hay motivo para conservarlo. Tendré que hacer algún papeleo para reclamar algunos bienes que me corresponden, y Hacienda querrá hacerme algunas preguntas, pero no importa.

—Nada que no podamos resolver con la ayuda de un buen abogado —dijo Harry.

—Me alegro —dijo Shelley, suspirando—. Siento haber participado en todo este embrollo. Casi te mato, Truax.

—Lo importante es que tus notas sirvieron para salvarle la vida a Arcadia —dijo Ethan.

—Ojalá me hubiera dado cuenta antes. En los viejos tiempos no me hubiera dejado impresionar tan fácilmente por unas credenciales falsas.

—¿Cuándo comenzó a sospechar? —preguntó Zoe.

—La verdad, Branch me dio mala espina desde el principio. A veces los clientes resultan sospechosos —dijo Shelley, mirando a Ethan—. ¿Sabes lo que quiero decir?

—Claro. Ves algo en ellos que no encaja.

—Exacto. De todas formas, en cuanto me enteré de que Branch estaba en coma en un hospital de Whispering Springs después de haberse electrocutado en tu piscina, supe que me había metido en un buen lío. Me disponía a avisarte cuando empecé a sentirme mal.

—¿Se dio cuenta de que la habían envenenado? —preguntó Harry.

—Al principio no estaba segura de nada, pero pensé en esa posibilidad, sí.

—Así que escondiste tu libreta —dijo Ethan—. Bien pensado, Russell.

En ese momento, un hombre y una mujer entraron en la habitación. Ambos se quedaron perplejos ante el grupo de gente que había en torno a la cama de Shelley.

—¿Qué están haciendo aquí? —preguntó la mujer—. Se supone que mamá tiene que descansar.

El hombre miró a Ethan con ceño.

—Fuera hay un cartel que pone bien claro que sólo se aceptan dos visitas a la vez —dijo.

—Os presento a mi hija Julie y a mi hijo Craig —dijo Shelley—. Creen que debería jubilarme.

Ethan los miró a ambos.

—Pues espero de veras que no lo haga. No estaría mal tener alguien de confianza aquí en Phoenix. Además, su madre es una excelente profesional.

Shelley esbozó una sonrisa.

—Os lo dice otro detective —dijo.

# 37

En el pequeño escenario había un trío de piano, guitarra y contrabajo. Interpretaban *Sweet Lorraine*, siguiendo la versión de Nat King Cole, y lo hacían a la perfección, dándole un aire alegre y sincopado. Sin embargo, la canción no estaba surtiendo en él el efecto habitual, pensó Harry. No lo ponía en el estado de ánimo ideal.

Tomó un sorbo de su cerveza y se hundió en los cojines. El Last Exit no estaba demasiado lleno aquella noche. Arcadia y él estaban sentados en su mesa habitual.

—¿Tienes muchas quejas respecto a cómo te han ido las cosas hasta ahora? —preguntó Harry.

En realidad, lo que deseaba preguntarle era: «¿Te arrepientes de estar acostándote con un tipo como yo en vez de con uno de esos ejecutivos refinados con los que solías salir cuando estabas en la cresta de la ola?» Sin embargo, tenía miedo de preguntarlo directamente; no quería ponerla entre la espada y la pared. La experiencia le decía que era mejor aceptar el momento y no mirar demasiado lejos.

Arcadia levantó la vista de su martini y Harry supo que ella había entendido lo que había detrás de su pregunta. A veces era como si pudieran leerse el pensamiento.

—No —contestó ella—. Ni una sola. —Puso el vaso sobre la

mesa, se inclinó y le besó—. Eres lo mejor que me ha pasado nunca, Harry.

Él se sintió invadido por una sensación indescriptible.

—Te amo —dijo. No podía recordar la última vez que había pronunciado esas dos palabras. Tal vez nunca.

Arcadia le acarició la mejilla.

—Yo también te amo. Eres mi alma gemela, Harry.

Por fin, la música empezó a surtir efecto en su interior.

Harry supo entonces que, después de todo, aquel nuevo sentimiento que estaba experimentando tenía un nombre. A eso se referían sus amigos cuando hablaban de ser felices.

Alargó el brazo y cogió la mano de Arcadia, dejando que la música los llevara consigo.

# 38

Dexter Morrow se marchó de Whispering Springs al día siguiente. En cuanto tuvo noticia de ello, Ethan telefoneó a Zoe a su despacho.

—Una empresa de mudanzas acaba de recoger todas sus pertenencias. Morrow les ha dado una dirección de Florida. Lo he comprobado. Ha alquilado un apartamento en las afueras de Miami. Ya no tendremos que preocuparnos de él nunca más.

—¿Dónde está Morrow en este preciso momento? —preguntó Zoe bruscamente.

—Cariño, deberías dejar de sospechar tanto de la gente.

—Tú no eres el más indicado para hablar de ello.

—Está bien que yo sospeche de los demás, es parte de mi trabajo, pero tú eres diseñadora. Sin embargo, por si te sirve de consuelo, te diré que Morrow ha comprado sólo billete de ida. Créeme, no volverá.

—¿Estás seguro?

—¿Por qué no confías un poco en mí? Soy detective, ¿no?

—Bueno, vale. Si tan seguro estás...

—Pues sí. ¿Qué te parece si salimos a cenar de nuevo, ahora que ya no hay peligro de que me meta en una pelea en el aparcamiento del restaurante?

Zoe dudó una fracción de segundo antes de contestar, pero Ethan lo advirtió y se sintió levemente desilusionado.

—Me parece perfecto —contestó ella con entusiasmo forzado.

Ethan fingió no darse cuenta.

—¿Esta misma noche? —preguntó.

—Vale, pero hoy he quedado con Tabitha Pine en que acudiría a su clase de meditación. Puede que llegue a casa un poco tarde.

—Reservaré mesa para las siete.

Ethan colgó y se quedó un buen rato haciéndose preguntas para las cuales no tenía respuestas.


La calle donde se encontraba la casa de Tabitha Pine estaba llena de coches de lujo aparcados uno detrás del otro. El Jaguar de Lindsey Voyle estaba justo delante de la casa.

Una criada uniformada le abrió la puerta. Zoe no estaba segura de las vibraciones psíquicas con que se encontraría en la casa de una gurú de la meditación, así que entró con más cautela de lo normal.

Una vez dentro, las paredes no emitieron ningún grito extraño. La casa despedía el habitual zumbido de bajo nivel propio de una construcción nueva, pero nada más.

Fue conducida hasta una enorme habitación totalmente blanca cuya pared del fondo, totalmente de cristal, daba a las montañas. Contó un total de veinte personas sentadas en varias filas sobre unos cojines blancos cuidadosamente dispuestos. Lindsey Voyle estaba en la primera fila, y miró a Zoe con frialdad.

Ésta se percató entonces de que había cometido un error de vestuario. Todos los alumnos vestían prendas de yoga blancas, así que, con sus mallas negras y su camiseta violeta, estaba claro que iba a dar la nota.

Aparte de Zoe, Tabitha era la única persona que no llevaba ropa blanca. Envuelta en seda dorada y plateada, se había recogido su larga cabellera gris en un extraño moño, que recordaba a una antigua estatua romana. Estaba sentada en una silla baja de color blanco.

Cuando vio a Zoe, sonrió de forma radiante.

—Bienvenida a nuestro grupo de meditación, Zoe. Me alegro de que hayas podido venir —dijo.

—Gracias. —«Como si tuviese elección», pensó.

Dándose cuenta de que era la única que estaba de pie, se sentó en el cojín libre que tenía más cerca, junto a una atractiva rubia con el cabello cortado a la última.

La mujer se inclinó y le dijo en voz baja:

—¿Es tu primera sesión?

—Sí —contestó Zoe, percatándose también de que todos estaban descalzos. Se quitó las sandalias y cruzó las piernas—. ¿Y tú?

—Hace un mes que vengo. Es muy enriquecedor.

Tabitha hizo sonar una campanilla de cristal y se hizo el silencio.

—Hoy estamos reunidos aquí en tanto que exploradores, abiertos a la verdad y a nuevas percepciones —dijo Tabitha—. Recorremos juntos el largo camino hacia la iluminación, aprendiendo los unos de los otros y de aquellos que ya han discurrido por este sendero. Las habilidades que aquí estudiamos parecen sencillas de adquirir, pero la realidad nos enseña que lo que parece más simple es, en verdad, lo más difícil de aprender y comprender.

Tabitha apoyó las manos sobre las rodillas, con las palmas hacia arriba, y todos la imitaron.

—Cerrad los ojos y abrid vuestros sentidos. Observad el mundo desde lo más profundo de vuestro ser. Id a ese lugar tan especial de vuestra mente, donde la luz es pura, limpia y cálida. Ése es vuestro espacio más privado, un sitio donde no existe el estrés ni la tensión, un lugar donde no es necesario pensar, ni planear, ni sentir.

Zoe cerró los ojos y trató de ponerse en situación, pero al cabo de unos minutos el aburrimiento se apoderó de ella.

—Intentad vivir el momento, sed conscientes únicamente del presente.

Zoe vio a través de sus pestañas que Lindsey Voyle estaba haciendo un gran esfuerzo por concentrarse. Era evidente que aquella mujer ni siquiera lograba relajarse en medio de un ejercicio de meditación.

Luego observó furtivamente la espaciosa habitación, sintiendo la energía que fluía por ella y sopesando algunas ideas que se le iban ocurriendo para amueblarla.

—Libraos del pasado y del futuro. Flotad en la cresta de esa ola que es el presente. Sed conscientes de que sois parte de la gran marea cósmica.

El tema de las ventanas y la pared de cristal iba a ser especialmente difícil de abordar, pensó. La casa se había construido con la idea de que se viese todo el paisaje circundante, sin atender a cuestiones como la calefacción y la refrigeración. La intensa luz que arrasaría la casa en verano iba a suponer un verdadero problema. Era obvio que el arquitecto había decidido dejar la temperatura interior en manos del aire acondicionado.

—Dejad que vuestro ser flote hacia el horizonte. Estamos en el plano astral. Aquí, las percepciones son completamente distintas.

Era una casa enorme. Tabitha seguramente querría seguir aferrada al color blanco. Sin embargo, Zoe tal vez lograría hacerle entender que había otros colores neutros que podían funcionar igual de bien pero evitarían que en verano todo brillase tanto.

—Fundámonos con el universo.

La sesión, que duraba cuarenta y cinco minutos, se le estaba haciendo interminable. Sin embargo, en un momento dado, Tabitha ordenó a sus alumnos que regresaran a sus cuerpos.

—Hemos utilizado más energía psíquica de lo que pensáis —dijo, levantándose de su silla con elegancia—. Así que os invito a beber un poco de la infusión de hierbas que he preparado especialmente para vosotros.

La rubia sentada junto a Zoe sonrió y se puso de pie.

—Bueno, ¿qué te ha parecido? —le preguntó con entusiasmo—. ¿Has sacado algo de esta experiencia?

—Me parece que no se me da muy bien meditar —reconoció Zoe, preguntándose por qué lo decía como si se sintiera culpable.

—Hace falta práctica, como en todo. Asisto a estas sesiones desde el mes pasado y siento que he progresado mucho. Me he pasado la vida preocupándome por cualquier cosa, pero la meditación me está enseñando a relajarme y a tomarme la vida de otra manera.

—Me alegro por ti.

—Todavía me queda un largo camino por recorrer —añadió la mujer, haciendo una mueca—. Por ejemplo, aún no he conseguido reunir el valor necesario para contarle a mi marido que me he apuntado a estas clases, porque no estaría de acuerdo en absoluto. Es un buen hombre pero muy estrecho de miras, ya sabes.

—Recela de todo, ¿verdad?

—Exacto. Y cualquier cosa que esté remotamente relacionada con la metafísica le parece un fraude o una estafa, o producto de la imaginación.

—Mi marido piensa de forma parecida —dijo Zoe—, pero al menos acepta que... bueno, que me interese la metafísica.

—Es una suerte.

—No quiero meterme donde no me llaman, pero si no le has dicho lo de las clases, ¿cómo justificas el coste? Es un curso bastante caro.

—Por fortuna las cuentas las llevo yo, porque desde que nos casamos él siempre está ocupado dirigiendo su empresa. No te rías, pero estas últimas semanas me he visto obligada a extenderme cheques a mi favor y luego pagarle a Tabitha en efectivo, para que no quede ninguna prueba documental que pueda encontrar mi marido. Tendré que decirle la verdad un día de éstos, pero no me atrevo. Estoy segura de que no se lo tomará nada bien.

—¿Prueba documental?

—Bueno, de algo me ha servido estar casada con un detective privado todos estos años. Cuando vives con uno, acabas por hablar igual que él. Por cierto, creo que no me he presentado. Soy Daria Radnor. —Zoe se echó a reír—. ¿Qué te hace tanta gracia?

—Esto ha de ser cosa del destino —dijo, tendiéndole la mano—. Soy Zoe Truax, la esposa de Ethan Truax, de Investigaciones Truax.

—Claro; encantada de conocerte. Nelson me ha hablado de tu marido. Por lo visto, parece que han tenido alguna que otra disputa, pero, si te soy sincera, creo que mi esposo envidia un poco la vida del tuyo.

Antes de que Zoe pudiera responder, Tabitha se acercó para saludarlas.

—Zoe, estoy encantada de que hayas venido. Tenía muchas ganas de que asistieses a una de mis sesiones antes de comenzar a elaborar tu propuesta. Es la única manera de que veas la clase de energía que quiero para este espacio.

—Ha sido una experiencia enriquecedora —mintió Zoe amablemente, consciente de que Lindsey Voyle las estaba mirando desde el otro extremo de la sala.

Tabitha entornó los ojos y escrutó a Zoe con una intensidad incómoda.

—A menudo nos limitamos a ver el mundo desde una perspectiva estrecha —dijo—. Eso nos impide abrirnos a otras realidades y posibilidades.

—Tienes mucha razón —coincidió Daria.

—Tengo una teoría —comentó Tabitha y tocó el brazo de Zoe, pero instantáneamente apartó los dedos como si se hubiera quemado. Miró a Zoe un instante, como sorprendida, tragó saliva y esbozó una sonrisa que curiosamente denotaba comprensión—. Bien, como decía, es el miedo lo que nos hace evitar esas otras perspectivas. Debemos superarlo si queremos encontrar las respuestas a nuestras preguntas.

Por primera vez, Zoe percibió el leve indicio de una energía psíquica extraña en aquella enorme habitación. Sin embargo, la sensación desapareció al cabo de un instante.

Tabitha se volvió, agitando sus ropajes dorados y plateados, y fue a reunirse con el resto del grupo.

Zoe sintió un ligero mareo. Le palpitaban las manos y le costaba respirar.

«Es el miedo lo que nos hace evitar esas otras perspectivas.»


—Estás de broma —dijo Ethan, sosteniendo el tenedor sobre el plato—. ¿Daria Radnor está yendo a clases de meditación?

Zoe, sentada enfrente de él, sonrió sin molestarse en esconder su satisfacción.

—Todos los martes y jueves por la tarde, desde hace un mes.

—Pues vaya —repuso Ethan, pensando en Radnor—. El pobre hombre se piensa que tiene un amante.

—No supe qué decirle. No podía contarle que su marido está obsesionado con la posibilidad de que ella lo esté engañando y que quiso contratarte; así que opté por mantener la boca cerrada.

—Sabia decisión —opinó Ethan, y tomó un poco de ensalada.

—Bueno ¿qué vas a hacer al respecto?

—¿Yo?

—Sí, tú, Truax. Debes hacer algo.

Ethan se quedó escuchando el ruido de fondo del restaurante, que aquella noche estaba lleno de gente. Singleton había sugerido aquel lugar cuando Ethan le había dicho que no quería llevar a Zoe a Las Estrellas, estando fresco aún el altercado con Dexter Morrow.

¿Qué iba a hacer con Radnor? Menudo engorro.

—Su mujer acabará por contarle lo de las clases —adujo.

—Eso puede ser dentro de mucho tiempo. Puede que semanas. O meses. Está claro que Daria ignora que Nelson está sufriendo. Y las sospechas de él pueden tener un impacto muy negativo en su relación.

—Oye, cariño, no creo que...

—Tabitha dijo algo sobre que nuestros miedos no nos dejan ver las cosas con otros enfoques. Creo que tiene razón. Nelson está atrapado en el peor pensamiento que podía ocurrírsele y no puede superarlo.

—Como regla general, no suele ser aconsejable inmiscuirse en la vida privada de los demás.

—Pues tú te pasas todo el rato haciendo eso. Te dedicas a inmiscuirte en la vida de los demás.

Ethan respiró hondo, distanciándose de la situación.

—Lo cierto es que el hecho de pensar que su mujer tiene un amante lo está reconcomiendo.

—Si fueras tú el que se encontrase en esa situación, ¿qué harías?

Ethan se puso nervioso.

—No le pediría a nadie que averiguara la verdad por mí —dijo.

—¿Y bien?

Ethan se encogió de hombros y tragó saliva.

—Hablaría contigo.

—¿En serio? —repuso Zoe.

—Tú nunca me mentirías —dijo él, y se sorprendió de la lógica de su respuesta—. Lo cual significa que nunca me hubieras engañado.

—Claro que no.

—Lo cual convierte tu pregunta en algo totalmente hipotético, así que cambiemos de tema.

—Vale. ¿Sabes?, he de admitir que esto de descubrir cosas es divertido.

Ethan sonrió.

—De vez en cuando hay casos que acaban bien —dijo.

—Y hace que todo valga la pena, ¿no?

—Pues sí.

—Lo cual me recuerda que tengo un regalito para ti —añadió Zoe, y sin más cogió su bolso, sacó un paquetito envuelto para regalo y se lo tendió.

Ethan se tomó su tiempo abriéndolo y sonrió en cuanto vio de qué se trataba.

—Justo lo que siempre he querido —dijo—. Un *spray* de defensa personal.

# 39

Arcadia entró poco a poco en la burbujeante piscina del polideportivo y se colocó al lado de Zoe y Bonnie.

—Tengo que confesarte algo, Zoe —dijo—. Nunca más volveré a burlarme de ti por comprarle a Ethan todos esos productos para su seguridad y su salud. Ayer por la tarde fui a comprarle a Harry unas vitaminas y el protector solar más fuerte que encontré.

—Dadas las circunstancias, me parece perfectamente razonable —opinó Bonnie.

Zoe se estremeció.

—Cada vez que pienso en vosotros dos y Grant Loring en aquel callejón, me entran escalofríos —dijo.

—No eres la única —reconoció Arcadia.

—No puedo ni imaginarme lo horrible que debió de ser la experiencia del carrito —dijo Bonnie.

—Pues bastante, pero lo peor fue oír a Harry llamando a Grant. Me di cuenta de que no estaba seguro de su identidad, así que traté de que lo supiera cuanto antes. Tuve miedo de que Grant se aprovechara de su vacilación y lo matara antes.

—Así que te pusiste de pie en el carrito para que Harry te viese y ya no dudara —dijo Zoe—. Fue algo muy valiente por tu parte. Grant podría haberte disparado.

—Vosotras hubierais hecho lo mismo, y lo sabéis. Además, ¿qué alternativa tenía? Todavía me cuesta creer que Grant haya muerto. Me siento como si al cabo de años por fin pudiera respirar tranquila.

—¿Qué vas a hacer ahora? —preguntó Bonnie—. ¿Recuperarás tu antigua vida?

—No. Tengo una vida nueva, y siento que vale la pena.

—Te comprendo muy bien —dijo Zoe.

Arcadia miró a su amiga con todo el cariño que le dispensaba.

—¿Qué tal te va a ti? —preguntó—. ¿Has tenido alguna nueva experiencia psíquica desagradable?

—No, gracias a Dios; pero debo deciros que estoy convencida de que no fue John Branch quien dejó esas telarañas. Me habría encontrado con otra en su apartamento si él hubiera sido el origen.

—¿Entonces? —preguntó Bonnie, interesada.

Zoe miró a sus amigas y tomó aire.

—Hay otra posibilidad que quiero comprobar. Lindsey Voyle.

Bonnie y Arcadia se la quedaron mirando con súbita preocupación.

—Y ¿cómo piensas averiguarlo? —preguntó Arcadia.

—Bueno, he estado elaborando un plan.

—Ya me lo temía —dijo Bonnie.

—Cuéntanoslo —se resignó Arcadia.

Zoe se inclinó hacia ellas. El agua burbujeaba y se agitaba a su alrededor.

—He estado pensando en los dos lugares donde me topé con esa energía negativa. Además de las telarañas, había otras coincidencias.

—¿Por ejemplo?

—En ambos lugares había objetos que faltaban o que estaban rotos. —Miró a Arcadia—. ¿Has encontrado tu bolígrafo de Elvis?

—No.

—Ayer estuve repasando las fotos que me dejé en tu despacho. Y falta una, la que nos sacó Theo a ti y a mí.

—¿Eso es todo? —preguntó Bonnie.

—Pues no. Había un jarrón en la biblioteca de La Casa Soñada por los Diseñadores y faltaba una taza roja.

Arcadia pensó un momento.

—¿Crees que es significativo que falten esos objetos o que estén rotos? —preguntó.

—No lo sé, pero estoy convencida de que hay una relación entre ellos. Como ya he dicho, he descartado a Branch y me inclino por Lindsey Voyle. Tendrás que ayudarme, Arcadia.

—¿No crees que deberías pedirle consejo a Ethan? Después de todo, él es el experto.

—No —respondió Zoe—. No quiero involucrarlo en esto; aún no.


Ethan se detuvo frente al resplandeciente escritorio y miró al elegante recepcionista.

—Hola, Jason —dijo.

—Buenos días, señor Truax. ¿Desea ver al señor Radnor?

—Ajá. Dígale que sólo será un momento.

Jason lo anunció por el teléfono y luego colgó.

—Acompáñeme, por favor.

Ethan lo siguió por los lujosos pasillos de la sede de Sistemas de Seguridad Radnor, pasando junto a varios despachos ocupados por empleados sentados delante de ordenadores de última generación. Cada vez que visitaba aquel lugar tenía una extraña sensación de *déjà vu*. Las oficinas de Seguridad Truax en Los Ángeles se parecían mucho a aquel lugar. Ethan solía preguntarse si Nelson y él no serían víctimas de la misma decoradora.

Jason llamó al despacho de Radnor una vez y abrió la puerta. Radnor levantó la vista de unos documentos. Aparentaba haber envejecido cien años en la última semana, pensó Ethan.

—Estoy ocupado, Truax. ¿De qué se trata?

Ethan esperó a que el recepcionista cerrase la puerta y luego se sentó en una de las caras sillas de cuero que había delante del escritorio.

—Pensé que te gustaría saber que mi mujer se encontró con la tuya ayer por la tarde —dijo.

Nelson no se inmutó, pero Ethan se dio cuenta de que tenía muy presente que el día anterior había sido jueves, con todo lo que ello suponía.

—¿Dónde? —preguntó Radnor con voz ronca.

—Ambas asistieron a una clase de técnicas de meditación en casa de Tabitha Pine. Para Zoe era la primera vez, pero parece que tu mujer se ha apuntado para el curso completo. Asiste a esas clases todos los martes y jueves desde hace un mes.

—Todos los martes y jueves —repitió Nelson, y apretó la mandíbula.

—Por la tarde. Paga en efectivo porque cree que tú no lo aprobarías, y prefiere no discutir contigo. El curso completo cuesta unos dos mil dólares.

Nelson cerró el expediente con cuidado y suspiró.

—No sé qué decir —admitió—. Me siento como un idiota.

—Bueno, no seas demasiado duro contigo mismo. Cuando se trata de Zoe, tampoco me hace falta mucho para dejar de pensar racionalmente. Supongo que es cosa de hombres.

—Supongo.

Ethan se puso en pie.

—Si quieres un buen consejo, cómprale un ramo de flores.

—Creo que te haré caso —dijo Nelson, reclinándose en la silla—. Conque clases de meditación, ¿eh?

—Sí.

Nelson hizo una mueca.

—Daria tiene razón. Si me hubiese contado que se ha apuntado a un curso de técnicas de meditación, me habría puesto como un basilisco.

—Pero ya no lo harás, ¿verdad? Es decir, ahora que sabes que has metido la pata hasta el fondo.

—Dime la verdad, Truax. ¿Tú qué harías si tu esposa te dijese que se va a gastar dos mil pavos en unas clases de meditación con una farsante como Pine?

—Te recuerdo que estoy casado con una mujer cuya especialidad es maximizar la corriente de energía positiva en las casas de sus clientes —dijo Ethan secamente.

—Es verdad, no me acordaba. Todo eso del *feng shui*... —dijo Nelson, esbozando una sonrisa. Ahora parecía ciento dos años más joven que unos minutos atrás—. Supongo que si tú puedes con el trabajo de tu mujer, yo también podré con el nuevo pasatiempo de Daria.

—En el fondo te da igual qué hobby tenga tu esposa, ¿no?

—Pues sí —reconoció Nelson—. Tienes razón.


Lindsey Voyle vivía en Desert View, una exclusiva urbanización construida en torno a un campo de golf. A Zoe no le traía recuerdos gratos. Uno de sus antiguos clientes había cometido un asesinato en una de las carísimas casas del lugar. Sin embargo, trató de pensar en otra cosa, ya que ya tenía bastantes problemas que atender aquel día.

Un guardia uniformado de Sistemas de Seguridad Radnor consultó su ordenador y les hizo una señal a Zoe y Arcadia de que podían pasar.

Zoe siguió las indicaciones del guardia y condujo por un camino flanqueado por palmeras, giró a la derecha y se detuvo frente a una residencia de estilo sureño.

Apagó el motor y contempló la enorme casa.

—Puede que Lindsey esté desesperada por trabajar para Tabitha —dijo—, pero no parece que tenga necesidad de ello, ¿no crees?

—Hay muchas razones por las que alguien puede querer algo desesperadamente —le recordó Arcadia—, y no todas tienen que ver con el dinero.

—Ya.

Bajaron del coche y caminaron por un sendero a través de un peculiar jardín de cactus y rocas. Por alguna razón, a Zoe le sorprendió que Lindsey hubiera escogido rodear su casa de cactus. Pero también era cierto que el ayuntamiento de Whispering Springs no veía con buenos ojos los terrenos que requerían mucha agua, a menos, claro está, que se tratara de un campo de golf. En Arizona, los restaurantes no solían servir agua a menos que uno lo pidiese, y los jardines de césped privados eran casi ilegales, pero los campos de golf nunca dejaban de regarse.

Si antes de trasladarse a Whispering Springs alguien le hubiera preguntado qué sabía acerca de los cactus, Zoe habría contestado que no demasiado. Sin embargo, un año en el desierto le había enseñado a ver las cosas de forma diferente. Había descubierto que las distintas variedades de cactus eran fascinantes, y que algunas de ellas eran verdaderamente espectaculares. No cabía duda de que Lindsey había conseguido crear un jardín asombroso.

Los nombres de los cactus solían ser sumamente descriptivos, recordó. Solían ir directamente al grano. Mientras se dirigían a la puerta de la casa, Zoe distinguió Dientes Grandes, Anzuelos y Mondadientes. La entrada de la casa estaba enmarcada por un grupo de verdes Barriles Dorados, cuyos gruesos y verdes cuerpos estaban dotados de miles de espinas amarillas. Infundían respeto, pero a la vez eran tan bonitos como cualquier obra de arte creada por un maestro renacentista.

—¿Sueles entregar joyas a domicilio? —preguntó Zoe mientras esperaban a que Lindsey respondiera al timbre.

Arcadia observó la cajita plateada que llevaba en la mano.

—No, pero Lindsey no tiene que saberlo.

La puerta se abrió y Lindsey dejó de sonreír en cuanto vio a Zoe.

—No sabía que tú también vendrías —dijo con seguridad.

—Zoe y yo vamos de camino a casa de una amiga —dijo Arcadia, tratando de sonar convincente—. No queríamos coger dos coches. Espero que no te importe.

—Pues claro que no —contestó Lindsey, recobrando la compostura e invitándolas a entrar—. Pasad. ¿Podríais quitaros los zapatos?

—Por supuesto —dijo Zoe, entrando en un vestíbulo de paredes claras y suelo de piedra caliza con la esperanza de encontrar alguna energía maligna.

Sin embargo, no percibió nada. «Vaya fiasco», pensó, quitándose las sandalias rojas.

Arcadia hizo lo propio y miró a Lindsey con una sonrisa congelada.

—La pulsera te va a encantar. En mi opinión, es con mucho el mejor trabajo de Meyrick hasta la fecha. Una verdadera obra maestra.

Lindsey se relajó un poco y observó la cajita plateada con ansiedad.

—Me muero por verla —dijo—. Vayamos al salón; tiene una luz excelente a esta hora del día —añadió, dándose la vuelta.

Zoe le hizo una señal a Arcadia y sacudió la cabeza. Nada.

Sin embargo, aquélla era una casa muy grande, pensó. Las telarañas, en caso de haberlas, bien podían estar en otra habitación.

La residencia de Lindsey se asemejaba mucho al dormitorio que había acondicionado en La Casa Soñada por los Diseñadores. Era un auténtico muestrario de alfombras y muebles blancos, acentuado con toques de madera beige y piedra en tonos pálidos. El enorme ventanal del salón daba a las verdes praderas del campo de golf.

Lindsey sirvió tres vasos de té frío y los puso en una bandeja. Arcadia colocó la cajita de la galería Euphoria en una mesita de vidrio y quitó el envoltorio con cuidado.

Se trataba de un brazalete de plata decorado con ámbar y turquesas.

—Es fabulosa —opinó Lindsey, visiblemente satisfecha. Cogió la pulsera y la puso a la luz—. Absolutamente fabulosa.

—Me alegro de que te guste —dijo Arcadia.

Zoe esperó a que las dos se enzarzaran en una conversación sobre el diseño de la pulsera y carraspeó.

—¿El servicio, por favor? —preguntó.

—Al final de ese pasillo —contestó Lindsey sin apartar la vista de su nueva adquisición—. A la derecha.

Zoe miró a Arcadia rápidamente y se puso de pie.

La *toilette* estaba al principio de otro pasillo que presumiblemente llevaba a los dormitorios. Zoe entró, encendió el extractor para despistar en caso de que alguien fuera a buscarla y volvió a salir al pasillo, cerrando la puerta del lavabo con fuerza.

Agradeciendo la norma de Lindsey de quitarse los zapatos antes de entrar en la casa, avanzó descalza por el pasillo, inspeccionando rápidamente cada habitación. El dormitorio principal y la habitación de invitados no escondían ninguna telaraña. Zoe torció el gesto; sus sospechas se estaban desvaneciendo a toda velocidad.

Abrió la última puerta y comprobó que era el estudio de Lindsey. En las paredes había fotografías enmarcadas de ella y de un hombre, sin duda su ex marido. Recordó que Ethan había dicho que se trataba de un importante productor de Hollywood.

Todas las fotos mostraban a Lindsey y a su ex en compañía de estrellas de cine y otros famosos. En algunas fotos incluso salían acompañados por importantes políticos.

Era evidente que la vida de Lindsey Voyle había cambiado después del divorcio. Whispering Springs no era exactamente un sitio donde se refugiasen los ricos y famosos. Allí nunca había glamurosos estrenos de cine, ni chefs de renombre que abriesen restaurantes de moda, ni estrellas o políticos que pasaran allí sus vacaciones.

Zoe estaba a punto de cerrar la puerta cuando de pronto percibió una fuerte energía, mezcla de rabia, dolor y tristeza. Entonces supo que Lindsey no echaba de menos su antiguo estilo de vida, sino su matrimonio. Había amado de veras al hombre que aparecía en aquellas fotos.

Volvió al servicio y apagó el extractor.

Cuando regresó al salón, Arcadia la miró y se puso en pie.

—Ya te avisaré cuando reciba más creaciones de Meyrick —dijo, colgándose el bolso azul al hombro.

—Gracias —contestó Lindsey de excelente humor.

De hecho, cuando las acompañó hasta la puerta se la veía incluso alegre. Probablemente, la adquisición de aquella maravillosa pulsera le había disparado las endorfinas, supuso Zoe.

—Tengo la sensación de que no has encontrado lo que esperabas —comentó Arcadia mientras abandonaban la urbanización.

—Ni rastro —dijo Zoe, aferrando el volante—. Estaba tan segura...

Zoe aceleró. No había motivo para contarle a Arcadia los detalles más escabrosos de sus temores. No había nada que su amiga pudiera hacer al respecto. Sin embargo, entre amigas había ocasiones en que no era necesario decir nada.

—No te estás volviendo loca —dijo Arcadia, comprensiva.

—Pues alguien sí.

# 40

Aquella noche Zoe volvió a soñar con Xanadú.

*Caminaba por el interminable pasillo del pabellón H, dejando atrás una puerta cerrada tras otra, siguiendo el rastro dejado por los pegajosos hilos de energía psíquica.*
*La telaraña se iba haciendo cada vez más densa y aterradora a medida que se acercaba a la habitación de donde provenía.*
*«Detente —se dijo—: Tú no quieres hacer esto.»*
*Sin embargo, no tenía elección.*
*«Es el miedo lo que nos hace evitar otras perspectivas», recordó.*
*Finalmente, llegó a la habitación que albergaba el origen de aquella macabra energía. Cogió el picaporte para abrir la puerta.*
*Entonces leyó el número de la habitación: 232.*

Se despertó empapada en sudor frío, jadeando y temblando espasmódicamente. La habitación 232 había sido la suya.

A su lado, Ethan dormía. Al parecer, esta vez no había gritado.

Apartó las sábana y se incorporó, con cuidado de no despertar a su marido. El pánico que todavía sentía la hizo temblar tanto que casi perdió el equilibrio cuando trató de ponerse de pie.

Cogió la bata del perchero, se la puso y fue a la sala. Se quedó de pie junto a la ventana, mirando cómo amanecía.

¿Cuánto tiempo más iba a poder fingir que no sucedía nada? Ya era bastante malo que se hubiera engañado a sí misma durante las dos últimas semanas. Ahora se sentía culpable por ocultarle a Ethan lo que seguramente era la verdad.

«Tú nunca me mentirías», le había dicho él.

Ella no le había mentido. No exactamente. Sin embargo, él merecía saber toda la verdad, no sólo la versión azucarada que ella le había contado.

Notó cómo le resbalaban las lágrimas. Si al final la verdad era lo que le decían sus pesadillas, tendría que abandonar a Ethan. Sería lo correcto; lo sabía.

Sin embargo, también sabía que eso le rompería el corazón.

Decidió que hablaría con él durante el desayuno, para lo cual faltaba poco. Ya casi había amanecido del todo.

Se secó las lágrimas con la manga de la bata.

—¿Vas a decirme qué te pasa?

Sobresaltada, Zoe se dio la vuelta y lo vio de pie, oscurecido por las sombras. Sólo se había puesto los pantalones.

Descalzo, Ethan se acercó a ella.

—En el desayuno —dijo Zoe.

—La verdad es que ahora mismo no tengo hambre.

—Quiero decir que te lo contaré durante el desayuno.

—¿Contarme qué?

Había llegado el momento de mojarse.

—Oh, Ethan...

—Tranquila —dijo él, pasándose la mano por el cabello—, si quieres que hablemos, de acuerdo, sentémonos a la mesa. Agradezco tu tacto, pero no quiero que te sientas obligada a hacer que este matrimonio funcione.

A Zoe se le cayó el alma a los pies.

—No digas eso —murmuró—. Ni siquiera lo pienses. Te quiero más de lo que nunca he querido a nadie, y te amaré por el resto de mi vida. Que te quede bien claro.

—¿Pero?

Zoe hizo de tripas corazón.

—Pero creo que es bastante probable que me esté volviendo loca, y te amo demasiado como para dejar que sigas casado con una chiflada.

Se produjo un silencio.

—Repítemelo, por favor —pidió Ethan con calma.

Zoe se dejó caer sobre el sofá y se cogió los brazos.

—Ya me has oído.

—¿De veras crees que te estás volviendo loca?

—Sí —contestó ella, fijando la mirada en las orquídeas rosas y amarillas del florero que había en la mesita—. He tratado de convencerme de que las telarañas que percibí en el despacho de Arcadia y en La Casa Soñada por los Diseñadores habían sido dejadas por John Branch o Lindsey Voyle; pero ahora sé que ninguno de ellos era el origen de las mismas.

—Así que piensas que eres tú quien dejó esa cosa en esos lugares, ¿no?

—Es lo único que se me ocurre, Ethan. Soy la única persona aparte de ellos que estuvo en ambos sitios.

—Tonterías.

Zoe lo miró.

—Sé que no crees en mi capacidad de percibir energía psíquica, pero, te guste o no, es la verdad y tengo que afrontarla, incluso si a ti te disgusta.

Ethan la tomó por los brazos y la hizo ponerse de pie.

—Supongamos, por el bien de esta conversación, que tienes poderes psíquicos y que vas soltando por ahí malas vibraciones. Hay algo en tu teoría que no cuadra.

—¿El qué?

—Si el origen de esas vibraciones fueras tú, este apartamento estaría lleno de ellas.

—Pues esa posibilidad es lo único que me queda. Sin embargo, tengo esperanzas de que, sea lo que sea lo que me esté pasando en el plano psíquico, se trate de algo esporádico e intermitente. Como interferencias ocasionales cuando escuchas una emisora de radio.

—Tonterías —repitió Ethan.

—Sabía que no lo entenderías.

—Escucha, cariño, sólo entiendo una cosa, y es que no te estás volviendo loca.

—¿Cómo puedes estar tan seguro? —repuso Zoe, tratando de no subir el tono de voz. El miedo a volverse loca se unía con el miedo a perder a Ethan, y ambos amenazaban con derrumbarla—. Ni siquiera crees en mis poderes psíquicos, así que ¿cómo demonios puedes asegurar que no estoy loca?

—Pues por la misma razón por la que tú no crees que yo sea un maníaco homicida, a pesar de que te he contado que urdí un plan para acabar con la vida de un hombre.

Se hizo un breve silencio.

Zoe frunció el entrecejo.

—Por el amor de Dios, Ethan; es algo distinto. Tú no eres un asesino.

—Pues cuando te miro a los ojos, yo tampoco veo que estés loca.

—No es algo que pueda verse tan fácilmente.

—Por supuesto que sí. ¿Cómo crees que la gente descubre que alguien está loco? Los locos de verdad suelen ser los últimos en enterarse. Es la gente que tienen a su alrededor la que se da cuenta de que algo no va bien. Confía en mí; ninguno de tus amigos piensa que te hayas vuelto loca.

—Ethan, sé que algo va mal —insistió ella, temblando—. Puedo sentirlo. Creo que Tabitha tiene razón. He de superar mis miedos y observar la realidad desde otra perspectiva.

—Puede que Tabitha Pine tenga una frase ingeniosa para cada ocasión, pero, como te dije el otro día, los detectives también. Por ejemplo, ésta: «No busques respuestas complicadas si tienes una respuesta lógica y simple delante de las narices.» Y la respuesta más simple y lógica en este caso es que últimamente has estado sometida a una gran presión, y has reaccionado de esta manera. Eres dura de pelar, pero no invulnerable. Nadie lo es. Trata de asumir que todo ha vuelto a la normalidad antes de empezar a preocuparte por tu estado psíquico.

—Pero y ¿qué pasa si me pongo peor incluso ahora que todo ha vuelto a la normalidad?

—No creo que empeores. Tengo la corazonada de que tus supuestas telarañas son algo similar a los malos días que yo padezco cada noviembre. Como una reacción postraumática.

—Pero, Ethan...

—Si te pones peor, prometo que haremos algo al respecto —le aseguró él, tomándola por los hombros—. Juntos.

«Juntos.» La palabra refulgió en la oscuridad. Zoe había estado sola tanto tiempo que casi se había acostumbrado. Incluso durante su matrimonio con Preston se había sentido sola, ya que nunca había sido capaz de contarle la verdad sobre ella misma.

Ethan, sin embargo, podía con todo, incluso con una mujer que creía tener poderes psíquicos.

—Te amo —dijo Zoe, abrazándolo por la cintura con todas sus fuerzas.

Ethan le puso una mano en cada mejilla y la besó.

—Yo también te amo —dijo—. Ahora somos un equipo. Pase lo que pase, estaremos juntos. ¿De acuerdo?

—De acuerdo.

Al cabo de un momento, Ethan la cogió de la mano y la llevó al dormitorio. Allí, con la luz del nuevo día, le hizo el amor con una pasión tan ardiente que a ella se le borraron todos los miedos.

Al menos por un rato.

# 41

Hooper salió por la puerta trasera de Casa de Oro justo cuando Zoe estaba aparcando. El hombre llevaba una caja de cartón sin plegar en una mano y una bolsa de basura en la otra.

Zoe bajó del coche y vio cómo su vecino colocaba la bolsa y la caja en el contenedor, de tal forma que ésta tapase el cartel de APLASTEN LAS CAJAS.

No sabía por qué aquel día había vuelto a casa tan temprano. Se había pasado las últimas horas sola en su despacho, incapaz de concentrarse en ningún proyecto por culpa de una creciente sensación de malestar.

Había tratado de sumirse en su investigación sobre las telarañas psíquicas, pero tan pronto había abierto el primer libro, un tratado sobre el antiguo sistema de Vastu, la sensación se había vuelto insoportable.

La necesidad de volver a Casa de Oro se había vuelto tan imperiosa que había acabado por hacerlo. De alguna manera, intuía que algo importante le había pasado por alto en los apartamentos.

Miró a Hooper y meneó la cabeza.

—Muy bonito, Hooper; muy bonito.

—Es mi manera de demostrar que he ganado —dijo él, sacudiéndose las manos, satisfecho—. Puede que los demás hayáis tirado la toalla, pero yo pienso seguir luchando. Es más, tengo un arma secreta. No veo la hora de que la sargento Duncan me llame para darme otra reprimenda por no haber aplastado las cajas. Se va a enterar de quién soy yo.

—¿Piensa rescindir el contrato?

—No, qué va —dijo Hooper, lanzando las llaves de su coche al aire y volviéndolas a coger—. Tengo una sorpresita para doña Estreñida.

—¿De qué se trata?

Hooper puso cara de orgullo.

—Agárrese. Robyn Duncan fue despedida del último trabajo que tuvo en Whispering Springs porque mintió sobre su currículo. Basta con una llamada a los propietarios de Casa de Oro para que la sargento sea historia.

—¿Cómo sabe eso?

Hooper echó un vistazo alrededor para asegurarse de que nadie lo oía y se acercó a Zoe.

—Anoche me reuní con un amigo para tomar unas cervezas. Le conté del ogro que tenemos aquí por administrador, y él me dijo que se parecía a una mujer que había trabajado para él el mes pasado. Y resultó que se trataba de Robyn.

Zoe aferró el bolso.

—¿Está seguro de que mintió en su currículo?

—Eso me dijo mi amigo. La contrataron temporalmente porque estaban cortos de personal, pero cuando revisaron su solicitud descubrieron que la tía se había inventado sus referencias laborales de los últimos tres años.

—¿De qué se trata? ¿Estuvo en la cárcel o algo así?

—Peor —dijo Hooper con una sonrisa maliciosa—. Estuvo internada en una especie de hospital psiquiátrico.

Zoe se quedó de una pieza.

—¿Está seguro? —preguntó.

—Mi amigo no tiene duda —dijo Hooper yendo hacia su coche—. No veo la hora de que me venga de nuevo con lo de las puñeteras cajas. Me muero de ganas de decirle que sé que está como una cabra.

—Hooper.

—¿Sí?

—¿Dónde trabaja su amigo?

—En Sistemas de Seguridad Radnor.

Zoe no se lo pudo creer.

Hooper se marchó en su coche. Al cabo de un momento, ella se repuso y entró en el edificio. Había un pulcro cartel en la puerta de Robyn que informaba a los inquilinos que había tenido que salir por motivos personales.

Zoe trató de abrir la puerta del despacho, pero estaba cerrada con llave. Echó un vistazo al recibidor y las escaleras. Nadie a la vista. El edificio parecía desierto, como solía pasar a aquella hora de la tarde, cuando la mayoría de los inquilinos estaba trabajando.

Zoe sopesó sus opciones. Podía llamar a Ethan y pedirle consejo, pero estaba segura de que él le diría que no hiciese nada.

Y hacer nada no era una opción. La sensación de ansiedad se estaba convirtiendo en angustia.

No podía esperar. Tenía que averiguar qué estaba pasando allí.

El apartamento de Robyn estaba al fondo del pasillo del primer piso. También debía de estar cerrado con llave pero Zoe sabía que Robyn solía dejar la ventana de su dormitorio abierta durante el día.

Se dirigió a la parte trasera del edificio. La caseta de las herramientas de jardinería y el equipamiento de la piscina ocultaba parcialmente la ventana en cuestión. Zoe volvió a mirar alrededor. Nadie que pudiera ser testigo del allanamiento de morada que estaba a punto de cometer.

Buscó en su bolso insondable y dio con la pequeña navaja suiza que siempre llevaba consigo.

No le resultó difícil quitar la mosquitera del marco de aluminio de la ventana.

Hizo acopio de valor y se coló en el apartamento.

El primer indicio de energía oscura no fue peor que los encontrados en el despacho de Arcadia y en la biblioteca de La Casa Soñada por los Diseñadores. Se había preparado para ello, así que pudo soportarlo. Se sintió tremendamente aliviada. Después de todo, no estaba loca.

Se quedó de pie en la alfombra junto a la ventana y observó la habitación. Decir que estaba ordenada hubiera sido subestimar la precisión con que estaban dispuestos los muebles. La cama era tan estrecha y tenía las sábanas almidonadas tan bien dobladas que recordaba a las camas de los pacientes en Candle Lake.

Observó el pequeño tocador situado en el otro extremo de la habitación. La foto que faltaba de las que había dejado en el despacho de Arcadia estaba encima, junto a la taza roja.

Dio un paso y, sin darse cuenta, se metió de lleno en una maraña de energía densa y furiosa.

Sintió pánico. Estaba atrapada en el corazón de la telaraña.

Aquella cosa le envolvió los sentidos, inutilizándolos. Zoe cayó en la más absoluta de las oscuridades. La ausencia repentina de luz la desorientó. Trató de agarrarse a algún mueble para no derrumbarse, pero comprobó que había perdido el tacto.

Estaba aterrorizada. Tenía que salir de allí; pero ¿cómo iba a hacerlo si no podía ver, oír ni sentir? Intentó mover las piernas, pero no logró saber si éstas le respondían.

Estaba atrapada en una pesadilla. Si no recuperaba los sentidos de inmediato, iba a enloquecer. Abrió la boca para pedir ayuda, pero como no podía oír tampoco podía saber si podía hablar.

Se agitó violentamente durante lo que le pareció una eternidad, luchando contra las interferencias que le nublaban la mente. Debía recuperar el control o acabaría perdida para siempre en aquella terrible oscuridad.

Trató de recordar cómo hacía para disipar la energía de bajo nivel. La técnica requerida para salir de aquella trampa no podía ser muy distinta. Debía canalizar la energía de manera armónica, sí, eso.

*Feng shui* de la mente.

Lenta y dolorosamente, haciendo acopio de toda su voluntad y energía psíquica, consiguió apagar las interferencias. Poco a poco, parte de las vibraciones oscuras fueron disipándose.

De repente volvió la luz y sus sentidos revivieron. Percibió el áspero roce de una alfombra bajo las manos y se dio cuenta de que se había caído al suelo.

Debilitada por la lucha interna que había librado, abrió los ojos y miró hacia la puerta de la habitación.

Robyn Duncan estaba allí, y tenía una pistola en la mano.

—Podrías haber llamado —dijo.


Ethan, de pie detrás de Singleton, miraba la pantalla del ordenador.

—Buen trabajo —dijo, fijándose en un nombre que destacaba del resto.

—No ha sido difícil —dijo Singleton—. El sistema de seguridad informático de Radnor está anticuado. Cualquier *hacker* medianamente decente podría haberlo franqueado en un cuarto de hora.

—Pues a ti sólo te ha llevado cinco minutos.

—Eso es porque soy bastante mejor que un *hacker* medianamente decente.

—Es cierto.

Singleton ladeó la cabeza. La imagen de la pantalla se le reflejó en sus gafas.

—¿Qué te ha hecho pensar que quien entró en el despacho de Arcadia y en la biblioteca de Zoe podía trabajar para Radnor?

—Harry comentó que la otra noche se encontró con un guardia de Radnor en Fountain Square. Dijo que los guardias de seguridad lo ponen nervioso porque pueden ir a todas partes sin llamar la atención y encima suelen tener acceso a las llaves. Esta mañana recordé que Radnor se encarga tanto de la seguridad de La Casa Soñada por los Diseñadores como de Fountain Square. Así pues, algún empleado de Radnor pudo haber entrado y salido de ambos sitios sin dejar rastro.

—Estoy impresionado.

—Me ha costado lo mío —reconoció Ethan.

Singleton se reclinó en la silla.

—¿Por qué no has pedido a Radnor una lista de sus empleados?

—No quería ponerlo en lo que los detectives privados solemos llamar una posición incómoda.

—Ya, claro. Un jefe responsable no puede soltar ese tipo de información, a menos que se lo pida la policía.

—Además, era más fácil de esta manera.

—Eso seguro —dijo Singleton.

—Naturalmente, no he tenido reparos en pedirte que te colases en los archivos de Candle Lake, no después de lo que hicieron a Zoe.

—Estoy contigo.

Ethan leyó rápidamente.

—Parece que Robyn Duncan estuvo ingresada allí tres años —comentó Singleton.

—Zoe sólo estuvo tres meses y fue un infierno. Tres años deben de parecer una eternidad, pero en este momento no siento pena por Robyn. Creo que está acosando a mi esposa.

—La verdad, que esté en Whispering Springs y que trabaje en el edificio donde Zoe y tú vivís no parece una coincidencia.

Ethan siguió leyendo la información expuesta en la pantalla.

—¿Cuándo le dieron el alta? —preguntó.

—Al parecer, no se la dieron —contestó Singleton, avanzando un par de páginas—. Por lo menos, no de manera oficial. Según este informe, se largó el mes pasado.

—Maldita sea.

—Justo después de que Zoe y tú volvierais a Candle Lake y pusieseis el lugar patas arriba. Supongo que aprovechó la confusión general para escaparse.

—¿Tiene familia?

—Veamos... —dijo Singleton, observando la pantalla—. No, ya no; pero parece que heredó un montón de dinero y que designaron a un albacea para que administre la fortuna. Un tipo llamado Ferris, que fue quien firmó los papeles de su ingreso en la clínica.

—Y que luego probablemente les pagó para que tuvieran encerrada a Robyn mientras él aprovechaba dicha fortuna.

—Eso solían hacer en Candle Lake —asintió Singleton.

Ethan leyó el formulario de admisión de la muchacha y se detuvo en cuanto reconoció algunas frases que le resultaban familiares.

«El paciente padece severas alucinaciones auditivas y asegura que las paredes le dicen cosas.»

—Mierda —murmuró.

Singleton enarcó una ceja.

—El mismo diagnóstico que hicieron de Zoe cuando ingresó, ¿verdad?

—Casi idéntico.

# 42

—Nunca te fijaste en mí en Candle Lake, ¿no? —dijo Robyn—. Nadie se fijaba en mí cuando estaba allí. Al final dejé de repetirles que no estaba loca. Me limité a quedarme callada y a fingir que era invisible. Al cabo de un tiempo, todo el mundo acabó por ignorarme. Salvo la doctora McAlister, claro.

—Ése era el truco para sobrevivir en Candle Lake —dijo Zoe, comprensiva—. Mantener la boca cerrada y no causar problemas.

—Tres veces a la semana me sacaban del pabellón H para que fuese a la biblioteca del segundo piso. Me crucé contigo varias veces en los pasillos y comprendí que los enfermeros te llevaban al despacho de McAlister. Fue en ese momento cuando me percaté de que probablemente te pasaba lo mismo que a mí.

—¿McAlister también probaba cosas contigo? —preguntó Zoe, y trató de incorporarse poco a poco, lo cual le resultaba difícil porque estaba dedicando la mayor pare de su energía y concentración en contener la telaraña. Los pegajosos hilos amenazaban con apoderarse de sus sentidos de nuevo.

—No te muevas —dijo Robyn, levantando la voz y agitando la pistola con nerviosismo.

Zoe contuvo la respiración.

—Tranquila, Robyn. No me muevo, ¿ves?

Al cabo de unos segundos, Robyn se serenó un poco.

—Quédate donde estás —ordenó.

—Cuéntame tu experiencia con la doctora McAlister —pidió Zoe.

—Pensaba que le caía bien. Era la única que me creía cuando le decía que, a veces, sentía cosas en las paredes.

—Te convenció de que deseaba ayudarte, ¿no es así?

—Sí.

Zoe suspiró.

—¿Cuánto tiempo te llevó darte cuenta de que sólo quería utilizarte para su trabajo como asesora de la policía?

—No me importaba ayudarla. Quería ayudarla. Las cosas me fueron bien durante un tiempo. Me hacía sentir bien saber que estaba ayudando a la policía a atrapar criminales que merecían ser castigados.

—¿A pesar de que McAlister se llevase todo el reconocimiento y no hiciera nada para sacarte del pabellón H?

—Me prometió que, cuando estuviera lista, conseguiría que me diesen el alta.

—Pero nunca estuviste lista, ¿no? La muy mentirosa. Nunca tuvo intención de sacarnos de allí. Quería retenernos indefinidamente para seguir haciendo experimentos y pruebas con nosotras.

Robyn no dejaba de parpadear. La mano con que sostenía la pistola le temblaba tanto que Zoe temió que apretase el gatillo sin querer.

—El problema fue que comencé a tener interferencias —dijo Robyn.

—¿Interferencias? ¿Te refieres a las telarañas?

—¿Qué telarañas? ¿De qué me estás hablando?

—Hay algo en esta habitación, una especie de energía pegajosa —le explicó Zoe—. La misma que encontré en el despacho de Arcadia y en la biblioteca de La Casa Soñada por los Diseñadores.

—Mientes. Yo no percibo nada.

—Seguramente porque tú eres la causante. ¿No has notado que, si bien podemos percibir la energía dejada por otras personas, ¿no ocurre lo mismo con nuestra propia energía?

Robyn suspiró.

—A veces, en mi habitación de Candle Lake me sentía asustada y furiosa... Pero nunca percibí esas emociones en las paredes de mi cuarto.

—A mí me pasó lo mismo. Supongo que se trata de una especie de mecanismo de autodefensa —dijo Zoe, e hizo una pausa—. Cuéntame sobre tus interferencias.

—Siento cuando se acerca una, pero de repente todo a mi alrededor se distorsiona y pierdo el conocimiento un par de minutos.

—¿Como si te diera un ataque?

—Sí, eso. Cuando me recupero me siento bien de nuevo, pero no recuerdo nada de lo ocurrido durante esos minutos de oscuridad. Cuando comencé a tener interferencias pensé que era señal de que mis poderes psíquicos se estaban fortaleciendo, tal vez porque estaba trabajando con McAlister. Supuse que era mi reacción a las drogas que McAlister solía darme antes de hacer sus experimentos.

—También probó esos medicamentos conmigo. Detestaba el efecto que tenían en mí.

—Yo también, pero me dije que, si funcionaban, merecía la pena. Entonces tuve interferencias en dos sesiones seguidas, y McAlister se asustó.

—¿Qué pasó?

A Robyn le temblaba el labio.

—La primera vez no fue muy fuerte. Sólo duró unos segundos, pero creo que me golpeé contra el escritorio de McAlister y me desplomé. La segunda fue peor. La doctora me dijo que había tirado una lámpara al suelo y que tuvo que llamar a los enfermeros para que me redujeran. Supongo que se asustó.

—Me alegro; se lo merecía.

—Llegó a la conclusión de que me estaba volviendo loca. Vi lo que escribió en mi expediente. Diagnosticó que, mentalmente, yo no era lo bastante fuerte para controlar mis poderes psíquicos, y que eso me estaba volviendo loca.

—¿Por qué viniste a Whispering Springs? —preguntó Zoe.

—Te seguí; ¿no te das cuenta? Cuando te escapaste de Candle Lake comprendí que, al contrario que yo, tú eras fuerte. Quería tener el mismo control sobre mí misma que tenías tú. Después de tu fuga, solía quedarme despierta por la noche, preguntándome dónde te encontrarías y qué estarías haciendo. Cuando los enfermeros dijeron que habías muerto, no les creí. Me dije que los habías engañado y me alegré.

—Eres más fuerte de lo que crees, Robyn. De lo contrario no habrías sobrevivido a Candle Lake.

—Sobreviví, pero no conseguí controlar las interferencias. Cada vez eran peores. Entonces, hace unas semanas, Truax y tú fuisteis a Candle Rock, y todo cambió.

—¿Fue en ese momento cuando escapaste?

—Salí caminando tranquilamente —dijo Robyn—; nadie intentó detenerme.

—¿Y viniste a buscarme?

—Pensé que si te observaba conseguiría averiguar cómo controlabas tus poderes psíquicos para que no te destruyeran.

—¿Por qué no me lo dijiste derechamente?

—Por las interferencias —contestó Robyn con tristeza—. No quería que supieras que me estaba volviendo loca. Pensé que temerías contagiarte de mí o algo parecido.

—¿Por qué te colaste en La Casa Soñada por los Diseñadores y en el despacho de Arcadia?

—La galería de arte es el lugar donde trabaja tu mejor amiga. Nunca he tenido una amiga así. Quería saber qué se siente al tener una conexión así con otra persona. A la casa fui porque deseaba sentir la influencia de tu creatividad.

—Nadie acudió a repararme la tele, ¿verdad? —dijo Zoe—. Por eso no pudiste describirlo. Esa persona nunca existió. Sólo querías la llave de mi apartamento para entrar en él y empaparte de mis vibraciones.

—Quería saber qué se siente al llevar una vida normal en compañía de un hombre —reconoció Robyn, sollozando—. Nunca me he atrevido a contarle a ninguno la verdad sobre mí. Quería experimentar qué se siente al estar enamorada.

Zoe observó el tocador.

—¿Por qué cogiste la taza y la foto?

—Pensé que teniendo alguna cosa tuya podría concentrarme mejor en ti. No quise coger nada de valor; no te estaba robando. Tan sólo las tomé prestadas. No pensé que las echases en falta.

—Rompiste un bolígrafo en el despacho de Arcadia y el florero de mi biblioteca.

—Fue por accidente —dijo Robyn, y volvió a temblarle la mano—. Tuve uno de mis... ataques, en ambos lugares, y el bolígrafo y el jarrón acabaron rotos.

Zoe advirtió que Robyn estaba cada vez más excitada, y que la pistola podía dispararársele en cualquier momento.

—Tranquilízate —dijo con calma—. Te entiendo.

—No, no me entiendes. —De repente, Robyn pareció relajarse—. Tú eres fuerte. No tienes ni idea de cómo son esas interferencias.

—Pues claro que sí. Puedo sentir tu energía aquí mismo, en esta habitación. También te percibí un par de veces en Candle Lake.

—Vine aquí porque quería observarte, aprender de ti. Sin embargo, sé que no serviría de nada. Nunca podré ser tan fuerte como tú.

—Matándome no conseguirás nada.

A Robyn pareció sorprenderle aquel comentario.

—Pues claro que no —dijo.

—Robyn, baja la pistola. Hablemos.

—Es demasiado tarde para hablar. Ya no puedes ayudarme. No deberías haber entrado aquí. Estaba preparada cuando te oí entrar por la ventana. Si no me hubieras interrumpido ya se habría acabado.

—Robyn, escúchame, por favor —le pidió Zoe una vez más, sintiendo pena por aquella pobre mujer.

De repente, detrás de Robyn surgió una sombra. Ethan. Había entrado silenciosamente en la habitación y empuñaba su pistola.

Zoe trató de hacerle una señal con la cabeza. Ethan pareció entenderlo, y se detuvo a unos centímetros de Robyn.

—Adiós, Zoe —dijo la mujer—. Ojalá hubiéramos podido ser amigas, pero ahora sé que eso es imposible. ¿Por qué iba a querer alguien fuerte como tú ser amiga de una debilucha como yo?

Robyn dirigió la pistola hacia ella misma y abrió la boca.

—¡No! —exclamó Zoe, desesperada—. No lo hagas, por favor.

—Es mejor así. Mientras tuve esperanzas de que algún día lograría controlar las interferencias, valía la pena vivir; pero cada vez es peor, Zoe. No soporto pensar que voy a volverme loca.

—Te entiendo, pero no dispares; hazlo por mí —rogó Zoe, y se puso en pie poco a poco, luchando contra los hilos de energía oscura—. Por favor.

—Ya te he dicho que no voy a hacerte daño. Nunca he querido hacértelo.

—Pues me harás daño si te matas. No puedes imaginarte cuánto bien me hace el saber que existes, Robyn. Ojalá te hubiese conocido en Candle Lake. Seguro que McAlister quería evitarlo porque así le era más fácil manipularnos.

—Yo no puedo hacer nada por ti, Zoe. Me estoy volviendo loca.

—Eso no lo sabemos.

—La doctora McAlister dijo que...

—McAlister era una maldita mentirosa que quería utilizarte. ¿Te hizo alguna prueba médica de verdad?

—Probó conmigo muchos medicamentos.

—Si se trataba de las mismas drogas que me daba a mí, no eran para ayudarte. No te suicides, por favor. Si lo haces, me pasaré la vida preguntándome si mi destino será igual al tuyo. Puede que algún día yo también sienta ganas de meterme una pistola en la boca.

—No —dijo Robyn, tensa—. Eso nunca sucederá. Tú eres fuerte.

—Nadie es perfecto, Robyn. Mira, hagamos un trato. Deja que los médicos traten de averiguar la causa de esas interferencias.

—Cuando les diga que las paredes me dicen cosas, van a pensar que estoy loca. Me mandarán de vuelta a Candle Lake.

—No dejaré que nadie te mande de nuevo a ese lugar. Te lo prometo. En cuanto a los médicos, no mencionaremos que tienes poderes psíquicos. Les diremos simplemente que sufres desmayos. Quizá lo que te está pasando no tiene relación con tu sexto sentido. Te debes a ti misma el tratar de averiguar la verdad antes de hacer nada. Me lo debes a mí, que soy tu amiga.

Una luz de esperanza cruzó el rostro de Robyn.

—¿Me acompañarás a ver a los médicos? —preguntó.

—Sí. Te doy mi palabra.

Robyn se quedó inmóvil.

Ethan se acercó a ella y le quitó suavemente la pistola de la mano. La muchacha ni siquiera pareció enterarse. Se llevó las manos a la cara y rompió a llorar.

Zoe acabó de incorporarse y fue a abrazarla, y siguió abrazándola hasta que Robyn se quedó sin lágrimas.

Cuando finalmente la mujer levantó la cabeza, miró a Zoe con resignación y una profunda tristeza.

—Cuando se enteren de que tal vez estoy loca y que estuve ingresada en Candle Lake, el señor y la señora Shipley me despedirán —murmuró—. Voy a echar de menos este trabajo. Siento que he nacido para administrar Casa de Oro.

# 43

—¿Van a operar a Robyn? —preguntó Arcadia—. ¿Cuándo?

—Pasado mañana —contestó Zoe—. Ethan y yo nos vamos a Phoenix para acompañarla después de la operación.

Eran un poco más de las diez de una mañana soleada y calurosa, y Fountain Square estaba lleno de gente por todos lados.

—Seguro que está muerta de miedo —comentó Arcadia, estremeciéndose—. Por lo menos, yo lo estaría si fueran a operarme del cerebro.

—Está aterrorizada, pero menos que cuando creía estar volviéndose loca. Estaba con ella cuando le dieron los resultados del escáner. Se puso a llorar. Tendríais que haber visto la cara del médico cuando se dio cuenta de que lloraba de alegría, no por el diagnóstico.

—Seguramente nunca había tenido una paciente que llorase de alegría al enterarse de que tiene un tumor cerebral —dijo Arcadia.

—Supongo que no. Por supuesto, no le dijimos el motivo, sólo que estábamos muy contentas de que pudiera operarse.

—¿No le contasteis lo de sus poderes psíquicos?

—No. Cuando tuvo los resultados, nos comunicó que estaba seguro casi al cien por cien de que el tumor es la causa de los ataques de Robyn. Nos dijo que debía de llevar ahí bastante tiempo.

—¿Es benigno?

—No lo sabrá hasta tener las pruebas de laboratorio después de la operación, pero dijo que tiene todo el aspecto de ser un tipo de tumor que crece muy lentamente y que es bastante sencillo de extraer.

—No concibo que las palabras «sencillo» y «tumor cerebral» puedan estar en la misma frase, pero supongo que todo es posible.

—Bueno, existen muchos riesgos, es verdad; pero, si queréis que os diga la verdad, ahora que ha superado su mayor miedo, lo que más le preocupa a Robyn es perder su trabajo.

—«Nacida para administrar Casa de Oro» —dijo Arcadia, que no salía de su asombro por la frase de Robyn—. Imaginaos.

—¿Quieres saber lo peor de todo? Pues que no se le da nada mal. El complejo nunca ha tenido mejor aspecto, y todos los apartamentos están alquilados —reconoció Zoe, y bebió un sorbo de té—. De todas formas, me alegro de que Ethan y yo vayamos a mudarnos pronto.

—¿Treacher por fin te ha prometido que mandará los pintores a Nightwinds?

—Han comenzado a trabajar esta mañana, a las siete en punto. Ethan fue hasta allí para asegurarse de ello.

—¿De qué color la pintaréis?

—Ethan dice que ahora le da igual el color —contestó Zoe, sonriendo—. Sólo desea acabar cuanto antes para poder mudarnos pronto.


Las paredes del hospital no dejaban de gritar. Sin embargo, aquello era habitual en los hospitales, pensó. No iba a estar allí demasiado tiempo. En aquella sección, las horas de visita solían ser más cortas de lo normal.

—¿Estás bien? —le preguntó Ethan en voz baja.

Doblaron en una esquina y llegaron al pasillo donde estaba la habitación de Robyn.

—Puedo soportarlo —dijo Zoe—. Sólo espero que las facultades psíquicas de Robyn hayan vuelto a la normalidad.

Ethan se encogió de hombros. A Zoe le hizo gracia darse cuenta de que su marido se tomaba el sexto sentido de Robyn igual como se tomaba el suyo. Ethan podía aceptar que las dos se salían de lo normal, pero no necesitaba hacer uso de la metafísica para darle una explicación.

Tal vez él tuviera razón, pensó Zoe. ¿Quién podía decir con certeza dónde estaba la frontera entre la intuición y una verdadera sensibilidad extrasensorial? Incluso a ella misma comenzaba a darle igual eso.

La espera mientras operaban a Robyn el día anterior se había hecho interminable. Se habían pasado la mayor parte del tiempo en el patio que había en el exterior de la sala de espera, ya que Zoe no aguantaba las malas vibraciones demasiado tiempo. Finalmente, el cirujano salió para decirles que la operación había salido bien.

Sin embargo, unas horas después, cuando habían podido visitar a Robyn, se habían dado cuenta de que no se encontraba bien en absoluto.

—No siento nada, Zoe —le había dicho Robyn con lágrimas en los ojos y apretándole la mano con fuerza—. Esto es un hospital. Debería percibir todo tipo de cosas en estas paredes.

—Acaban de extirparte un tumor cerebral, por el amor de Dios —le contestó Zoe—. Date tiempo.

Zoe se había pasado la mayor parte de la noche rogando que Robyn recuperase sus poderes psíquicos. Pero la verdad era que eso no podía saberse.

Sin embargo, una cosa sí era segura: no pensaba preguntarle al neurocirujano por su opinión sobre el efecto que tendría la operación en el sexto sentido de Robyn. El doctor Grange tenía el aspecto de ser un buen hombre y un médico excelente, pero no todo el mundo tenía la habilidad de Ethan para mantenerse en la delgada línea que separaba lo altamente improbable de lo absolutamente imposible.

Entraron en la habitación. Lo primero que Zoe advirtió fue que Robyn, que tenía la cabeza vendada, estaba sonriente. Era increíble que alguien que acababa de ser operado de un tumor cerebral estuviese tan alegre, pensó. No cabía duda de que Robyn tenía lo que había que tener para ser la administradora de un complejo de apartamentos como Casa de Oro.

Lo segundo que advirtió fue que Robyn no estaba sola. Una pareja mayor y de cabello gris se encontraba junto a la cama. El hombre se apoyaba en un andador con ruedas. La mujer usaba bastón, y en los dedos le brillaban unos anillos de diamantes del tamaño de pelotas de ping pong.

—Zoe, Ethan —dijo Robyn, y gimió un poco al girar la cabeza para mirarlos, pero los ojos le brillaban de dicha—. Os presento al señor y la señora Shipley. Son los propietarios de Casa de Oro.

—Encantado de conocerte, querida —dijo la señora Shipley, inclinando la cabeza con elegancia.

—Le estábamos diciendo a Robyn que no tiene que preocuparse por su puesto en Casa de Oro —dijo el señor Shipley—. Es todo suyo.

—Ayer le dijimos a nuestro chófer que nos llevara a Whispering Springs para echarle un vistazo a Casa de Oro —contó la señora Shipley—. No nos podíamos creer cómo ha mejorado. Habíamos pensado ponerlo en venta, ¿sabe? Pero ya no.

—Robyn es, de lejos, la mejor administradora que hemos tenido nunca en esos apartamentos —dijo su marido—. Lo último que querríamos sería perderla.

—Estoy seguro de que el señor Hooper, del 1.º B, estará encantado cuando se entere —comentó Ethan.

En ese momento alguien entró en la habitación. Zoe se volvió y vio un ramo de flores tan grande que casi no pasaba por la puerta. El hombre que lo llevaba miró a través de los tallos, dudando de ser bien recibido.

—Hablando de Roma... —dijo Ethan.

—¡Buenas! —saludó Hooper, moviéndose con torpeza mientras buscaba un sitio para dejar su presente.

—Señor Hooper —dijo Robyn, radiante—, ¿ha venido desde Whispering Springs expresamente para verme?

—Sí, bueno... es que me dijeron que iban a operarla. No sabía que estaba enferma —reconoció Hooper, e hizo una mueca—. A mí también tuvieron que operarme hace un par de años. Sé lo que se siente. Bueno, espero que le gusten —dijo, señalando el ramo.

—Son preciosas. Es la primera vez que me regalan flores. No sé qué decir. Muchas gracias.

Hooper esbozó una sonrisa, satisfecho.

—Oh, tranquila; no hay de qué —dijo.

Zoe carraspeó.

—¿Cómo te sientes hoy? —preguntó.

Robyn hizo una mueca, pero era obvio que estaba bastante mejor.

—Todo ha vuelto a la normalidad, como tú dijiste. No veo la hora de salir de aquí —declaró mirando la puerta.

Zoe rió.

—Sé a lo que te refieres.

# 44

Singleton miraba a Theo y Jeff desde el mostrador de la librería. Los dos hermanos estaban más serios de lo normal.

—¿Qué os pasa?

—Creemos que deberías pedirle a mamá que saliera contigo —dijo Theo.

—Sí —añadió Jeff, muy serio—. Podrías llevarla al cine o algo parecido.

Singleton pensó un momento.

—¿Estáis seguros?

—Sí —contestó Theo—. Si queréis, podéis llevarnos con vosotros. Podríamos ir a comer una pizza antes de ver la película.

—No seas idiota —reprendió Jeff—. Si fuéramos con ellos no sería una cita de verdad.

—¿Por qué no?

—Siempre vamos a comer pizza juntos y no quiere decir que estén saliendo —le explicó su hermano.

—Ah —dijo Theo, y se encogió de hombros—. Pues entonces podemos ir a comer pizza con Zoe y tío Ethan.

Era como si las sombras que solían dominar el local hubieran desaparecido y la librería se hubiera llenado de luz.

Singleton se dio cuenta de que estaba sonriendo como un bobo, pero no le importó.

—De acuerdo —dijo.


Zoe estaba de pie en el centro del dormitorio principal, totalmente pintado de blanco. Tenía que reconocer que, a su manera, la habitación había quedado muy bien.

—Te felicito, Lindsey. Has creado un dormitorio precioso. Muy armonioso y relajante.

Lindsey no se apartó de la puerta y lo miró con cautela.

—Pero no es tu estilo, ¿me equivoco?

—No —confirmó Zoe, volviéndose hacia ella—, pero eso no significa que no sepa admirar una obra de arte cuando la veo.

—¿Hablas en serio?

—Pues claro; tienes mucho talento —dijo Zoe con sinceridad—. Es más, creo que eres la decoradora idónea para Tabitha. Tú estás más puesta en este estilo; yo no. He decidido que no voy a presentarle un proyecto.

Lindsey dio un respingo.

—Sabes muy bien que puedes ofrecerle lo que quiere. Eres una profesional. No tiene por qué gustarte el trabajo que hagas para los demás.

—Eso suele ser verdad la mayoría de las veces, pero con Tabitha es diferente. Necesita que su casa tenga una energía adecuada, especialmente en la sala de meditación. Tú eres más sensible a sus expectativas que yo. —Zoe se encogió de hombros—. Además, estoy hasta arriba de trabajo. Dos arquitectos que visitaron la Casa ayer quieren presentarme a algunos de sus clientes.

Lindsey asintió, sintiéndose más relajada.

—Yo también recibí elogios de parte de la gente que vino ayer.

—Parece que, después de todo, el trabajo que hemos llevado a cabo aquí nos está reportando beneficios —dijo Zoe, y consultó la hora—. Si no te importa, será mejor que me vaya. Le he prometido a mi marido que comería con él.

—Espera, Zoe.

—¿Qué pasa?

Lindsey quería decirle algo pero le resultaba difícil hacerlo.

—Creo que la biblioteca te ha quedado perfecta —murmuró finalmente—. Me equivoqué con lo de los colores intensos. Lo cierto es que quedan muy bien en esa habitación.

Zoe sabía que a Lindsey le costaba mucho decir eso, pero trataba de ser amable, y eso era algo muy loable por su parte.

—Gracias.

—Siento que hayamos comenzado con mal pie —añadió Lindsey—. Pero es que este proyecto y el de Tabitha son muy importantes para mí.

—No te preocupes.

—Hace unos años, mi trabajo como diseñadora de interiores era más un pasatiempo. Estuve de moda porque estaba casada con un hombre conocido en Los Ángeles —dijo Lindsey, haciendo una mueca—. La gente se pasaba todo el rato besándole los pies.

—Te entiendo.

—Me gustaba diseñar, no tenía que ganarme la vida con ello. Era una de esas cosas que hacían las mujeres con las que me relacionaba. Algunas organizaban veladas; yo decoraba las casas de las estrellas de cine.

—Lindsey...

—Sin embargo, cuando me divorcié lo perdí todo. Todos mis clientes desaparecieron. Dejé de ser alguien sencillamente por separarme del hombre al que todos admiraban. Fue entonces cuando me di cuenta de que, si quería empezar de nuevo, iba a tener que ser por mi propio pie. Estaba obsesionada con probarme a mí misma que podía comenzar una nueva vida sin mi marido y sin su influencia. Como ves, no estaba segura de poder conseguirlo.

—¿Por qué decidiste instalarte aquí?

—Quería comenzar de cero en un lugar donde no tuviese que relacionarme ni con mi ex ni con sus amigos. Además, me encanta el desierto. Así que, más o menos, elegí este sitio al azar.

—Bienvenida al club —dijo Zoe, sonriendo—. Todos mis amigos vinieron a Whispering Springs para comenzar de nuevo. Es un buen sitio donde empezar una nueva vida. Te las arreglarás.

# 45

El estudio de Walter Kirwan, bellamente reformado, estaba repleto de gente ilustre de Whispering Springs, de miembros de la Sociedad Histórica y de varios estudiosos y admiradores del escritor. Las puertas del patio de la casa estaban abiertas de par en par para permitir el acceso de los reporteros, los fotógrafos y los cámaras de televisión.

Zoe estaba junto a Bonnie, Arcadia, Harry y Singleton en el fondo de la habitación. Jeff había conseguido escabullirse hasta la primera fila y Theo estaba sobre los hombros de Singleton.

Zoe apenas si podía ver a Ethan, en el otro extremo del estudio, junto a la alcaldesa Santana, delante del enorme hogar de leña.

Ethan, vestido con una camisa verde oliva y pantalones negros, parecía excitado por la cantidad de gente de la prensa que revoloteaba a su alrededor. Zoe le mandó un beso por encima de la multitud, y él le guiñó el ojo.

—Atención, por favor —pidió Paloma Santana subiendo a un pequeño atrio.

Todo el mundo guardó silencio y dirigió la mirada hacia ella. Zoe se percató de que Radnor y su esposa también estaban allí. Vio que él abrazaba a Daria por el hombro. Ella parecía contenta.

—Bienvenidos a la casa de Walter Kirwan —dijo Paloma, hablando por un micrófono—. Gracias al esfuerzo de la maravillosa gente de esta comunidad, ha sido reformada para que se parezca lo más posible a como era cuando Kirwan vivía y escribía aquí. Antes de desvelar el misterio, voy a pedirle al profesor Millard Cottington, reconocido estudioso del escritor, que nos hable un poco de Kirwan.

Cottington, que tenía todo el aspecto de un distinguido erudito, cogió el micrófono y dedicó unos minutos extremadamente aburridos a disertar sobre la importante contribución de Kirwan a la literatura. Por fin abordó lo verdaderamente excitante.

—La causa de la muerte de Kirwan ha sido objeto de controversia y de rumores durante años —dijo—. Sin embargo, la desaparición de su último manuscrito fue el aspecto más frustrante del misterio para aquellos que hemos dedicado nuestra vida al estudio de su obra. La posibilidad de que dicho manuscrito fuera robado en lugar de destruido la noche de la muerte de Kirwan es algo que siempre nos ha intrigado a todos. Nos encontramos hoy aquí para ver si Ethan Truax, investigador privado sin conocimiento experto de la obra de Kirwan o de la literatura norteamericana en general, puede resolver un enigma que ha llevado de cabeza a dos generaciones de estudiosos y coleccionistas de Kirwan.

—¿Cómo se atreve a tachar a Ethan de paleto sin educación? —murmuró Zoe, indignada.

—Más bajo, mujer —le susurró Arcadia.

Ethan ocupó el lugar del profesor en el pequeño atrio, impertérrito ante los comentarios del profesor.

—Solamente puede haber tres posibilidades —dijo con soltura—. La primera es que alguien robase el manuscrito y que éste desapareciese en el mercado negro del coleccionismo. Sin embargo, he descartado esta posibilidad después de que mi ayudante, Singleton Cobb, una autoridad en libros antiguos, llevase a cabo una larga investigación del mercado negro del coleccionismo y no encontrase ni una pista del manuscrito en cuestión.

Ethan señaló a Singleton y todos se volvieron hacia el fondo de la sala para mirar al motero que llevaba un niño a los hombros. Singleton sonrió y se ruborizó, pero Theo sonrió orgulloso.

El profesor Cottington frunció el entrecejo y puso cara de fastidio.

«Toma ya, elitista estirado», pensó Zoe. Era evidente que a Cottington nunca se le había ocurrido que en Whispering Springs pudiese haber un experto en libros antiguos.

—La segunda posibilidad —prosiguió Ethan— es que Kirwan quemase el manuscrito la noche de su muerte. Ciertamente, lo que le dijo a su ama de llaves antes de morir puede ser interpretado como que eso era lo que pensaba hacer. La mayoría de los estudiosos, entre ellos el profesor Cottington, aquí presente, da por hecho que ésa es la respuesta más probable.

Cottington asintió, resignado.

—El problema de esta explicación —continuó Ethan— es que el ama de llaves, María Torres, le contó a su familia en varias ocasiones que, a la mañana siguiente de la muerte de Kirwan, no encontró ni rastro de los supuestos cientos de páginas entre las cenizas. De hecho, siempre afirmó que ni siquiera había señales de que alguien hubiese encendido un fuego.

Cottington frunció sus blancas cejas en un gesto de incomodidad, y carraspeó.

—Me gustaría recordar a los aquí presentes que la versión del ama de llaves nunca ha podido ser verificada, y que hay quien pone en duda su veracidad —dijo Ethan, alzando la voz.

A Paloma no pareció gustarle del todo, pero no dijo nada.

—Ocurre que María Torres fue testigo excepcional de lo ocurrido —prosiguió Ethan—. Trabajó muchísimos años al servicio de Kirwan, y es evidente que él confiaba en ella, y los que mejor la conocían afirman que era una mujer honrada y trabajadora, en cuya palabra podía confiarse plenamente.

—También sabía que figuraba en el testamento de Kirwan —soltó Cottington—. Era la heredera de esta casa.

—Como todo el mundo sabe, el testamento fue anulado y María Torres no heredó nada —dijo Ethan—; pero eso es un caso aparte. Lo que importa aquí es que, a pesar de que su afirmación fuera cierta, sólo puede alegar que el único interés de la mujer habría sido la casa. Ella no tenía un interés en particular por el manuscrito. Si lo hubiera robado, lo habría vendido.

—¿Cuál es su teoría, señor Truax? —preguntó Cottington, visiblemente irritado.

—Mi teoría es que el manuscrito sigue aquí.

Se produjo un murmullo general. Cottington se quedó boquiabierto. Zoe oyó cómo Bonnie se reía.

Ethan cogió dos largos destornilladores que había llevado consigo.

—Me gustaría pedirle ayuda al otro investigador privado de la ciudad, Nelson Radnor, director de Sistemas de Seguridad Radnor, que me brindase su ayuda profesional. Nelson, ¿te importa? Será más rápido si lo hacemos juntos.

Radnor puso cara de sorpresa, pero se recobró rápidamente.

—Será un placer —dijo, soltando a Daria y abriéndose paso entre el público—. ¿Qué se te ha ocurrido?

—Después de descartar las otras dos posibilidades, creo que Kirwan puso realmente el manuscrito en la chimenea, pero no en el fuego, como todos pensaban —dijo Ethan, entregándole un destornillador—. Ocúpate del lado derecho. Golpéalo suavemente.

Nelson enarcó una ceja y se limitó a asentir.

La gente contempló excitada cómo empezaban a golpear una por una las piedras que conformaban el hogar. Las cámaras se acercaron y los periodistas se pusieron a disparar preguntas sin cuartel.

—¿Piensa que hay una caja fuerte escondida en la chimenea? —preguntó, micrófono en mano, el reportero del *Whispering Springs Herald*.

—Creo que es la única explicación posible —dijo Ethan.

Golpeó una serie de piedras. Todas sonaron de la misma manera sorda con que suena la roca maciza. En el lado opuesto del hogar, Nelson hizo lo propio y obtuvo el mismo resultado.

Ethan subió una fila y golpeó una enorme piedra gris que había a la derecha de la repisa de madera.

Al contrario que las demás, ésta sonó a hueco.

Se hizo el silencio en toda la sala.

Nelson dejó de golpear y miró a Ethan.

—Eso suena raro.

—Echemos un vistazo —dijo Ethan, tocando la piedra—. Apuesto a que por aquí hay un mecanismo de apertura. ¿Tú qué crees, Radnor?

—Creo que es muy posible —dijo Nelson, sonriendo. Estaba tan excitado que le brillaban los ojos.

Ethan palpó la piedra un poco más y metió la mano bajo la repisa.

—Allá vamos —susurró.

Se oyó un crujido. La piedra que había sonado a hueco se abrió poco a poco.

—¡Mira, tío Ethan! —gritó Jeff—. ¡Hay algo dentro!

La gente se puso a aplaudir efusivamente. Los reporteros siguieron lanzando preguntas, mientras el profesor Cottington contemplaba la escena anonadado.

Con sumo cuidado, Ethan introdujo la mano en la caja fuerte y extrajo una caja forrada en cuero. La puso sobre el escritorio de Kirwan y miró a Paloma.

—¿Le importaría hacer los honores, alcaldesa? —dijo.

—Será un placer —contestó ella, con un fulgor en la mirada.

Desató el cordón y levantó la tapa, tras lo cual se quedó unos segundos mirando el interior. Luego, con cuidado, metió la mano y sacó lo que parecía un buen montón de hojas.

—*Visiones del Cañón* —leyó en voz alta. Otro sonoro murmullo del público—. Aquí hay dos manuscritos —anunció, sacando otro montón de páginas y leyendo el título—. *La luz de un amanecer en el desierto*, de Walter Kirwan.

—No puedo creerlo —saltó Cottington—. Déjeme ver esos manuscritos.

—Faltaría más, profesor —dijo Paloma, entregándole ambos montones—. Sírvase.

Cottington examinó los manuscritos.

—Estos escritos deberán ser autentificados. Habrá que hacer pruebas al papel, a la tinta y a la caligrafía.

—Ciertamente —dijo Paloma.

Poco a poco, la rabia y la incredulidad del hombre fueron convirtiéndose en asombro.

—Si esto es real —murmuró—, éste será uno de los mayores acontecimientos en la historia de la literatura norteamericana. Es algo extraordinario.


Esa noche, la banda al completo salió a cenar pizza. Zoe acababa de ver las noticias con Ethan y estaba enfurruñada.

—No puedo creer que el canal local le haya concedido tanto tiempo a Cottington —dijo—. Deberías haber sido tú el que saliese hablando ante las cámaras. Sólo os han mostrado dos segundos a Nelson y a ti golpeando la chimenea.

—Sí —dijo Theo, masticando un pedazo de pizza—. El tío Ethan casi no ha salido.

—¿Cómo han dejado que ese profesor hablase tanto tiempo? —preguntó Jeff—. Fuiste tú el que encontró los manuscritos.

—La gloria es efímera —dijo Ethan, cogiendo un trozo de pizza.

—¿Quién es Gloria? —preguntó Jeff—. ¿Qué es efímero?

—Da igual —contestó Ethan, llevándose la pizza a la boca—. Es un poco complicado.

Bonnie miró a su cuñado, que estaba sentado enfrente de ella.

—Vale, tengo que preguntarte una cosa. Hoy no has descubierto eso por casualidad, ¿verdad?

—Soy detective, no mago —contestó Ethan—. Claro que no fue por casualidad. Hace un par de noches, la alcaldesa me dio la llave de la casa y fui con Zoe a echar un vistazo. Estuvimos golpeando y tuvimos suerte.

—A Ethan se le da muy bien resolver misterios antiguos, así que no me sorprendió que encontrara el manuscrito —dijo Zoe—. Lo que sí me alucinó fue que encontrase otro. Piensa en el impacto que tendrá esto en el mundo de la literatura. No uno, sino dos manuscritos inéditos de Kirwan.

Harry pensó en ello.

—¿Creéis que son reales? —preguntó.

Ethan se encogió de hombros.

—Tendremos que dejar eso en manos de los expertos; pero, a juzgar por la cantidad de polvo que encontramos dentro de la caja fuerte, estoy convencido de que no fue abierta desde la muerte de Kirwan.

—¿Así que murió por causas naturales? —preguntó Arcadia.

Ethan asintió.

—Es evidente que sí. Si María lo hubiese envenenado, habría hecho algo con el manuscrito. Sabía que tenía un valor. Como mínimo, habría tratado de vendérselo al representante de Kirwan.

—A menos que Kirwan hubiera escondido los manuscritos antes de padecer los efectos del veneno —observó Harry—. Es obvio que María no sabía nada de la caja fuerte.

Ethan negó con la cabeza.

—Zoe y yo echamos un vistazo al manuscrito. Kirwan anotó los cambios de última hora en rojo, y les puso fecha esa misma noche. Parece que se pasó varias horas repasando el manuscrito antes de esconderlo. María Torres era el ama de llaves, no una asesina profesional. La mayoría de venenos de los que hubiera podido disponer en esa época le habrían provocado una muerte casi instantánea. Además, le habrían dejado en una postura muy truculenta. Las autoridades se hubieran dado cuenta.

—Así que María Torres queda absuelta de todos los cargos, ¿no? —dijo Harry.

—Sí, pero algo me dice que va a ser el profesor Cottington el que se lleve todo el crédito por encontrar esos manuscritos —se quejó Zoe.

Singleton rió.

—¿Y qué? Ethan se ha marcado unos cuantos puntos con la alcaldesa de la ciudad. Tengo la sospecha de que, a largo plazo, eso le va a ser más rentable que salir en los libros de historia.

—Sólo cumplía con mi deber —dijo Ethan.

—No es por cambiar de tema —dijo Zoe, mirando a los demás—, pero esta mañana Treacher me ha prometido que sus hombres acabarían la cocina y el salón de Nightwinds esta misma semana. ¿Qué os parece si este año celebramos allí el día de Acción de Gracias?

Todos se pusieron a aplaudir y a entonar vivas.

Las miradas de Ethan y Zoe se encontraron y ambos sonrieron. Ella estaba segura de que percibía energía positiva en el ambiente.

Después de cenar, Singleton llevó a Bonnie y sus hijos a casa. Arcadia y Harry anunciaron que se iban a terminar la velada en el Last Exit.

Ethan subió al todoterreno y miró a Zoe.

—¿Qué te parece si vamos a Nightwinds y vemos cuánto han avanzado hoy los pintores? —preguntó.

—Vale.

La luz de la luna bañaba toda la casa. Ethan aparcó y salieron del vehículo.

Entraron en la casa y, sorteando un mar de sábanas, llegaron a la cocina.

—Mira —dijo Zoe—. Ya la han acabado. —Se volvió hacia Ethan, loca de contenta—. ¿Qué te parece el color?

Ethan, de pie junto a la puerta, observó las paredes recién pintadas.

De repente, se le erizó el vello de la nuca. La sensación duró sólo un par de segundos, pero en ese breve lapso habría jurado que una escena familiar se le había aparecido ante los ojos.

Se había visto a sí mismo tomando el desayuno con Zoe en la mesa que había junto a la ventana. Había un niño y una niña sentados con ellos, riéndose de algo. Sus dibujos estaban pegados a la nevera. Un inequívoco aura de amor envolvió la cocina.

La imagen se desvaneció, pero Ethan supo que, a pesar de no tener poderes psíquicos, había presenciado un diminuto fragmento del futuro.

—El color queda bien —dijo—, como era de prever. Después de todo, tú eres la experta.

—Ya —dijo Zoe, abrazándolo—. Tenías tus dudas, reconócelo.

—Vale, puede que el color me haya tenido preocupado durante cierto tiempo —dijo Ethan, colocando una mano a cada lado del rostro de su mujer—, pero no tengo ni una sola duda sobre nosotros.

En la sonrisa de Zoe había amor más que suficiente para toda la vida.

—Yo tampoco —dijo.

# SeDA

Colección de novela
romántica contemporánea

## Julie Garwood
## ROMPERÉ TU CORAZÓN

«Perdóneme, padre, porque voy a pecar…»

En la silenciosa penumbra del confesionario, el padre Tom escucha una declaración provocadora… Un desconocido le confiesa su plan para el asesinato que piensa cometer, atrayendo al sacerdote a un escabroso juego al revelarle la identidad de su próxima víctima: la hermana del propio sacerdote, Laurant.

En una frenética carrera por protegerla, Tom apela a su mejor amigo, el agente federal Nick Buchanan, para que persiga a la alimaña que acecha a Laurant. A partir del momento en que se conocen, la electrizante atracción que surge entre Laurant y Nick aumentará en la misma medida en que lo hace el peligro… y un falso movimiento puede acabar con todo aquello que les importa a ambos.

Julie Garwood nos invita a una excitante incursión por las vertiginosas alturas y los más oscuros impulsos del corazón humano.

## Michele Albert
## ATRÁPAME

Diana Belmaine, detective privada especializada en recuperar antigüedades y objetos de arte robados, recibe del abogado del multimillonario Steve Carmichael un encargo inusual. Parece ser que una muy rara y valiosa antigüedad ha sido sustraída de su galería durante una fiesta. Dada la naturaleza secreta del objeto, Carmichael no quiere implicar a la policía en el caso. Todo lo que desea es recuperar aquella pequeña caja egipcia de alabastro.

Desde el momento en que Diana conoce al arqueólogo Jack Austin, comienza a sospechar de él. Pero ¿cómo iba él a perjudicar al benefactor que está costeando sus excavaciones en Tikukul? Jack, que ha merecido un reportaje especial de la revista *People*, es un aventurero endiabladamente seductor. Desde su primer encuentro, Diana y Jack se ven envueltos en un duelo de inteligencias y se sienten fuertemente atraídos el uno por el otro. En una ocasión, Diana cometió el error de confiar en un hombre que resultó ser un ladrón. No tiene la menor intención de que ocurra lo mismo con Jack, pero a pesar de su decidido espíritu práctico, su corazón y sus hormonas no parecen dispuestas a atender a razones.